[illegible]

[illegible]

LETTRES

A MONSIEUR

LE CHEVALIER DE ***

Entraîné dans l'irréligion par un Libelle intitulé ; *Le Militaire Philosophe.*

EN FRANCE.

M. DCC. LXX.

AVEC APPROBATION.

AVERTISSEMENT
DE L'ÉDITEUR.

RIEN ne juſtifie mieux les trop juſtes plaintes que l'on fait depuis quelques années, de l'oppoſition des Cenſeurs Royaux à la ſaine doctrine, que le ſort de cet Ouvrage. Entrepris par l'ordre d'un des premiers Magiſtrats, pour la defenſe de la Religion indignement outragée & injuriée par l'odieux écrit intitulé : *Le Militaire Philoſophe*, depuis trois ans qu'il eſt fini, il éprouve les tracaſſeries de Mrs les Cenſeurs ; & le terme de toutes leurs chicanes, a été de prévenir tellement M. le Chancelier contre l'Ouvrage, que, préſenté au ſceau d'après l'approbation donnée enfin par M. l'Abbé *Riballier*, ce Magiſtrat a refuſé d'en permettre l'impreſſion.

La lecture de l'Ouvrage, dont on n'a pas cru devoir priver le public, & que l'on donne tel qu'il eſt ſorti des mains de l'Auteur, mettra le Lecteur à portée d'en juger : & l'on oſe aſſurer d'avance qu'il en jugera tout autrement que Mrs les Cenſeurs Royaux.

Deux chofes ont déplu dans l'Ouvrage à ces Meffieurs. Il eft bon que le public en foit inftruit.

1°. Les expreffions fortes avec lefquelles on y refute les injures atroces que le *Militaire Philofophe* ofe dire de la Religion Chrétienne : 2°. La doctrine pure & faine qu'on y oppofe à fes calomnies.

Sur le premier chef; deux de ces Meffieurs, Curés de Paris, ont fucceffivement refufé d'approuver l'Ouvrage, fi l'on n'en fupprimoit pas les expreffions trop dures : ils vouloient des expreffions plus douces & moins flétriffantes. Ainfi il aura été libre au furieux *Militaire* de dire de la Religion de J. C., de la Religion de l'Etat : *Après de mûres réflexions, voici le jugement que je porte de la Religion Chrétienne : Je la trouve abfurde, extravagante, injurieufe à Dieu, pernicieufe aux hommes, facilitant & même autorifant les rapines, les féductions, l'ambition, l'intérêt de fes Miniftres, & la révélation des fecrets des familles. Je la vois comme une fource intariffable de meurtres, de crimes & d'atrocités commifes fous fon nom. Elle me femble un flambeau de difcorde, de haine, de vengeance, & un masque dont se couvre l'hypocrisie, pour tromper plus adroitement ceux dont la crédulité peut lui être utile. Enfin* J'Y VOIS LE BOUCLIER DE LA TYRANNIE CONTRE LES PEUPLES QU'ELLE OPPRIME, *& la verge des bons Princes, quand ils ne sont pas superstitieux.* Il lui aura été libre d'ajouter ces autres atrocités : *Avec cette idée de votre Religion, outre le droit de l'abandonner, je suis dans l'obligation la plus étroite d'y renoncer & de l'avoir en horreur: de plaindre ou de mépriser ceux qui la prêchent, & de vouer à l'exécration publique ceux qui la soutiennent par leurs violences ou leurs persécutions.* Il lui aura été libre enfin pour appuyer ces horreurs, d'accumuler les raisonnemens les plus ineptes, les idées les plus gauches, les écarts les plus contraires à la raison: & il ne sera pas permis, selon ces Messieurs les Censeurs Royaux, de dire, après l'avoir démontré, que ces écarts tiennent de la démence; que ces idées sont absurdes; que ces raisonnemens sont peu sensés: & que si *le Militaire Philosophe* ne raisonne pas mieux sur tout le reste, il est un de ces esprits blessés pour qui les Petites-Maisons font faites. C'eſt vouloir qu'il ne ſoit plus permis d'appeller incendiaire le bandit qui embraſe notre maiſon, ni blaſphémateur l'impie qui blaſphème. On verra d'ailleurs par la lecture de l'ouvrage, comment ces choſes fortes ſont amenées; & qu'elles naiſſent ſi naturellement de la force des preuves & de l'abſurdité de l'injure ou de la calomnie réfutée, qu'on blâmeroit l'Auteur, s'il s'étoit exprimé moins fortement contre des traits ſi révoltans.

Le ſecond chef regarde ſpécialement M. l'Abbé Riballier. Il faut ſur cela faire remarquer avant tout, que c'eſt une mode aujourd'hui chez la plupart de ceux qui entreprennent de défendre la Religion contre Meſſieurs de la Religion naturelle, d'altérer les dogmes de l'Egliſe, & de défigurer ſa doctrine, pour diſſiper plus facilement leurs difficultés. Ils ſuivent en cela la route que leur ont tracée les Peres *Hardouin* & *Berruyer*, qui pour délivrer les Incrédules de leurs difficultés ſur les Myſteres de la Religion, ont fait main-baſſe ſur tous les Myſteres, réduiſant à rien les termes qui les expriment. Ainſi, parce que nos prétendus Philoſophes ne peuvent goûter les vérités du péché originel, de la néceſſité de la foi au Médiateur, de la Prédeſtination gratuite, du petit nombre des Elus, de la Grace efficace néceſſaire pour toutes les bonnes œuvres &c., nos défenſeurs modernes de la Religion, ſubſtituent le Moliniſme plus ou moins groſſier, à la doctrine de l'Egliſe. Ils s'imaginent ſans doute beaucoup gagner en ſe rapprochant des Incrédules: & ils ne voient pas que c'eſt trahir la Religion, que d'abandonner ou d'altérer ſes dogmes, ſous prétexte de la mieux défendre.

Qu'on ouvre, par exemple, la réfutation du Déiſme par M. *Bergier*, dont les travaux, ſans ces écarts, auroient été ſi utiles à la Religion. Le péché originel devient, ſelon lui, pour les Incrédules, la choſe du monde la plus facile à comprendre: car il ne conſiſte qu'en ce que les enfans ſont dépouillés, à cauſe du péché de leur pere, des avantages étrangers à leur nature; comme la poſtérité d'un criminel de Lèſe-Majeſté, eſt dépouillée de ſes prérogatives de nobleſſe. La perte éternelle des enfans morts ſans être baptiſés, n'eſt pas plus difficile; car leur malheur consiste dans la seule privation de la béatitude surnaturelle [& conséquemment ils jouiront d'une béatitude naturelle ; béatitude dont le Cardinal Sfondrate, Moliniste outré, écrivoit qu'elle étoit aussi précieuse que la vie éternelle, & même meilleure.]

Il en est de même de la nécessité de la foi en J. C. Tous ceux qui n'en auront jamais entendu parler, n'en seront pas moins sauvés, s'ils sont fidèles à la Loi Naturelle : & l'on se garde bien d'ajouter, qu'ils n'y seront jamais vraiment fidèles, sans la grace de J. C. &c. Ces nouveaux défenseurs de la Religion, ont en un mot pour grand principe cette solution qu'ils présentent à tous propos : *Nous ne voulons damner personne*. Et comme si, de ce qu'ils ne veulent damner personne, il s'ensuivoit que sans J. C. & sans sa grace, sans la foi & sans ses œuvres, sans l'adoration en esprit & en vérité, c'est-à-dire, sans le culte du cœur ou sans la charité, tout le monde pût être sauvé ; ils ne peuvent souffrir aucun Ecrit où l'on insiste sur ces vérités capitales de la Religion, qu'il est cependant nécessaire de ne jamais laisser perdre de vue, pour ſentir le prix ineſti-mable du bonheur d'appartenir à J. C.; & le malheur effroyable de ceux qui ne lui appartiennent pas; *n'y ayant point d'autre Nom ſous le Ciel par lequel on puiſſe être ſauvé, que le Nom de* JESUS. Act. IV. 12.

Il y a quelques mois que M. l'Abbé *Riballier*, Syndic de Sorbone, fut nommé Cenſeur d'un Ouvrage intitulé : *Hiſtoire abrégée des diverſes Religions qui ſont dans le monde.* L'Auteur, p. 22 du Manuſcrit examiné, cotté & paraphé par ce Cenſeur, s'y demandoit en parlant des Peuples qui adorent encore les Idoles : *Mais cette multitude de Peuples idolâtres, ſeront-ils ſauvés; & ſe peut-il qu'ils ſoient damnés?* Il répondoit que *les prétendus eſprits forts, ces Docteurs du ſiécle*, ſoutiennent que *les idolâtres qui ſuivent de bonne foi la Religion de leurs Peres, & qui ont les vertus morales, ſeront ſauvés. Ce ſont*, dit l'Auteur, *des Chrétiens qui parlent ainſi, en contredisant de front la foi chrétienne qui réprouve leur déciſion.* On a vu en effet la Sorbone & M. l'Archevêque de Paris la cenſurer dans un *Marmontel* & dans *J. J. Rouſſeau.* L'Auteur ajoute que *les Chrétiens instruits, en adorant les Décrets impénétrables de Dieu, assurent sans varier,* que les idolâtres qui *meurent sans la foi en J. C., sont damnés; & qu'on ne peut pas être sauvé sans croire en lui; puisque c'est un article de notre foi, qui doit écarter tout doute sur cette vérité.*

Mais M. l'Abbé Riballier, quoique Syndic de cette Sorbone, qui sur ce point même a censuré l'erreur de Rousseau & de Marmontel, a rayé d'office cette incommode vérité, pour y substituer de sa propre main, ces phrases alambiquées, qui ne sont propres qu'à obscurcir, à altérer, & même à contredire le dogme: » Les Chrétiens instruits, en adorant les Décrets impénétrables de Dieu, assurent sans varier, que l'observation, quoique fidelle, des devoirs que prescrit cette Religion, est absolument *insuffisante* pour le salut. Ils croient *aussi sans hésiter*, que Dieu dans sa miséricorde distribue à ces idolâtres *les secours qui leur sont nécessaires pour accomplir les préceptes de la loi naturelle qui leur sont connus*; & que par leur fidélité à les observer, ils peuvent mériter que Dieu, par des voies toujours possibles, & connues à sa Toute-Puissance & à sa sagesse, leur fasse connoître & croire les vérités essentielles au salut. «

Ainsi l'observation fidèle des devoirs prescrits par une Religion qui commande le culte des idoles, n'est QU'INSUFFISANTE pour le salut. Tout Chrétien doit croire sans hésiter, que la grace de J. C. nécessaire pour accomplir la loi naturelle, par exemple l'obligation d'aimer Dieu pardessus toutes choses, est donnée à tous les Idolâtres. Ces Infidèles ne sont tenus que des préceptes de la Loi naturelle *qui leur sont connus*: étant sans doute dispensés de ceux qu'ils ne connoissent pas. Telle est la doctrine de M. l'Abbé Riballier, Docteur & Syndic de Sorbone, Grand-Maitre du Collége Mazarin, le Censeur des Censeurs, l'homme à la mode, le Censeur unique qui ait la confiance. Doit-on s'étonner après cela qu'une Académie entiere, telle que celle des Jeux Floraux de Toulouse (en 1767) récompense & fasse imprimer une Ode, qui dit de Caton & des autres prétendus sages du Paganisme:

Oui, j'ose le penser, ces mortels magnanimes
Sont honorés, Grand Dieu, de tes regards sublimes.
Tu ne négliges pas leurs illustres destins:
Tu daignes t'applaudir d'avoir formé leur être,
Et ta bonté peut-être
Pardonne en leur faveur au reste des humains. *

Pour revenir à l'Abbé Riballier, l'Auteur du Manuscrit dit dans un autre endroit, que de tous les Chrétiens *il y en aura peu de sauvés:* ce qui rentre dans cette parole de J. C.: *Beaucoup d'appellés, mais peu d'Elus;* & l'Auteur explique sa pensée par l'énumération des Schismatiques & des

* *Nota.* Cette Ode n'a pas manqué d'être insérée, sans aucune réclamation, dans le Mercure de France de Juillet 1767, qui lui-même n'a pas éprouvé plus de condamnation. Aussi d'après cette impunité, le Mercure de Novembre n'a fait nulle difficulté d'inserer en entier l'indigne lettre de M. *Comerson*, Médecin, sur l'Isle fortunée découverte par M. *de Bouguainville*. A quel dégré de dépravation dans les mœurs faut-il être parvenu, pour souffrir dans un livre destiné à passer dans les mains de tous les âges des deux sexes, un écrit aussi ouvertement contraire à la pudeur, à la sûreté publique, à l'autorité de la révélation! Cependant le Censeur (M. Guiroi) ne rougit pas de certifier qu'*il n'a rien trouvé dans ce Mercure qui puisse en empêcher l'impression*. Et les Tribunaux chargés de la police publique sont demeurés dans l'inaction. C'est ce qui ne paroîtra pas croyable dans cent ans.

hérétiques, des Déistes & des Matérialistes, des Pyrrhoniens; outre *tant de demi-Chrétiens, tant de faux Chrétiens, qui ont la foi sans les œuvres.* &c. M. Riballier n'a pu souffrir ce mot de J. C. : *Peu de sauvés* ou *peu d'Elus:* il l'a rayé, pour y mettre ceux-ci, apparemment comme moins propres à blesser les oreilles délicates de nos Philosophes : *Il y en aura un grand nombre qui ne seront pas sauvés.* C'est ainsi qu'on respecte le langage & la doctrine de J. C.

Il a fallu essuyer pour l'Ouvrage que nous donnons au Public, cette manie Molinienne de l'Abbé Riballier. Le récit de ce débat mérite de trouver place ici.

L'Ouvrage sorti des mains des deux premiers Censeurs, avec le démérite de ne leur avoir pas plu, comme trop vigoureux, fut abandonné par l'Auteur, & tomba entre les mains d'une Dame respectable qui le présenta à M. de Sartine. Ce sage Magistrat le fit remettre à M. Riballier. Il fit d'abord quelques difficultés : il transpira même qu'il ne seroit pas approuvé. Mais sur une Lettre aussi pressante & polie que la zèlée Protectrice de l'Ouvrage écrivit au Censeur, celui-ci le lui envoya revêtu de son Approbation, avec la Lettre suivante du 13 Juin 1769.

» MADAME,

» Il ne m'a pas été possible de satisfaire plutôt votre empressement. J'avois d'autres Ouvrages commencés & pressés, il a fallu les expédier. J'ai lu celui-ci : il est solide, écrit avec vigueur, & la cause de la Religion y est très-bien défendue ; avec tant de bonnes qualités, il ne pouvoit manquer d'obtenir le suffrage d'une Dame connue & distinguée par sa vertu, sa piété & son zèle pour la Religion. Je me félicite d'en avoir été le Censeur, & je joins bien volontiers mon Approbation à celle que vous lui avez déja donnée. Comme il faut cependant qu'un Censeur de Théologie soit d'une exactitude scrupuleuse, j'ai cru devoir y faire une addition & quelques légeres corrections qui y sont rélatives. Il s'agit d'une cause commune, ainsi il ne faut point chercher de querelles particulieres, ni adopter d'autres expressions que celles qui sont reçues & avouées dans toutes les Ecoles Catholiques. L'Auteur me paroit un homme instruit, je crois qu'il sera trop sage & trop judicieux pour s'en plaindre ; quand il s'agit de combattre l'ennemi commun, il convient de déposer tout attachement à des systêmes ou à des préjugés particuliers.

J'ai l'honneur d'être avec respect, &c. «

Voilà de grands éloges de l'Ouvrage : & la lecture justifiera qu'ils ne disent rien de trop. Mais on est curieux sans doute de voir en quoi consiste cette *exactitude scrupuleuse* à laquelle l'Auteur a manqué, & plus encore quelles sont *ces expressions* sacrées, *reçues & avouées dans toutes les Ecoles Catholiques*, indépendantes *de tout attachement à des systémes ou à des préjugés particuliers*. Les voici.

L'Auteur dans sa septieme Lettre, pag. 273, en parlant des élus & des réprouvés, dit : » (qu'il) voit dans la sagesse & la persévérance des uns dans le bien, que leurs noms sont écrits dans le Livre de Vie ; & dans l'obstination des autres dans le mal, que le Dieu juste les laisse courir dans leurs voies. « C'est après ces mots que M. Riballier a cru devoir mettre *l'addition* dont il parle dans sa Lettre. Nous l'avons insérée en sa place entre deux [ ], en avertissant par une note au bas de la page.

C'est dans trois autres endroits de la même Lettre, où l'Auteur parlant le langage de l'Ecriture & de la Tradition, sur la promesse du Rédempteur & les effets de sa rédemption, que

M. le Censeur a cru devoir faire de *légeres corrections* selon lui.

Il n'est pas besoin de dire que ces corrections déplurent fort aux amis de l'Auteur : c'étoit le faire parler à la Molinienne ; ce qui ne lui convenoit nullement à toutes sortes d'égards. On crut d'abord qu'en s'expliquant amiablement on pourroit se concilier. A cet effet on engagea un Théologien aussi célébre que modéré à faire quelques observations qui furent remises à M. Riballier : nous les rapportons ici.

» L'addition que fait M. Riballier à la page 273, me paroît souffrir beaucoup de difficultés. Il semble qu'il veuille faire dire à l'Auteur que tous les hommes ont une grace suffisante, par laquelle ils ont tout ce qui est nécessaire pour se sauver. Il ne peut ignorer que le sentiment le plus commun des Théologiens (je ne parle pas des Théologiens très-modernes qui prennent Tournély pour guide) est que la grace qu'on nomme suffisante, n'est pas donnée à tous les hommes. S'il pense le contraire, peut-il, en qualité de Censeur, astreindre les Auteurs à penser comme lui ? D'ailleurs il est de foi que le salut est possible à tous les hommes adultes ; parce que tous peuvent accomplir les Commandemens, s'ils le veulent, comme le dit souvent S. Augustin ; & ce pouvoir, selon le même Pere, est inséparable du libre arbitre. Mais il n'est nullement de foi que la grace soit nécessaire pour expliquer la possibilité des Commandemens, & que sans cette grace les Commandemens soient impossibles. L'Auteur ne peut donc adopter l'addition de M. Riballier qu'en y faisant quelques changemens, à peu près de cette maniere ; *Et leur accorde des secours capables de les éclairer, & de les porter au bien, s'ils en faisoient un bon usage. C'est toujours par leur faute ... mais Dieu qui par sa puissance souveraine pourroit leur donner d'autres secours, & même des graces très-efficaces qui leur feroient vouloir ce qu'ils ne veulent pas, ne le fait pas &c.*

P. 275. *En sorte que tous pourront se sauver par les merites de sa mort ; & que ceux qui en feront usage, comme ils le doivent, se sauveront en effet.* Ces paroles présentent encore l'idée d'une grace générale donnée à tous les hommes, & dont l'usage est abandonné totalement au choix de la volonté. Ces idées sont toutes Moliniennes. Je dirois ; *en sorte que tous ceux qui reclameront les mérites de J. C. & invoqueront son nom, obtiendront l'effet de sa médiation toute-puissante.*

P. 300. *A mériter au genre humain les graces nécessaires pour pouvoir se relever &c.* Cet endroit suppose encore des graces générales, nécessaires pour *pouvoir* faire le bien, sans lesquelles par conséquent on est dans l'impossibilité de le faire, & dès-lors excusable si on ne le fait pas. Ce n'est certainement pas là la doctrine ni le langage de l'Ecriture, ni de Saint Augustin & des autres SS. Docteurs qui nous ont transmis la Tradition de tous les siécles. C'est le langage de l'École Molinienne. J. C. eſt mort pour nous mériter les graces néceſſaires pour nous conduire au ſalut & nous délivrer de la puiſſance des ténebres ; mais ſes graces méritées pour le genre humain ſont appliquées plus ou moins ſelon les deſſeins éternels de Dieu. On peut dire : *pour mériter au genre humain les graces néceſſaires pour le relever de ſa chûte & triompher du demon, du monde & de la concupiſcence ; à les appliquer avec plus ou moins de plénitude ſelon les décrets éternels de Dieu.* On peut ajouter que *ceux à qui ces graces ne ſont pas appliquées, c'eſt par leur faute & avec justice qu'elles ne leur ſont pas appliquées ;* & *qu'à l'égard de ceux à qui elles ſont appliquées, elles leur ſont appliquées par une miſéricorde toute gratuite.* C'eſt le langage perpétuel de S. Auguſtin dont il n'eſt pas permis de s'écarter.

P. 301. *Cependant il n'a pas l'intention abſolue &c.* Pourquoi changer ici les paroles du S. Concile de Trente, & ne pas dire ſimplement comme lui : *quoiqu'il ſoit mort pour tous les hommes, tous cependant ne reçoivent pas le fruit de ſa mort, mais ceux-là ſeulement à qui les mérites de ſa paſſion ſont communiqués ?* Veut-on auſſi réformer les décrets d'un Concile ſi reſpectable ?

Si M. Riballier ne ſe rendoit pas à des repréſentations ſi équitables, j'aimerois mieux ſupprimer l'Ouvrage, ou me paſſer de ſon Approbation, que de fourrer des ſemences de Moliniſme dans un Ecrit fait contre les Incrédules. Il ne ſeroit pas difficile de prouver que le Moliniſme a frayé en grande partie la voie à l'incrédulité.

M. Riballier ne manqua pas de riposter. Un Docteur ne doit pas demeurer sans réponse. M. Riballier d'ailleurs, quoique parlant en Moliniste, ne veut pas passer pour Moliniste. Voici sa réplique.

» L'Addition de la page 273 ne contient rien de particulier à l'École Molinienne, ni à celle des Congruistes, rien dont ne conviennent toutes les Écoles Catholiques, celles des Augustiniens, des Lovanistes, des Thomistes anciens & modernes. Il n'y a pas un mot de grace suffisante ; les termes qu'on y emploie sont généraux, & font abstraction de toutes les idées de l'Ecole. Il faut être bien ombrageux pour s'imaginer que par les mots *de secours qui éclairent, portent au bien & rendent le salut possible*, on entend une *grace suffisante molinienne*. Celle-ci ne differe point par sa nature de la grace qui a son effet ; si elle en differe, ce n'est que parce que la volonté n'y consent pas, au lieu qu'elle consent à l'autre à qui il n'est pas nécessaire que Dieu ajoute un autre secours afin qu'elle ait son effet. Telle est la véritable notion de la grace suffisante molinienne, dont il n'y a pas le moindre vestige dans l'addition.

L'Auteur en disant *qu'il est de foi que le salut est possible à tous les hommes adultes*, en dit plus que l'addition, où l'on ne prononce pas que cela soit de foi.

En substituant à des termes très-aisés à entendre dans un sens reçu de toutes les Ecoles, ceux *de secours capables de les éclairer & de les porter au bien s'ils en faisoient un bon usage*, on ne dit rien que ce qu'un Moliniste pourroit adopter ; accusera-t-on pour cela l'Auteur de Molinisme ?

Quant à l'interprétation de S. Augustin, selon laquelle *les hommes peuvent accomplir tous les Commandemens par un pouvoir inséparable du libre arbitre*, cette explication n'est pas recevable ; on n'hésite pas à la regarder comme une idée Pélagienne, qu'on voudroit lier avec un reste de Prédestinatianisme.

Page 275. Il n'y a pas plus de molinisme dans le changement qu'on a fait que dans l'addition de la page 273.

Page 300. Il est étonnant que l'Auteur qui avoit mis que *J. C. a mérité au genre humain des graces efficaces*, ne veuille pas qu'on dise *qu'il lui a mérité des graces pour pouvoir se relever.* Une grace qui donne le pouvoir & à laquelle on résiste, est admise par toutes les Ecoles. Il est de foi que le juste qui tombe résiste à une grace de cette espece. Pour qu'on eût exprimé là une grace Molinienne, il eût fallu ajouter bien des idées particulieres à l'Ecole de Molina. On ne veut pas que l'Auteur embrasse le Molinisme, ni même aucun systême, mais on ne veut pas non plus qu'il présente aux incrédules le systême prédestinatien qui leur donneroit beau jeu.

Page 301. *Il n'a pas l'intention absolue*, &c. Pourquoi, dit l'Auteur, changer ici les paroles du Concile de Trente, & ne pas dire simplement comme lui, &c. ? On n'a pas cité le Concile de Trente, quoiqu'on en applique ici les paroles ; cette application se fait par ces mots, *il n'a pas l'intention absolue*, afin de conserver l'idée de l'Auteur, d'expliquer ici l'intention de J. C., ou ce qui revient au même, ce qu'il se propose ou ne se propose pas. On n'a pas laissé ces mots, *il ne se propose pas*, ni mis à la place ceux-ci seulement, *il n'a pas l'intention, il n'a pas la volonté, il ne veut pas*, parce que c'est marquer que Dieu ne veut le salut que des seuls prédestinés, que J. C. n'a répandu son sang que pour les seuls prédestinés ; si l'Auteur veut le dire, ce qu'on n'a garde de penser, il vaudroit beaucoup mieux que son Ouvrage ne parût pas. Les mots *d'intention absolue* étoient nécessaires ici selon toutes les Ecoles, & même selon la Foi Catholique. L'Auteur peut consulter entr'autres M. Bossuet, Justif. des Réf. Mor. ; c'est un guide bien plus sûr que tous ceux auxquels il paroît se livrer. Qu'il se méfie sur-tout des Théologiens dont le Nouvelliste Ecclés. adopte les idées & la critique, il ne peut pas puiser dans une source moins pure : on en pourroit citer beaucoup de preuves, témoin les réflexions qu'il fait sur les notes que le Censeur Royal a jugé à propos de mettre à la fin de la Collection des Thèses soutenues dans des Universités étrangeres ; on est en état de lui démontrer qu'il péche contre la bonne foi, la bonne Théologie & la bonne Logique. «

Cette replique étoit accompagnée de la Lettre suivante adressée à la Dame qui prenoit tant de part au sort de l'Ouvrage. Elle est du 28 Juin 1769.

» MADAME,

Je n'avois fait des additions & correctio
qu'après une mûre réflexion ; je les ai relu
d'après les observations de l'Auteur, & je n
vois pas qu'il y ait rien à changer. S'il cro
que Tournély soit mon Théologien, il s
trompe très-fort ; je l'ai lu dans le temp
comme les autres, & en fait d'opinions Théo
logiques, je ne lui donne pas plus de préfé
rence qu'à ceux qui sont d'un avis différen
ou contraire ; parce que mon systême est d
n'en admettre aucun, & j'aurois fort mau
vaise grace de vouloir en faire adopter da
un Ouvrage où il n'en doit pas être questio
Les querelles particulieres doivent dispar
tre quand on a affaire à un ennemi commu
C'est même dans cette vue que j'ai fait l
additions & corrections. J'ai cru apperc
voir, & les observations me prouvent que j
ne me suis pas trompé, que l'Auteur empru
toit le langage favori d'un sentiment qui e
sans contredit le plus dur, le plus révolta
& le moins propre à repousser les traits qu
nous lancent les Incrédules : j'ai jugé à pro
pos d'adoucir quelques expressions, de subst
tu reà d'autres le langage reçu & avoué da
toutes les Ecoles Catholiques. Si l'Auteur
fâche, il a tort ; c'est un service que je l
rends & dont il devroit me sçavoir gré.
m'accuse d'être attaché au systême Molinie
il ne me connoît pas ; j'ajoute qu'il n'a pas d
notions bien justes de ce systême. S'il éto
nécessaire, & si j'en avois le temps, je l
démontrerois par M. Nicole, M. Bossuet
les Théologiens les moins suspects, que l
expressions dont je me sers sont les seul

dont il soit permis de se servir, & qu'on ne peut s'en écarter sans être désavoué ou contredit par tous les Théologiens qui se piquent d'exactitude.

Je suis très-fâché, Madame, de vous montrer de l'éloignement pour adopter les changemens qu'on propose ; s'il s'agissoit d'autre chose que de la précision & de l'exactitude Théologique, soyez sûre que vous me trouveriez disposé à vous faire tous les sacrifices que vous pourriez exiger. Mais vous êtes trop instruite pour ne pas sçavoir que cet objet n'est susceptible d'aucun accommodement, d'aucune complaisance. Je vous prie de remettre à l'Auteur ma réponse à ses observations, & de l'assurer que ce n'est point par entêtement, ni par esprit de systême ou de parti que je ne me rends point, mais uniquement par la conviction intime où je suis que c'est ainsi qu'il faut parler quand il s'agit de donner le véritable langage de l'Eglise, qui n'est autre que celui de l'Ecriture & de la Tradition.

J'ai l'honneur d'être avec un profond respect &c. «

Cette seconde Lettre est le dénouement de tout le reste. On ne souffre point les expressions de l'Ouvrage, parce qu'on ne veut point d'un langage ni d'une doctrine qu'on trouve *sans contredit les plus dures & les moins propres à repousser les traits des Incrédules.* Ce langage & cette doctrine sont cependant le langage & la doctrine de

J. C. & de ses Apôtres; de l'Eglise de ses Conciles & de sa Tradition c'est le langage & la doctrine de ce grandes Ecoles qui nous ont donn les Thèses que M. Riballier n'a pas os censurer, & qu'il s'est contenté de com menter assez mal-adroitement, par de notes en faveur desquelles on le voit i prendre feu. Croit-on que S. Augustin qui n'avoit point d'autre doctrine, r d'autre langage, les trouvât *peu pr pres à repousser les traits des Incrédules* Avec quelle supériorité ne l'a-t-il pa fait, avec cette doctrine & ces expre sions mêmes ?

Mais sans vouloir passer pour Mol nistes, ces Théologiens nouveaux e sont venus jusqu'à ne vouloir plus sou frir le langage de la saine doctrine jusqu'à réaliser, s'il le faut, la chimer du Prédestinatianisme, pour en incu per les expressions & la doctrine d l'Eglise : jusqu'à vouloir qu'il soit ab solument nécessaire d'admettre un grace générale donnée à tous les hom mes, pour que le violement de la loi puisse leur être imputé à péché; jusqu'à *regarder comme une idée pél gienne* le sentiment de S. Augustin qui soutient que le pouvoir de vouloir inséparabl inséparable du libre arbitre, suffit, pour que l'homme soit criminel, de ne pas vouloir observer ce que la loi lui commande. On peut recourir sur cette doctrine dangereuse de nos nouveaux Théologiens, à l'excellent Livre donné en 1713 : *Renversement de la doctrine de S. Augustin sur la Grâce par l'Instruction Pastorale de MM. les Evêques de Luçon & de la Rochelle.* 732 pag. in-12.

On doit cependant cette justice à M. Riballier, qu'il convenoit volontiers verbalement que la doctrine & le langage de l'Auteur étoient soutenus dans l'Eglise par des Ecoles très-Catholiques. Mais il ne vouloit pas les souffrir dans un Ouvrage qu'il auroit approuvé. Ces Censeurs sont des tyrans : ils veulent forcer d'adopter leurs opinions.

Il résultoit naturellement de ce débat, que cet Ouvrage *solide, écrit avec vigueur,* & *dans* lequel *la cause de la Religion est très-bien défendue*, alloit *avec tant de bonnes qualités*, demeurer dans les ténebres. On imagina pour l'en tirer, un expédient fort simple : ce fut de proposer à M. Riballier de mettre son addition & ses corrections entre deux crochets, & avertir le Lecteur par une note, que ces endroits ainsi crochetés étoient l'ouvrage du Censeur. Il s'y refusa d'abord, sans doute par l'appréhension trop fondée d'être affiché par là pour dévoué plus ou moins au Molinisme, & pour ennemi d'une doctrine & d'un langage si glorieusement applaudis en Italie, en Espagne, & par-tout ailleurs qu'en France, du moins depuis la Bulle.

Cependant battu par ce qu'il avoit écrit : que *c'est ainsi qu'il faut parler, quand il s'agit de donner le véritable langage de l'Eglise*, il ne put se refuser à une proposition si juste.

Mais soit que ce fût un pur effet de complaisance, soit qu'il se réservât la ressource de faire échouer l'Ouvrage par une autre voie, il est arrivé dans le fait que ce qu'on appelle une Permission simple a été refusée, même une tacite; & qu'un Ecrit *où la cause de la Religion est très-bien défendue*, seroit demeuré sacrifié aux intérêts Moliniens, si nous n'avions pris sur nous de le restituer à la Religion, à l'Eglise & à l'Etat par une impression secrete.

On a rétabli dans l'Ouvrage le texte

de l'Auteur ; & l'on a mis seulement entre deux [ ], aux pag. 273 & 274, l'addition de M. Riballier. Le Lecteur a les piéces sous les yeux. Il est en état de juger lui-même l'Ouvrage, l'Auteur & le Censeur. *

8 Mai 1770.

* Nous rendrons cette justice à M. l'Abbé Riballier, que malgré ses tracasseries sur les bons ouvrages, il est l'un des esprits les moins outrés & les moins déraisonnables de la nouvelle Sorbone. Non seulement il reconnoit avec franchise, soit dans ses notes sur les Thèses, soit dans ses conversations, que la doctrine qu'il ne veut pas souffrir dans les livres qu'il approuve, est Catholique, soutenue par de grandes Écoles très-Catholiques, & qu'il est très-permis de la soutenir, quoique ses vues ou plutôt ses intérêts ne lui permettent pas de l'autoriser par sa signature : mais il condamne le zèle outré de ceux qui censurent cette doctrine, ou qui présentent la doctrine contraire du Molinisme comme la seule légitime. On assure, par exemple, qu'il n'a pas eu peu de part à la déclaration que vient de faire M. Bergier dans l'Avertissement de la cinquieme édition de sa Réfutation du Déisme ; que s'il *s'est écarté quelquefois du sentiment commun des Théologiens, il l'a fait sans vouloir les blâmer, qu'il a cru ne faire aucun tort à la Religion, en se raprochant des principes des Incrédules* SANS LES ADOPTER, *& en leur accordant plus qu'ils n'ont droit d'exiger ; & qu'il est tout prêt à corriger ce qui pourroit encore faire de la peine à quelqu'un :* foible rétractation, qui ne laisse pas moins subsister dans sa réfutation tous les levains de mauvaise doctrine, & qui ne répare pas le vice d'un Ouvrage, où l'on réfute une fausseté par une autre fausseté, & une erreur par une autre erreur. Ne sentira-t-on jamais que le vrai n'a besoin que de lui-même, pour détruire le faux : que la

Religion de J. C. n'a pas besoin des affoiblissemens des hommes pour se défendre ; & qu'il ne lui faut pour vaincre que ses véritables armes, c'est-à-dire sa vérité, son autorité, ses preuves & sa patience. Mais cette déclaration, toute foible qu'elle est, n'en est pas moins un service rendu au vrai par M. Riballier. Heureux si non content de se tenir entre l'erreur & la vérité, de n'être ni pour J. C. ni contre lui, il se souvenoit que qui n'est pas pour lui est contre lui, & qu'il n'avouera devant son Pere, que ceux qui l'auront confessé devant les hommes. Cette conduite d'ailleurs, de refuser son approbation à tout ouvrage qui contient une doctrine dont il redoute le contre-coup pour lui-même, quoique Catholique, enseignée par des Ecoles très-Catholiques & la doctrine même de l'Eglise, est une injustice, une tyrannie, une lâcheté. Elle n'est propre qu'à entretenir ces idées chimériques d'un Jansénisme que M. Riballier sçait très-bien n'être qu'une calomnie destituée de tout fondement ; & c'est vouloir achever de bannir de la France la doctrine enseignée & applaudie avec éclat dans toutes les autres Eglises, pour n'y laisser subsister qu'un Molinisme plus ou moins mitigé. Voilà les maux que prépare à l'Eglise de France cette politique toute charnelle de M. l'Abbé Riballier ; & la confiance exclusive & sans bornes qu'a en lui le Gouvernement.

APPROBATION.

J'AI lu par ordre de Monseigneur le Chancelier un Manuscrit qui a pour titre : *Lettres à M. le Chevalier de *** entraîné dans l'irréligion par un Libelle intitulé, le Philosophe Militaire.* Ce sont des raisonnemens solides que l'on oppose aux efforts des Incrédules, qui prennent toutes sortes de formes pour séduire les esprits & ébranler les fondemens de notre sainte Religion. A Paris le 15 Juin 1769.

Signé, RIBALLIER, Censeur Royal.

LETTRES

A MONSIEUR LE CHEVALIER DE ***

Entraîné dans l'irréligion par un Libelle intitulé : Le Militaire Philosophe.

PREMIERE LETTRE.

Avec votre Lettre, mon cher Chevalier, j'ai reçu la petite Brochure que vous m'avez envoyée, *Le Militaire Philosophe*. Par l'une j'apprends les vives impressions que vous avez reçues de l'autre. Cet Ouvrage, selon vous, est un tissu de raisonnemens victorieux & sans replique. Vous le croyez même foiblement réfuté par l'Apologie que vient de donner M. Bergier, qui n'a fait qu'effleurer, à vous en croire, les moindres difficultés. Je conviens qu'il n'a pas suivi votre Auteur de Chapitre en Chapitre ; mais je défie Mrs les Incrédules de proposer une seule objection à laquelle je ne trouve dans son Apologie le germe au moins d'une réponse satisfaisante. Vous l'avez lue, me marquez-vous ; & cependant le Militaire *vous a terrassé*. Depuis sa lecture, vous pensez que la Religion Chrétienne ne mérite que du mépris, pour ne pas dire de l'horreur. Quelle étrange décision, qui ne peut ni manquer de justesse, sans vous couvrir d'ignominie, ni en avoir, sans charger le Monde Chrétien de la plus odieuse flétrissure! Ce n'est pas le Christianisme que je me propose ici de venger : son triomphe depuis 17 siécles dispense ses défenseurs de reprendre les armes. Tranquille sur son sort, c'est sur le vôtre que l'amitié ne me permet pas de l'être. Quoi ! vous, M., dont l'éducation chrétienne annonçoit par d'heureux fruits votre éloignement pour l'irréligion, vous voilà terrassé par une brochure que vous croyez sans replique. Que contient donc de si singulier cette étonnante Production ? Impatient de le sçavoir, je la prends sans délai ; & le hasard me faisant tomber en l'ouvrant, ſur la page 84, je lis avec ſurpriſe une tirade qu'il eſt bon de tranſcrire ici fidèlement. » Après de mûres réflexions, voici, dit votre Auteur, (p. 84.) le jugement que je porte de la Religion Chrétienne. Je la trouve abſurde, extravagante, injurieuſe à Dieu, pernicieuſe aux hommes, facilitant & même autoriſant les rapines, les ſéductions, l'ambition, l'intérêt de ſes Miniſtres & la révélation des ſecrets des familles : je la vois comme une ſource intariſſable de meurtres, de crimes, & d'atrocités commiſes ſous ſon nom : elle me ſemble un flambeau de diſcorde, de haine, de vengeance, & un maſque dont ſe couvre l'hypocrite, pour tromper plus adroitement ceux dont la crédulité lui peut être utile : enfin j'y vois le bouclier de la tyrannie contre les Peuples qu'elle opprime, & la verge des bons Princes quand ils ne ſont pas ſuperſtitieux. Avec cette idée de votre Religion, outre le droit de l'abandonner, je ſuis dans l'obligation la plus étroite d'y renoncer & de l'avoir en horreur ; de plaindre ou de mépriſer ceux qui la prêchent, & de vouer à l'exécration publique ceux qui la ſoutiennent par leurs violences ou leurs perſécutions. «

Je ne crois pas que les Cannibales, mon cher M., vouluſſent d'une Religion reconnoiſſable à ces traits. On n'en vit jamais de pareille ſur la terre. La Chrétienne, d'après ce tableau, ſeroit de beaucoup au deſſous du Mahométiſme & de l'Idolâtrie. La fureur de votre Militaire, en l'aveuglant, nous éclaire & rend ſenſible ſon injuſtice. Si ſon Libelle eſt tout dans ce goût-là, loin de le trouver dangereux, je ſolliciterois volontiers, je l'avoue, la permiſſion de le multiplier & de le répandre, comme auſſi propre à donner une juſte idée de Mrs les Incrédules, qu'à confirmer les Chrétiens dans leur croyance. Préſenter un pareil tableau de la Religion, n'eſt-ce pas peindre un Ange ſous la figure du monſtre le plus odieux? Reprenons ces traits en détail, je vous prie, & jugez vous-même, M., de l'habileté du peintre par la fidélité du portrait.

Après de mûres réflexions.

Que faut-il pour réfléchir mûrement? Il faut écarter les attraits des plaiſirs, s'éloigner du tumulte des affaires, impoſer ſilence à ſes paſſions,

& dans le calme du cabinet considérer un objet sous tous les rapports possibles, en combiner les avantages & les inconvéniens, en juger par des principes bien vus ; l'étudier dans sa cause, l'analyser dans ses parties, l'apprécier dans les effets qu'on doit en attendre : or, M., les Incrédules, & surtout beaucoup de Militaires, dont on connoît la conduite, les penchans, les occupations, sont-ils dans une position bien favorable à des opérations intellectuelles, qui demandent d'être suivies, pour être bien faites, & l'homme tout entier, pour être suivies ? Ce n'est pas dans le tourbillon des plaisirs qu'on réfléchit, ni dans le cahos des affaires qu'on étudie, ni sous l'esclavage des sens, qu'on donne l'essor à l'intelligence. De plus, tel s'imagine réfléchir mûrement, qui souvent est la dupe d'un cœur intéressé sourdement à trouver de la solidité dans des idées qui le flattent. De deux hommes qui réfléchissent, dont l'un se roidit contre son amour propre, & l'autre en suit la pente douce, c'est sans contredit le premier qui dans la balance met de son côté le poids de la présomption. Ce ne seroit donc pas une témérité dans moi de soupçonner au moins une fanfaronade ridicule dans l'air de Philosophe, que l'Auteur Militaire veut ici se donner. J'ose même mettre en fait, quoiqu'avant la lecture de son Livre, qu'il ne contient que des réflexions triviales, superficielles, puisées dans le sensible, appuyées sur des paradoxes, égayées peut-être par des plaisanteries, fécondes sur des abus qu'on condamne, légeres & stériles sur des vérités indubitables qu'il s'agiroit d'attaquer. Nous verrons, M., si les détails de ma seconde Lettre ne justifieront pas mes pronostics.

Après de mûres réflexions, voici le jugement que je porte de la Religion Chrétienne.

Ecoutez, partisans aveugles de cette Religion, ce qu'il en faut penser. Venez Chrétiens des dix-sept derniers siecles, venez apprendre dans le dix-huitieme que vous étiez tous plongés dans de grossieres erreurs. Les Pauls, les Augustins, les Chrysostômes, les Grégoires, les Basiles, les Léons étoient autant d'ignorans ou d'imposteurs, dont les uns par simplicité sont tombés dans les piéges de la superstition, les autres vous ont entraînés par artifice. Leurs ſublimes Ecrits ou ſont le fruit d'une aveugle crédulité, ou les Ouvrages réfléchis de mille fourberies bien combinées. Enfin le voile de l'erreur eſt déchiré par la main d'un Militaire dont le génie vient d'enfanter des réflexions mûres & ſolides, qui malheureuſement avoient échappé à tous les ſiécles précédents. Ecoutez avec reſpect un ancien Officier, qui, plus éclairé que tous les Peres, plus profond que tous les Docteurs, plus ſûr que tous les Conciles, va porter un jugement ſans appel ſur la Religion que vous profeſſez

Je la trouve, vous dit-il, *abſurde.*

Abſurde! O enfans de l'Egliſe, dont je ſuis environné, quoi! ce ſont des abſurdités que contient le ſymbole de votre foi? Je crois en un Dieu Pere Tout-Puiſſant qui a *créé le Ciel & la Terre.* Il n'appartient qu'à des imbécilles de croire pareilles abſurdités. De nouveaux Philoſophes viennent diſſiper enfin la létargie ſpirituelle, dans laquelle le genre humain languit depuis tant de ſiecles. Apprenez-le: l'Univers eſt éternel, les principes des êtres ſont ſans principe; la matiere de toute éternité roule, circule, fermente par un mouvement qui lui eſt eſſentiel; le haſard qui préſide à l'agitation des germes, a ſaiſi le moment favorable pour leur développement; une fatalité dominante ſur la maſſe des êtres, a ſçu ſans intelligence, en organiſer de très-intelligents, & la nature, cette artiſte laborieuſe, a diſtribué dans l'enceinte d'un monde, qui cependant n'a pas de bornes, les corps groſſiers pour graviter ſur les ſubtils, les ſubtils pour pénétrer dans les pores des plus lourdes maſſes; en ſorte qu'après des millions de mouvemens fortuits, d'impulſion, d'attraction, ou de rotation, chaque être s'eſt trouvé placé dans la ſphere d'activité qui convient, pour le fixer à ce point de perfection, d'où réſulte, pour les opérations des eſprits & de la circulation des corps, l'harmonie ſinguliere que vous admirez. Voilà ce qui s'appelle des vérités lumineuſes, des axiomes évidents. Mais un eſprit infiniment parfait, dont l'intelligence, la volonté, la providence embraſſent, produiſent & gouvernent tout; c'eſt une abſurdité que tout homme à réflexion doit reléguer dans le pays des chiméres. Ainſi, pour parler déſormais le langage de la raiſon, & réformer notre ſymbole ſur les oracles de la nouvelle Philoſophie, il faudra dire : je crois que la fatalité eſt la ſource de tous les êtres, que la nature eſt l'architecte du monde, & que le haſard en opere les révolutions. Si c'eſt là le *Credo* des beaux eſprits, je me ſens, je l'avoue, plus idiot que jamais, & n'ai pas l'air de ſuivre ſi-tôt leur banniere.

Mais qu'ajoutez-vous, ô Chrétien! dans votre Profeſſion de Foi? *Je crois*, dites-vous, en Jeſus-Chriſt ſon Fils unique, Dieu de Dieu, lumiere de lumiere, Conſubſtantiel à ſon Pere, & ſon égal en tout; engendré ſans avoir eu de commencement. O abſurdité! s'écrient ici Mrs les Déiſtes, à la tête deſquels marche ſans doute notre Militaire. Attendez, Mrs. Qu'entend-on par abſurdité? C'eſt une aſſertion révoltante, dont le faux eſt évident & dont l'objet n'eſt pas même dans l'ordre des choſes poſſibles : un tout moindre qu'une de ſes parties : une ligne droite & courbe en même temps, un cercle ſans centre, un quarré ſans angle, un triangle dont les côtés ſont égaux & les lignes inégales; des propriétés dans le néant, &c. Ce ſont là ſans doute autant d'abſurdités. La contradiction dans les termes étant évidente, elles ne peuvent être l'objet de la foi ; Dieu lui-même, la Raiſon eſſentielle, ne pouvant ſe contredire, ni les propoſer à croire. Mais qu'un eſprit infini ait une intelligence infinie, que cette intelligence, eſſentielle à cet eſprit, lui ſoit coéternelle, qu'une égalité parfaite ſoit entre deux perſonnes réellement diſtinctes, ſans être détruite par cette diſtinction &c. Oſer dire, cela ne peut pas être, ce ſeroit la témérité d'un habitant de la terre qui détailleroit ce qui eſt ou n'eſt pas dans la voie lactée. La raiſon n'apprend-elle pas à Mrs les Incrédules, comme à nous, que Dieu n'a pas de bornes, & que notre eſprit en a de très-étroites ; & par conſéquent que celui-ci ne peut parcourir l'infini de l'autre ? N'apprend-elle pas qu'il faut donc admettre néceſſairement dans Dieu, ce qui paſſe notre intelligence ? Or tout ce qui la paſſe, par cela ſeul eſt-il abſurde ? N'eſt-ce pas au contraire une abſurdité, d'aſſurer comme impoſſible, ce que nous convenons être incompréhenſible ? Ces Mrs ſe flattent-ils de connoître Dieu parfaitement? Le croire, feroit une extravagance; avouer ſon impuiſſance ſur ce point, c'eſt admettre des myſteres: nous appellons ainſi, ce qui dans Dieu ſurpaſſe nos connoiſſances. La néceſſité des Myſtères n'eſt pas moins évidente, que celle des limites dans notre eſprit & de l'infini dans Dieu. Mais ſi Dieu, dites-vous, eſt pour notre eſprit, ce qu'eſt la voie lactée pour nos yeux, le parti de nous taire ſur ce grand objet eſt donc le ſeul qui convienne. Dès-lors les hommes ont tort de dire qu'il y a trois Perſonnes en Dieu.

Les hommes! Aſſurément, ils auroient tort. Il leur ſied bien de nous analyſer la Divinité! Qui d'entre nous a pénétré dans ſon Sanctuaire, ſondé ſon Eſſence, approfondi ſes ſecrets, ou meſuré ſa Toute-Puiſſance? Les hommes! Que de folies les plus ſages du Paganiſme n'ont-ils pas entaſſées ſur ce ſujet dans les leçons du Portique ou du Lycée! Les hommes! Sont-ce donc les Platons, les Socrates, les Licurgues, les Solons, les Charondas qui nous ont appris qu'il n'exiſtoit qu'un Dieu, & que dans lui étoient trois Perſonnes réellement diſtinctes &

parfaitement égales? Quel eſt l'homme qui n'eût pas rejetté ce dogme, s'il ſe fût préſenté à ſon eſprit ; ou qui eût oſé le propoſer, s'il l'eût inventé? Il n'appartient qu'à Dieu de nous dire ce qu'il eſt ; il n'appartient qu'à lui de nous prouver qu'il l'a dit. Toute preuve qui ne me viendra pas du Ciel, & ne portera pas le ſceau de la Divinité, je la relégue à l'école de Zénon, ou dans les jardins d'Academus. Homme comme les autres, partagé comme eux des lumieres de la raiſon, je n'ai pas moins qu'eux le droit de leur impoſer ſilence ſur cet article, & de former un Dieu à ma façon. Mais ne doivent-ils pas ſe taire, ainſi que moi, prêter l'oreille & ſe ſoumettre, ſi Dieu daigne ſortir de ſon ſecret, faire entendre ſa voix, & nous parler par ſon Fils. Le Chrétien & le Déiſte, d'accord ſur le devoir, s'il eſt réel, ne diſputent que ſur le fait d'où ſe tire ſa réalité. Moi, dit l'un, je crois que le Fils de Dieu eſt deſcendu du Ciel, qu'il s'eſt fait homme, pour ſauver les hommes : *Propter nos homines & propter noſtram ſalutem deſcendit de Cælis.* Pour moi, dit le Militaire Philoſophe, je trouve la Religion Chrétienne, non-ſeulement abſurde, mais *extravagante.*

Elle l'eſt ſans doute, M. l'Officier, au Tribunal de la raiſon, ſi elle ſe préſente ſans preuves à ſes yeux. Mais que trouvez-vous d'extravagant à croire un fait qu'il eſt impoſſible de rejetter, ſans adopter toutes les extravagances d'un Pyrrhoniſme qui porte coup ſur toutes les hiſtoires, briſe tous les liens qui uniſſent les peuples, renverſe les fondemens de toute Société, anéantit les dépoſitions éloquentes des monumens les plus reſpectables, nous précipite dans un abyme où l'on ſe perd, enveloppe enfin tout l'Univers d'un voile abſolument impénétrable? Le fait de l'Incarnation ne doit pas s'attaquer par des doutes puiſés dans l'incompréhenſibilité du myſtere. Il n'eſt ici queſtion ni de concilier la miſere d'une étable avec la dignité d'un Dieu, ni de nier l'union des deux natures divine & humaine en une perſonne, ſur ſon impuiſſance à la comprendre. Il s'agit de nous prouver que c'eſt une extravagance de croire un événement dont les hiſtoriens ont été les témoins, dont les avant-coureurs ſont autant de preuves, les accompagnemens autant de miracles, les suites autant d'avantages subsistants, les garants autant de Martyrs, les effets autant de monumens qui l'attestent. Il s'agiroit de prouver, ou que le mal moral n'a pas infecté le genre humain, vraie folie; ou que Dieu doit laisser le crime impuni; blasphême horrible: ou que pour sa réparation, il auroit dû choisir un autre moyen que le sacrifice de son Fils; ce qui seroit le comble de l'ingratitude, & de l'impiété. La Religion Chrétienne, *extravagante !* On ne sçait si l'on doit plutôt se livrer à l'indignation sur la hardiesse du blasphémateur, qu'à la pitié sur son ignorance. Il faut, mon cher Chevalier, que votre Militaire ne connoisse pas la Religion. Plus on l'étudie, plus on découvre en elle de caractères de sagesse, qui saisissent, enchantent, pénétrent le cœur d'amour, & l'esprit d'admiration. Dites-moi, je vous prie, un excès qu'elle ne blâme pas, un mal sous ses yeux sans remède, un crime sans punition, une passion sans frein, un désordre sans condamnation, une bonne œuvre sans récompense. Quelle admirable sagesse dans toutes les maximes de la Religion, ſur l'amour qu'elle régle, ſur l'amitié qu'elle ſanctifie, ſur les grandeurs du monde dont elle déſabuſe, ſur les talents qu'elle ennoblit, ſur l'amour propre qu'elle rectifie, ſur la proſpérité dont elle montre les écueils, ſur l'adverſité dont elle ſoulage le poids, ſur les devoirs dont elle inſpire l'amour, ſur la mort dont elle modere la crainte, fait naître le deſir & diſſipe les horreurs; en un mot tout tient à la ſociété par la conſcience, & par elle, à la Religion. Que la Religion prenne la balance du Sanctuaire, & ne laiſſe parmi ſes partiſans que ceux qui ſont dignes d'elle; j'y vois dès-lors une ſociété de vrais ſages, où l'ordre régne, juſqu'à proſcrire tout excès, même dans la ſageſſe, s'il étoit poſſible. En un mot raſſemblez toutes les vertus dans un coin de la terre, écartez-en tous les vices; là vous trouverez la Religion Chrétienne dans ſa pureté. C'eſt ne pas la connoître que d'en penſer autrement; & n'eſt-on pas indigne de ſa connoiſſance, lorſque ſans l'avoir, on oſe la traiter *d'extravagante?* Indigne, ſans doute: mais quiconque en eſt indigne en doit-il être privé? Ce n'eſt pas là ce que nous apprend cette sainte Religion. Elle nous dit au contraire de prendre en pitié ceux mêmes qui l'outragent, de les reprendre avec douceur, de les supporter avec patience, d'éclairer ceux qui s'égarent, de conjurer, d'avertir, d'exhorter, de presser à temps & à contre-temps ceux qui paroissent les plus opiniâtres dans le mal. Gardons-nous donc, en plaidant la cause de la Religion, de ne pas le faire selon son esprit & dans ses vues. Puisque la patience est ici de devoir, qu'il nous est même commandé de nous défier de nos propres lumieres, écoutons encore un Philosophe, qui, tout Militaire qu'il est, nous dit avoir fait sur ce sujet les plus mûres réflexions.

Oui, Chrétiens aveugles, nous dit-il ; assez & depuis trop long-temps vous insultez la Divinité. Il en est temps : brûlez enfin vos Catéchismes, vos Rituels, vos Ecritures ; brisez vos Tabernacles, renversez vos Autels ; qu'il ne soit plus question sur la terre de Sacremens ni de Sacerdoce : car je vous déclare aujourd'hui, (& c'est après y avoir bien pensé,) que votre Religion est *injurieuse à Dieu.*

Injurieuse ! Oh ! mon cher Chevalier, cette qualification donnée par un profond Philosophe à la Religion que je professe, m'inquiéte & me rend fort curieux de son Ouvrage. Apparemment qu'il va nous y tracer quelque systême sublime sur la Divinité: sans doute qu'inspiré par elle, plus Prophête que nos Isaïes, plus Théologien que l'Ange de l'Ecole, il va nous développer sur l'Etre suprême, des idées vraiment dignes de lui. Cependant je résiste à la demangeaison de le lire, pour examiner auparavant, si les scrupules qu'il fait naître dans mon ame sont bien fondés. Est-il donc vrai, ô mon Dieu! que c'est vous insulter que d'être Chrétien? Quoi, plus je fais d'efforts dans ma Religion pour vous plaire, plus j'irrite votre colere en multipliant contre vous les attentats! Que je suis à plaindre, si le culte que je vous rends vous est injurieux! Mais comment! N'est-ce pas celui que vous rendoient mes peres & mes ancêtres? Me suis-je ouvert une carriere nouvelle? La ligne sur laquelle je marche n'est-ce pas celle qu'ils m'ont tracée? Oui: mais si mes aïeux étoient le jouet de l'erreur, s'ils vous offensoient, ô mon Dieu! par ce même culte, s'ils n'ont fait que me transmettre de criminels préjugés ; coupable comme eux, je ne fais donc qu'ajouter à leur iniquité de plus grandes encore : c'est donc sur leur justification que je puis établir la mienne. Eh ! comment les justifier ? Dans quel Code mes prédécesseurs ont-ils puisé les sentimens, les dogmes, les maximes, les cérémonies de la Religion que j'en ai reçue ? Ici, mon Dieu, j'ai besoin de votre vérité. Vous ne pouvez ni tomber dans l'erreur, ni m'y jetter. Vous même avez allumé le flambeau qui m'éclaire dans les routes du passé ; je puis donc le suivre avec assurance. Suivons-le.

Ici l'antiquité s'ouvre devant moi. Que de lumieres sur tout le chemin ! que de signaux sur le véritable sentier ! La raison me prend elle-même par la main ; le cri de l'histoire, équivoque pour qui ne veut pas l'entendre, me dirige d'âge en âge ; la sage critique me garantit des écarts ; la chaîne des Docteurs me soutient dans ma course ; les oracles des Conciles me font éviter les précipices ; l'éloquence de mille Apologistes assure mes pas ; les débris des Idoles, loin d'embarrasser le chemin, servent à l'indiquer ; les larmes

& les soupirs d'une foule de pénitents m'entraînent sur leurs traces ; des ruisseaux de sang, à ma droite, à ma gauche, m'avertissent de remonter à leur source; j'apperçois des millions de victimes de tout âge, de tout sexe, de tout état, qui se laissent tranquillement égorger, plutôt que de renoncer à la Religion Chrétienne. Il faut donc remonter plus haut. J'avance au milieu des prodiges, & j'arrive enfin au berceau du Christianisme sur une Montagne, où les premiers Chrétiens, au nombre de plus de 500, reçoivent les derniers adieux de leur Maître, de leur Chef, de leur Fondateur; le seul d'entre les hommes qui ait eu droit de dire: *Je suis le Fils de Dieu: mon Pere & moi ne sommes qu'un. J'ai tout pouvoir dans le Ciel & sur la terre. Je vous envoie comme mon Pere m'a envoyé. Je serai avec vous jusqu'à la consommation du siècle.* Quel langage! & quelle histoire eut jamais un pareil dénouement! Jesus bénit l'assemblée, s'éleve au milieu des airs, monte au Ciel & disparoît. Voilà la Religion Chrétienne établie: voilà l'Eglise fondée. Je ne vois alors qu'environ 500 Chrétiens dans le monde;

mais qui font entendre aux hommes un langage jusqu'alors inoui. Jesus, disent-ils, que nous avons vu mourir sur une Croix, est ressuscité : nos yeux l'ont vu, nos mains l'ont touché, nos oreilles l'ont entendu : il est la voie, la vérité, la vie ; ce n'est que par lui qu'on peut être sauvé. On les écoute, on les admire, on les suit ; la Synagogue est dans l'étonnement ; le Sanhédrin est déconcerté ; les sacrifices des boucs & des taureaux cessent ; le Temple de Jérusalem est brûlé ; les Juifs se dispersent, toujours errants, toujours subsistants ; le Paganisme s'écroule, ses oracles se taisent, ses mysteres impurs sont abolis ; un nouveau culte fait adorer Dieu en esprit & en vérité : culte qui prend naissance au milieu des miracles, qui s'étend sur les coups qu'on lui porte, qui purifie tout l'Orient, fait changer de face à l'Occident, porte par-tout des fruits de lumiere, de justice & de sainteté : culte admirable, qui varie selon les besoins, les régles de la discipline, & conserve son esprit primitif sans altération ; qui permet de disputer sur ses dogmes, sans admettre de changement dans sa doctrine ; qui laisse un libre cours aux passions, & triomphe des abus qui paroissent le défigurer; qui se perpétue enfin de générations en générations jusqu'au XVIIIe. siécle, où je vois une multitude de ses partisans prêts à l'abandonner sur les clameurs d'une Philosophie orgueilleuse, dont la séduction est annoncée, & qui vient effrontément nous assurer que cette même Religion est *injurieuse à Dieu*. En quoi, s'il vous plaît? Je défie ici votre Militaire & ses adhérents de citer un seul trait dans ses Livres, sa doctrine, sa morale, qui fasse injure à la Divinité: je les défie même d'en citer un seul qui ne soit pour elle un hommage direct ou indirect de notre esprit ou de notre cœur. Ils ne manqueront pas d'objecter les scandales de ses mauvais Ministres, les désordres de ses enfans, la corruption des mœurs dans les uns, des pratiques superstitieuses dans les autres; mais pour raisonner avec justesse, ils devroient ajouter & prouver que c'est la Religion Chrétienne qui approuve, ordonne, autorise, & l'orgueil des Evêques fastueux, & les superstitions d'un vulgaire grossier, & les débauches des libertins. Pour moi, de cet amas d'horreurs qu'on reproche à l'Eglise Chrétienne, je ferois sortir sans peine la plus belle des Apologies. En effet, quelle attention dans son Fondateur, qu'elle puissance dans l'esprit qui l'anime, pour la conserver pure, sans ride & sans tache sous ce torrent de vices qui l'inondent? Quelle condescendance dans cette mere tendre, de tolérer les excès qu'elle proscrit, pour donner à leurs auteurs le temps de rentrer en eux-mêmes & de les réparer? Des branches mortes sur un arbre, n'ôtent pas la vie au tronc qui les porte. Pourquoi donc conclure des souillures des mauvais Chrétiens, que leur Religion en est souillée? La paralysie d'un membre ne prouve pas celle du voisin. C'est donc mal raisonner que de nous dire : votre Religion est *injurieuse* à Dieu; car voyez vos Papes, vos Evêques, vos Prêtres, vos Moines; voyez vos fausses reliques, vos faux miracles &c. Pitoyable refrein dont retentissent certains cercles, où l'on a moins de jugement que d'esprit, où l'on cherche à s'étourdir sur ses désordres, en voulant multiplier ses complices. Non, pour qu'un systême de Religion soit injurieux à la Divinité,

nité, il faut, ou qu'il lui donne au moins un défaut, ou qu'il lui ôte au moins une perfection. Or parcourez l'Ancien & le Nouveau Testament, depuis le premier mot de la Genèse jusqu'au dernier de l'Apocalypse; & dites-moi de quelle perfection l'on dépouille l'Etre Suprême, de quel défaut on souille son Essence. Quel admirable tableau je formerois au contraire par la réunion de tous les traits épars dans les Livres Saints sur les divines perfections! Dieu lui-même en fournissant les couleurs; comment pourroit-il être défectueux? L'imagination seroit ici de trop; & le génie de trop peu: l'une, en mettant des bornes à tout ce qu'elle manie, & l'autre, en sentant à chaque pas la nécessité de n'en pas mettre. Mais l'Esprit Divin, à qui seul il appartient de nous ouvrir le sein du Très-Haut, sans nous permettre d'en sonder les profondeurs, nous en laisse voir assez pour nous persuader que le Dieu des Chrétiens est le seul véritable; Esprit infiniment parfait.

Comment! *Le véritable*, s'écrie ici une foule de pigmées qui se croient des géants; ce Dieu n'est qu'un tyrant cruel, jaloux, vindicatif, qui commande des meurtres, autorise les vols & les mensonges, enhardit le fanatisme, & permet sur la terre un déluge de crimes qu'il peut empêcher. Voilà ce qu'il est dans l'ancienne loi.

Dans la nouvelle, c'est le plus vil des mortels qui naît dans une crêche, souffre la faim, la soif, gagne, à l'aide d'une morale assez pure, quelques personnes simples & crédules; mais bientôt trahi par l'un, renié par l'autre, abandonné de tous, tombe enfin dans les mains de ses ennemis qui le font périr par le supplice des esclaves. A ces traits reconnoît-on le vrai Dieu?

Hé! Messieurs, étudiez, instruisez-vous, non pas à l'école d'un vieil étourdi, qui, nourri dès sa jeunesse de tous les poisons du mensonge & de l'impiété, se croit aujourd'hui grand Historien, & grand Philosophe, & prouve parfaitement dans sa Philosophie de l'Histoire, qu'il n'est ni l'un ni l'autre. Mais reprenez vos Catéchismes, allez recevoir des leçons, non pas d'un S. Paul, d'un Cyrille, d'un Grégoire de Nazianze, d'un Augustin, d'un Prosper, d'un Léon, leurs Ouvrages immortels ne sont pas à votre portée; une nourriture aussi solide vous étoufferoit; mais allez-en recevoir auprès d'un Mezangui dont le zèle & la patience vous distribueront le lait de la doctrine Chrétienne, en vous la développant avec une noble simplicité. Cet excellent Maître vous éclaircira les difficultés triviales qui vous arrêtent, vous expliquera des expressions que vous interprêtez mal, vous développera les grandes vues de Dieu dans la permission du mal moral; vous prouvera son empire & ses droits sur la vie & les biens des hommes, dont il dispose à son gré; vous démontrera par la majesté, la force, la douceur & l'harmonie des deux Testamens, que ces deux grands Ouvrages portent sa vive empreinte; vous apprendra à concilier des attributs qui vous paroissent se contrarier; & fera briller enfin les preuves de la bonté de Dieu, dans l'obscurité de la crêche; de sa grandeur, dans l'ignominie du Calvaire; de sa sagesse, dans la folie de la Croix.

Il est vrai que cet habile Précepteur dont vous avez grand besoin ne vous proposera pas un Dieu, tel que votre amour propre se le figure & le desire; un Dieu qui ne voit pas les crimes, ou les laisse impunis, indifférent pour l'ordre, peu jaloux de sa gloire, méprisable dans ses menaces, infidele à ses promesses, sans influence sur les ames, sans action sur les corps, borné dans ses vues, impuissant sur l'Univers: voilà ce que j'appelle un systême de Religion vraiment injurieux à la Divinité. Mais le Christianisme... assurément, cher Chevalier, votre Militaire ou ne sçait ce que c'est, ou ne réfléchissoit pas quand il s'est avisé d'écrire une si grossiere absurdité. Je ne puis encore attribuer qu'aux ténebres de l'ignorance ou au délire, les horribles qualifications qu'il y ajoute. » Je la trouve, dit-il, la Religion » Chrétienne, pernicieuse aux hom» mes, facilitant & même autorisant » les rapines, les séductions, l'ambi» tion, l'intérêt de ses Ministres, & » la révélation des secrets des famil» les: C'est une source de meurtres & » d'atrocités, un flambeau de discor» de & de vengeance, un masque » pour tromper plus adroitement. «

Pareilles invectives, mon cher M.,

méritent-elles autre chose que du mépris, & ne trouvent-elles pas dans leur seul exposé la meilleure des réfutations ? Sous quel prétexte ose-t-on mettre sur le compte du Christianisme ce qui ne vient que de ses plus cruels ennemis ? Depuis quand, les voleurs, les meurtriers, les ambitieux, les séducteurs, les vindicatifs, les hypocrites doivent-ils être regardés comme Chrétiens ? Il suffit, dit Tertulien, d'être souillé d'un crime, pour être indigne du titre de Chrétien ; *Non jam Christianus.* Est-ce par des rameaux pourris qu'on juge d'un arbre, ou de l'or par son écume, ou du jour par la nuit ?

Le premier cri de la Religion, n'est-ce pas un cri de charité, cri puissant qui retentit depuis 18 siécles dans toutes les Chaires, se répéte dans toutes les Ecoles, & fait des vrais Chrétiens autant de freres, prêts en tous temps, non pas à se piller les uns les autres, à se supplanter, se calomnier, mais à se prévenir réciproquement par les témoignages d'une sincere affection ? Son Fondateur ne met-il pas à la tête de ses Commandemens, celui d'aimer son prochain comme soi-même, de répondre aux affronts par des bienfaits, de prier même pour ses persécuteurs? Son Disciple bien-aimé pendant plus de 60 ans, a-t-il laissé passer un jour, sans répéter : *mes enfans, aimez-vous les uns les autres?* Les Apôtres, quand ils exhortoient à quelques devoirs, n'est-ce pas sur celui de la charité qu'ils insistoient principalement; *Ante omnia mutuam in vobismetipsis charitatem continuam habentes?* Les Païens eux-mêmes pour qui les mots d'humilité, de charité étoient des mots nouveaux, n'étoient-ils pas dans la plus grande admiration à la vue de l'union qui régnoit parmi les premiers Chrétiens? Voyez, s'écrioient-ils, comme ils s'aiment les uns les autres! N'est-ce pas même un spectacle assez singulier que nous donnent aujourd'hui M[rs] les Incrédules, qui voulant à toute force décrier la Religion Chrétienne, tombent à ce sujet, sans s'en appercevoir, dans les plus grossieres contradictions? Les uns l'accusent de conduire à la cruauté, d'autoriser les vols, de faciliter les meurtres, les mensonges, & toutes sortes de crimes : les autres lui reprochent d'inspirer une douceur qui énerve l'ame, de jetter dans une inaction qui rend inutile à l'Etat, de faire naître des ſcrupules propres à relâcher tous les liens de la Société. Que ſeroit-ce, diſent-ils, qu'un Royaume qui ne ſeroit peuplé que de vrais Chrétiens? On n'y verroit ni bravoure dans le ſoldat, ni activité dans le commerçant, ni induſtrie dans l'artiſte; point de ſpectacles, point de luxe, point d'opulence, par conſéquent point de patriote.

Si la haîne contre la Religion, mon cher, n'aveugloit pas nos beaux eſprits, ne ſentiroient-ils pas l'injuſtice de leurs reproches, par l'évidence de leurs contradictions? Comment ſe pourroit-il que le même ſyſtême ouvrît la porte à tous les crimes, & la fermât; jettât dans des brigandages & dans l''inaction, rendît doux & cruel, ſcélérat & ſcrupuleux, ennemi du luxe & plein d'ambition, lâche enfin & meurtrier, ſoit en liant les mains contre les ennemis de l'Etat, ſoit en armant du fer & du feu contre les citoyens? Pourquoi font-ils ainſi des Chrétiens, tantôt un peuple de forcenés, quand il eſt queſtion de leurs intérêts, tantôt une troupe de poltrons, s'il s'agit de ceux de la Patrie? D'où peuvent éclorre des jugemens aussi contradictoires, sinon du dessein de rendre la Religion odieuse, en la donnant pour incompatible avec les avantages de la Société? Mais remarquez, mon cher M., qu'en s'unissant pour la détruire, ce sont eux-mêmes qu'ils combattent, & que du cahos de leurs contradictions, sort une lumiere vive qui rend au Christianisme son éclat & sa beauté. C'est dans son attention à garantir de tout extrême, que brille la Religion: la sagesse est son principal caractere, comme l'innocence, celui de ses enfans: la licence & le rigorisme sont ses écueils. Si d'un côté le scrupule lui déplaît, de l'autre elle condamne le relâchement. Trop de chaleur pour elle conduit au fanatisme, & trop peu, à l'indolence: en un mot le devoir est l'unique point sur lequel roule tout l'édifice de la Religion. Mais le devoir ne se tire pas seulement de la conscience, guide trompeur, qui souvent prend un desir pour un devoir, une illusion pour une réalité, la voix de l'amour propre pour celle de la charité. Quelle est donc la vraie source du devoir? C'est la loi. Or dans le code des Chrétiens me montreroit-on une ſeule loi, je ne dis pas pernicieuſe aux hommes, mais qui ne contribue pas, ſoit à l'avantage des individus, ſoit au bonheur de la Société? Parcourons-le.... Ici s'ouvre une carriere immenſe dans laquelle je ſens que l'imagination m'entraîneroit par la facilité du détail, ſi je n'étois arrêté par votre coup d'œil qui me prévient & déja vous fait dire au fond du cœur : le Militaire Philoſophe eſt un calomniateur impudent, de donner pour l'ouvrage de la Religion, ce qu'elle rejette avec horreur : ou le plus mépriſable des ignorans, en prenant des écarts pour des regles, des abus pour des loix, & pour preuves des calomnies.

Comment donc, mon cher Chevalier, trouvez-vous triomphant contre la Religion un Ecrit qui fournit dans ce ſeul paſſage un beau canevas pour ſon apologie? La contradictoire de cette aſſertion nous peint la Religion Chrétienne ſous ſes vraies couleurs; d'un côté comme le chef-d'œuvre du Ciel, & de l'autre comme le tréſor de la terre. Banniſſez la Religion d'un Royaume; c'eſt alors que vous y trouverez rapines dans les

Finances, séductions dans les deux sexes, ambition chez les Grands, intérêt dans les Prêtres, indiscrétion dans les Confesseurs, meurtres des riches, atrocités des partisans, discorde entre les freres, haines entre les concurrens, vengeance pour le moindre affront, hypocrisie dans les Religieux pour en imposer au Peuple & tirer proffit de sa crédulité. Mais rendez dans ce même Royaume la Religion florissante ; voilà les sources abondantes de la charité qui s'ouvrent pour arroser & multiplier par-tout des arbres de vie, pour en diversifier les fruits selon la différence des états, en répandant sur le Trône un esprit de sagesse & de bonté qui gagne au Souverain les cœurs des Sujets, & rend les intérêts des Sujets précieux au Souverain; dans le Sanctuaire, la science & le désintéressement, pour former des Ministres en état de montrer le vrai chemin du Ciel, & prêts à tout sacrifier pour y marcher les premiers; dans les camps, le courage & la modération, pour placer à la tête des armées des Josués & des Gédéons, & dans tous les cœurs les sentimens d'un héroïsme favorable à l'humanité ; sur tous les Tribunaux, un amour de la justice qui rende les Magistrats inflexibles pour ses droits, accessibles pour les Orphelins, sourds aux sollicitations des Grands, qui ferme les mains aux présens, & n'ouvre leurs yeux que sur la loi; dans tout le Barreau, un amour pour le public qui faisant triompher le patriotisme de la cupidité, bannisse enfin du Sanctuaire de la Justice cette vénalité d'éloquence, cette tyrannie de la plume, qui par d'odieuses exactions, font des loix l'instrument de l'iniquité, & des procédures le voile de l'injustice. Tous ces traits ne sont encore qu'une foible ébauche des bienfaits de la Religion. Que seroit-ce, mon cher Chevalier, si pénétrant avec vous dans le détail des états & dans l'intérieur des maisons, je vous faisois remarquer sous les influences du Christianisme l'étonnante métamorphose de la nation, & par elle, sa félicité, l'émulation dans les arts sans jalousie, l'activité dans le commerce sans banqueroute, la sainteté du lit nuptial mise à couvert sous le voile de la pudeur, l'union dans les mariages cimentée par une fidélité réciproque, les sources de l'education épurées par la vigilance des maîtres, l'ardeur pour le travail dans la jeunesse soutenue par la piété, la tempérance même dans les enfans, la bonne foi dans les domestiques, l'innocence jusque dans les plaisirs &c. Placez ce tableau, mon cher Monsieur, auprès de celui que vous a tracé le Militaire Philosophe, & décidez quel est celui de la Religion. Cependant le pinceau de votre Officier a laissé échapper deux traits, dont l'un, que nous adoptons, trahit sa politique, & l'autre, que nous rejettons avec horreur, prouve sa méchanceté. » Je vois, » dit-il, dans la Religion Chrétienne, » le bouclier de la tyrannie contre les » peuples qu'elle opprime, & la ver» ge des bons Princes quand ils ne » sont point supestitieux. «

Il faut, ce me semble, un peu d'attention pour démêler le sens de ce pompeux galimatias. L'Auteur a voulu dire sans doute que les tyrans se servent de la Religion comme d'un bouclier, pour opprimer impunément les peuples qui sont sous leurs loix. Mais d'abord, quand la Religion est assise sur le Trône à côté du Monarque, la tyrannie n'est pas à craindre:

elle ne peut naître que du ſein de l'irréligion. Qui dit un tyran, dit un impie. Dans un Roi religieux je ne vois qu'un bon pere : ſon peuple eſt ſa famille. Quoique légiſlateur, il reconnoît au deſſus de lui une loi que ſa piété lui fait aimer, c'eſt de n'avoir en vue dans le choix de ſes Miniſtres, dans les innovations qu'il introduit, dans les projets qu'il adopte, dans tout le ſyſtême de ſa politique, que le triomphe des vertus & le bonheur de ſes chers ſujets. Que tous les Rois prennent un S. Louis pour modèle, auroit-on à craindre d'autre malheur ſous leur régne, que celui d'en voir la fin? Mais que les paſſions dans le Prince l'emportent ſur la Religion, qu'un ſceptre de fer dans ſes mains écraſe les peuples ſous le poids de la tyrannie; oui, nous l'avouons, M^rs les Incrédules, nous autres Chrétiens nous le reſpecterons toujours: ſa dureté n'efface pas ſur ſon front l'auguſte caractere d'Oint du Seigneur; la conſcience nous fait un devoir d'être ſoumis à tous les ordres de ſa part qui ne ſont pas incompatibles avec les intérêts de la Religion. Qu'il nous dépouille de nos priviléges, de nos revenus, de notre liberté, qu'il nous enléve même les biens de nos Eglises, les richesses du Sanctuaire, nous n'opposerons jamais, disoit Saint Ambroise, la violence à la violence: notre ressource est dans nos prieres, notre force dans nos larmes, notre triomphe dans le sacrifice de nos vies: l'abus de la puissance dans un Souverain ne la rend pas illégitime; l'injustice de ses ordres n'affoiblit donc pas le devoir de l'obéissance. Si dans de malheureuses conjonctures les loix fondamentales de l'Etat autorisent des Remontrances, l'esprit du Christianisme les rend fermes & respectueuses, & détermine même au plus grand des sacrifices, si l'on ne peut accorder que par lui la foi dûe aux sermens avec l'obéissance dûe aux Césars. Ce n'est point ainsi que pensent Mrs les Incrédules; dans l'oppression il traitent notre patience de lâcheté. Leur Religion seroit donc un mauvais bouclier contre leurs traits pour un Prince qui les traiteroit avec rigueur: s'il étoit à craindre pour eux, il doit trembler à son tour: on cesse bientôt de regarder un Trône comme sacré, quand on croit la révolte autorisée par l'abus de l'autorité. Aux yeux des Chrétiens, le

Diadême, fût-il souillé par mille excès, ne met la tête qui le porte que sous la main de Dieu : celle des hommes ne doit s'étendre que pour exécuter ses ordres. Ainsi je prends acte auprès de Mrs les Incrédules du glorieux reproche qu'ils osent nous faire : en pensant décrier la Religion, ils en font l'éloge. Oui, les plus mauvais Princes n'auroient rien à craindre de notre part ; votre Militaire en convient : comment donc ajoute-t-il que les bons ont tout à craindre, quand ils ne sont pas superstitieux ; puisqu'alors la Religion fournit des verges pour les frapper ? Depuis quand la Religion sert-elle d'appui à la superstition qu'elle condamne ; celle-ci n'étant qu'un faux zèle pour des pratiques mal entendues qui déshonorent l'autre, un Prince, en devenant superstitieux, devient méprisable : comment donc, ne l'étant pas, se rendroit-il odieux ? Il servira d'autant mieux la Religion, qu'il sera moins superstitieux. Quelle fausse idée Mrs les Incrédules se sont-ils donc faite de la superstition & du Christianisme, s'ils prétendent les confondre & leur donner la même source & les mêmes effets, tandis que l'une n'a pour compagne que l'ignorance, & l'autre que la vérité ? Qu'ils réforment donc leur façon de penser à notre égard, en apprenant la nôtre sur les Souverains. Leur obéir, est le premier de nos devoirs, dans tout ce qui ne blesse pas les droits de la conscience. Mais nous obéissons aux persécuteurs en priant pour eux, aux superstitieux en les plaignant, aux bons en les portant dans nos cœurs, à tous en les respectant comme les plus vives images de la Divinité.

D'après ces réflexions, mon cher M., jugez de celles de votre Militaire. Tout homme instruit & sensé ne regardera-t-il pas ce passage, qui le premier s'est présenté sous mes yeux, ou comme l'ouvrage d'une fureur aveugle, ou comme la déclamation d'un Rhéteur ignorant, qui blasphême ce qu'il ne connoît pas ? Cependant je rends justice à l'Auteur. S'il part d'un principe faux, sa conséquence est juste. En supposant la Religion Chrétienne digne des affreuses qualifications qu'il lui donne, il a raison de conclure : » Donc je suis dans l'obligation » étroite d'y renoncer & de l'avoir en

» horreur ; de plaindre ou de mépriser
» ceux qui la prêchent ; & de vouer
» à l'exécration publique ceux qui la
» soutiennent par leurs violences ou
» leurs persécutions. «

Voilà, M., il faut l'avouer, une obligation bien singuliere. Celle d'ajouter à d'affreux blasphêmes, la plus complette des apostasies : il étoit réservé à notre siécle de mettre au nombre des devoirs celui de se déclarer un Antechrist. Mais si c'est une obligation étroite pour notre Officier de renoncer à la Religion Chrétienne, c'est donc par conscience qu'il prend ce parti. Si c'est par conscience, il doit faire plus, s'éloigner des occasions d'en changer. La France, où cette Religion est la seule reconnue & protégée, n'est pas un séjour qui lui convienne. La compagnie des Chrétiens ne peut être que funeste à qui par conscience cesse de l'être. Digne Apôtre de l'antichristianisme, il devroit donc secouer avec indignation la poussiere de ses pieds, & sortir au plutôt d'un Royaume où l'on professe une Religion absurde, extravagante, injurieuse à Dieu, pernicieuse aux hommes, flambeau de discorde, source d'atrocités,

S'il reste en France, c'est qu'il se flatte apparemment d'y faire des conversions, & d'y dessiller les yeux de ses concitoyens: & pour y travailler impunément, il menace de son mépris ceux qui défendront la Religion, & voue à l'exécration publique ceux qui la soutiendront par des violences. Pour son mépris, ceux des Chrétiens qui le redouteroient, se rendroient par là trop dignes & du leur & du nôtre, pour être regrettés parmi nous: pour nos violences, qu'il sçache que les vrais Chrétiens en sont incapables. L'esprit de l'Evangile est un esprit de douceur, de patience, de charité. Il nous est défendu d'arracher l'ivraie, pour ne pas nuire ou étouffer le bon grain. Mais le Ministere dans un Royaume, à la vue des malfaiteurs, doit-il rester les bras croisés? Et parmi les malfaiteurs, qui doit-on mettre à la tête, si ce n'est les empoisonneurs publics? Or peut-on manquer de regarder comme tels dans un Royaume Chrétien ceux qui se proposent d'en briser les Autels, d'y détruire la Religion, d'y faire la guerre à ses Partisans? L'action des Magistrats est donc légitime contre les impies qui s'avisent de dogmatiser. Comment donc, objets eux-mêmes de l'exécration publique, osent-ils y vouer leurs adversaires qui forment le public? Infracteurs des loix, par quel privilége en éluderoient-ils la sévérité? Qu'ils se taisent, & cessent d'écrire. Le Magistrat, dans l'impuissance de sonder les esprits, leur laisse le fatal avantage de se nourir seuls de leurs poisons. Mais si le fanatisme les érige en maîtres d'erreurs, la vindicte publique entre alors dans tous ses droits contr'eux. On séquestre en temps de peste qui la veut répandre; on enferme les insensés; on lie les furieux. Et ces Mrs voudroient qu'on vît d'un œil tranquille une troupe de conjurés qui s'entendent visiblement pour mettre tout un Royaume en combustion, en portant les coups les plus hardis sur l'Autel, sur le Trône, sur les grand ressorts du corps politique, évidemment liés avec ceux des consciences. Si c'est au Sacerdoce de faire aimer le joug de l'Empire, c'est à l'Empire de venger les affronts faits au Sacerdoce. Mrs. les Philosophes ont beau crier que ce n'est pas avec les flammes d'un bucher qu'on éclaire les esprits, ni à coups de bayonnettes qu'on change les cœurs; ils ont raison: aussi tout Chrétien instruit a-t-il en horreur certains Tribunaux qui ne craignent pas de se teindre du sang humain. Mais où seroit l'injustice de maintenir l'ordre public par la détention de ceux qui s'opiniâtrent à le troubler? Où seroit l'inhumanité de procurer dans un lieu de retraite le temps de réfléchir à des Auteurs téméraires, dont la licence est effrenée, & la perversité contagieuse? Ces Mrs ne cessent de se plaindre de l'intolérance des Chrétiens, de leurs violences, de leurs persécutions; mais ils confondent le zèle contre l'erreur avec l'intolérance des errans, la conversion avec la violence, la réprimande avec la persécution. A Dieu ne plaise que le fer & le feu soient jamais employés pour la punition des Ecrivains dangereux; mais la justice, l'humanité, la charité même ne demandent-elles pas qu'on mette la jeunesse du Royaume à l'abri de leurs funestes complots, & qu'on leur ménage dans un lieu de sûreté les moyens d'expier les attentats de leurs plumes par de salutaires réflexions? Qu'on insulte au Souverain en addressant à sa statue des paroles injurieuses & menaçantes, on mérite par les loix des peines afflictives : & qu'un impie se déchaîne contre la Religion, & travaille à l'étouffer dans tous les cœurs, une détention charitable paroîtroit une peine trop rigoureuse! Comme si les Majestés de la terre méritoient plus de respect que le Dieu de la Majesté. La langue du blasphémateur doit être percée par une Ordonnance de S. Louis; & une conspiration visible pour le renversement de la Religion, dont les preuves sont journalieres & les chefs trop connus, doit être regardée d'un œil indifférent & tolérée avec patience! Assurément l'humanité, la bienfaisance, les vertus sociales, tous ces grands sentimens, que font tant valoir les incrédules, réclament contre de telles prétentions. Que du fond de son Château un blasphémateur audacieux lance tous les mois dans le public une brochure remplie d'invectives contre la Religion, de fiel contre ses Ministres, de railleries contre son Fondateur, cela ne m'étonne pas, l'habitude du crime rend fécond, & son impunité est un aiguillon pour le multiplier : mais les preuves de ses forfaits étant sans nombre ſous les yeux du public, que dans le Gouvernement on abandonne froidement les deux ſexes aux piéges de la ſéduction, & le ſéducteur ſans reſſource dans ſon aveuglement, voilà ce qu'il ſeroit difficile de concilier avec la vigilance du Miniſtere public, & ſon zèle pour oppoſer la digue ſi puiſſante des loix au torrent ſi rapide de l'impiété.

Je ne comptois pas, je l'avoue, mon cher Chevalier, vous écrire une auſſi longue Lettre ſur un Ouvrage que je crois, même avant ſa lecture, réfuté déja par celle que vous venez de faire. Cependant pour ne pas m'expoſer au reproche de condamner ſans connoître, & de décider par prévention, je conſens à le lire, & m'engage à porter l'eſprit le plus impartial dans l'examen de ce petit Ecrit, dont je vous promets de mettre le faux dans la plus grande évidence.

J'ai l'honneur d'être, &c.

SECONDE LETTRE.

JE viens de lire, mon cher Chevalier, ce merveilleux Ecrit, l'écueil de votre foi, & l'aiguillon de la mienne, Ouvrage aussi foible en raisonnemens, que fort en invectives; & qui répond fort bien à l'idée que je m'en étois faite. De tous ceux que j'ai lu dans ce genre, c'est, je l'avouerai, le moins indigne de notre attention, par l'art de l'Auteur à glisser des erreurs qu'il ne prouve jamais, à la faveur de quelques vérités qu'il prouve sans nécessité. L'air de Logique qu'il a tâché de donner à son Ecrit, en imposera peut-être à quelques mauvais Logiciens que l'appareil de sa marche peut éblouir; mais il ne faut pas être un Malbranche pour démêler ses vains sophismes, & mettre en poudre ce qu'il appelle *des argumens démonstratifs*. Je ne m'arrêterai pas à l'introduction de l'Ouvrage, quoique injurieuse pour le P. Malbranche, qu'on y représente comme *un exemple frappant de la force des préjugés & de l'habitude de réfléchir; qu'on ose même taxer de foiblesse, & d'une espece d'aveuglement volontaire sur les absurdités de la Religion.*

On fait sagement de se cacher sous le voile de l'Anonyme, quand on est assez étourdi pour attaquer la réputation d'un si célebre Philosophe, sur les points précisément qui lui font le plus d'honneur. Qui jamais a plus réfléchi que Malbranche, ou moins suivi les préjugés, ou fut plus incapable de s'aveugler volontairement en fait de Religion ? Sa *Recherche de la vérité*, ses *Entretiens Métaphysiques* forment un bouclier impénétrable aux foibles traits de notre présomptueux Militaire. Ainsi, sans m'arrêter à venger un Ecrivain qui n'a besoin que de son nom, pour s'assurer l'estime du François & l'admiration de l'Etranger, je me hâte de sortir d'un vestibule gothique & mal tourné, pour entrer dans un édifice dont l'architecture a l'idée la plus avantageuse ; & qu'il prie d'examiner en détail, si on le juge digne d'une censure publique & solemnelle. C'est prier de lui porter autant de coups qu'il y a de piéces dans son bâtiment, les bonnes servant elles-mêmes d'instrument pour le renversement des autres.

CHAPITRE

CHAPITRE I. *Contenant les raisons qui ont servi à me dessiller les yeux.*

L'Auteur, dans ce premier Chapitre, expose depuis la page 10 jusqu'à la p. 21, les raisons qui dès sa plus tendre enfance jusqu'à sa Philosophie, l'ont dégoûté de la Religion Chrétienne. Quelles sont ces raisons? 1°. La puissance du Pape & les crimes de la Cour de Rome. 2°. Les violences de l'Inquisition, & les cruautés des Chrétiens. 3°. Le faste des Ecclésiastiques, leur impudence & leurs fourberies. 4°. Les cérémonies de la Religion empruntées du Paganisme, ses Légendes ridicules, ses prétendus miracles, ses fausses Reliques. 5°. Les mauvais raisonnements des Prédicateurs, dans lesquels l'Auteur, à l'âge de douze ans, n'appercevoit que l'envie de se faire de la réputation,

Avouez-le, mon cher M., voilà de tous les enfans le plus extraordinaire & le plus singulier. » Dès l'enfance, dit-il, animé d'une noble indignation sur la lecture d'une simple Gazette, il auroit mis en poudre le Pape, ses Clefs & sa Tiare, s'il en avoit eu le pouvoir. *Quelle sagacité dans cet enfant, pour sentir déja que* le Pape n'est qu'un Prêtre que le dernier des hommes peut mépriser impunément! *Quel zèle dans cet admirable enfant* à la vue des désordres de la Cour de Rome! *Quelle sensibilité, quelle délicatesse*, quand il sent son ame se briser à la vue des Inquisiteurs, qui se font une fête des exécutions les plus tragiques! *Quel discernement, qu'elle pénétration*, lorsque dans un pélerinage à Notre-Dame des Ardilliers, ayant à peine sept ans, il s'apperçoit qu'une chétive figure de la Vierge n'étoit qu'une pierre noire; & à douze, que les Prédicateurs ne lui paroissoient dès-lors faire que de mauvais raisonnemens! «

En bonne foi, M., est-ce pour faire rire ou pitié, qu'on vous débite sérieusement les prodiges de cet héroïsme enfantin? A qui croit-on persuader qu'un enfant faisoit à dix ans des réflexions qui souvent ne viennent pas à trente? Cependant je conçois qu'un Dumarsais, un C.... qui, chargé de l'éducation d'un enfant, voudroit en faire un impie, en viendroit aisément à bout. Il n'auroit qu'à ne jamais lui présenter la Religion Chrétienne que sous des couleurs odieuses; qu'à lui faire un affreux tableau des désordres de quelques Papes, sans lui parler des bons; qu'à lui exagérer le faste, l'orgueil, l'avarice, les intrigues de la Cour Romaine si formidable même aux Rois; il n'auroit qu'à tourner sans cesse en ridicule le culte que les Chrétiens rendent à des os pourris, le cas qu'ils font d'une petite statue de pierre noire, leur sotte simplicité, soit pour brûler de petits cierges devant une image, soit pour croire qu'un sourd, aussi sourd qu'auparavant, vient d'être guéri par miracle; il n'auroit qu'à échauffer l'imagination de son éléve, en lui peignant les spectacles révoltans de l'Inquisition, les horreurs de la S. Barthelemy, les violences de la Dragonnade &c. je conçois qu'un tel enfant, n'envisageant jamais le Christianisme que du coté des abus, prenant pour les fruits de la Religion, des excès qu'elle abhorre, peut recevoir de profondes impressions au désavantage de l'Eglise: & l'esprit ne se nourrissant chez lui que de faux préjugés, fera passer dans son cœur des sentimens de haine, de colere, de mépris, d'indignation contre la Religion & ses Ministres, contre les Chrétiens & leur croyance; en sorte, qu'à l'âge de quarante ans, blasphémateur par ignorance, séducteur peut-être de bonne foi, impie par conscience, il sera fort en état de composer le *Militaire Philosophe*, & d'entraîner dans le même abyme des ignorans aussi mal élevés que lui. Mais que l'on confie ce même enfant à quelque Mentor habile, sage, droit, judicieux, qui lui dise: Mon enfant, pour juger sainement de la Religion Chrétienne, c'est à sa source qu'il faut remonter, c'est dans l'esprit & les loix de son Fondateur qu'il faut l'étudier. A la vue d'un chef-d'œuvre de Raphaël que le temps a gâté, que la poussiere couvre, que la méchanceté de ses ennemis a souillé, seroit-on bien venu à dire: ce tableau ne vaut rien, il ne mérite que du mépris & d'être jetté au feu? Non. Il en est de même de l'Eglise: vrai chef-d'œuvre, que le Fils de Dieu fait homme a commencé durant le cours de sa vie mortelle, a travaillé sur le

Calvaire, a perfectionné pendant quarante jours depuis sa sortie glorieuse du tombeau, jusqu'à son élévation dans le Ciel. Au sortir des mains de ce grand peintre, que le tableau de l'Eglise est brillant! Toutes les vertus réunies dans un coin, vont combattre tous les vices répandus de tous côtés. D'abord la victoire se décide pour les premiers. Les dons de l'Esprit Saint, ne sont pas des dons stériles, les Apôtres en sont comblés, les Disciples enrichis, leurs prosélytes favorisés. Tout est alors sagesse, justice, lumiere, sainteté, désintéressement, vérité, crainte de Dieu. Le sacerdoce, animé par le feu brûlant de la charité, soufsloit par-tout des étincelles de vie qui faisoient fructifier dans le champ de l'Eglise les semences précieuses jettées par son Fondateur. Autant de Chrétiens alors, autant de Saints & presque autant de Thaumaturges. On croyoit encore entendre la voix du Chef qu'on ne voyoit plus que par les yeux de la foi. Par-tout retentissoient ces admirables maximes : Soyez doux & humbles de cœur : *mon Royaume n'est pas de ce monde. Je vous envoie comme mon Pere m'a envoyé.* Or je n'ai pas été envoyé sur la terre pour y fonder un empire, pour y dominer sur les Peuples & les Rois, mais pour sauver le monde perdu par le péché, rendre témoignage à la vérité, & former un peuple consacré particulierement à mon service, & fécond en bonnes œuvres. Ainsi je ne vous donne aucune puissance sur les biens, aucune sur les choses temporelles; celle que je vous communique ne s'étend que sur les esprits qu'il faut instruire, & sur les ames qu'il faut purifier; prêchez, baptisez, remettez les péchés, retenez-les, faites en mémoire de moi, ce que je fais devant vous. Traitez comme des Païens, c'est-à-dire, déclarez indigne des biens spirituels que je remets entre vos mains, quiconque refusera d'écouter mon Eglise: établisez des Ministres pour la gouverner après vous; faites des loix pour le maintien de l'ordre; gardez-vous donc d'imiter les Rois des Nations qui traitent leurs sujets avec empire: laissez aux Grands de la terre le droit d'exercer leur domination: *Vos autem non sic*, il n'en doit pas être de même parmi vous. Mon régne n'étant que spirituel, celui de mon Eglise, dont je vous fais les premiers Miniſtres, doit être de même. Pour l'établir, je vous donne le droit de prêcher; pour perſuader, le don des miracles; pour édifier, la patience; pour appui, ma grace; pour régle, ma loi; pour armes, la priere; pour reſſource, les larmes; pour moyens, la pauvreté; pour fin, la vie éternelle.

Voilà, mon cher enfant, la baſe de la Religion, les premiers cris du Chriſtianiſme naiſſant, l'eſprit primitif de ſes enfans. Je ne vois autour du berceau de l'Egliſe, que des fruits de charité; dans les premiers Prédicateurs de l'Evangile, que des Ambaſſadeurs du Fils de Dieu qui parlent en ſon nom, continuent ſon œuvre, exécutent ſes ordres, foulent aux pieds la terre, & ne tiennent leurs yeux fixés que ſur le Ciel.

Après avoir bien inculqué ces premieres vérités dans l'eſprit & le cœur de ſon éleve, que doit ajouter le Mentor éclairé que je ſuppoſe? Il doit lui parler des promeſſes & des prédictions faites à l'Egliſe par ſon Fondateur. Qu'a-t-il promis, lui dira-t-il, à ſon Egliſe? Qu'il ſeroit toujours avec elle juſqu'à la conſommation des ſiecles;

que les portes de l'enfer ne prévaudroient jamais contr'elle, qu'elle sera comme une cité placée sur la montagne, exposée aux yeux de tous : qu'elle sera la colonne & la base de la vérité, que la connoissance de toute vérité nécessaire au salut, lui sera donnée ; qu'enfin, infaillible dans ses décisions, indéfectible dans son ministere, exacte dans sa doctrine, pure dans sa morale, sainte dans plusieurs de ses membres, elle auroit la vie en partage, & pour durée l'éternité. Mais malgré la magnificence de ses promesses, que croyez-vous, mon fils, ajoutera le Précepteur, que J. C. ait prédit à son Eglise ? Pensez-vous qu'il ait annoncé que les Papes seroient tous des modèles de sainteté, que tous les Evêques seroient sans passion, tous les Prêtres sans avarice, tous les Prédicateurs sans cupidité ? A-t-il prédit aux Apôtres que tous leurs Successeurs méneroient une vie pure, & qu'il ne permettroit jamais que les Ministres de son culte abusassent des choses saintes, jusqu'à en imposer aux peuples, pour tirer profit de leur crédulité ? Non, mon fils ; les prédictions consignées dans les Livres Saints sont bien différentes. Il y eſt dit clairement qu'il s'élevera dans la ſuite de grands ſcandales dans l'Egliſe. Qu'il faut ſe garder des faux Prophêtes qui viendront couverts de peaux de Brebis, & ſeront des loups raviſſans ; qu'un temps viendra qu'on verra l'iniquité s'accroître, la charité ſe refroidir, & la foi tellement diminuer, qu'à peine le Fils de l'Homme quand il viendra, en trouvera ſur la terre. Il eſt bien vrai que toute vérité ſe conſervera dans l'Egliſe, & que jamais la ſéduction ne fera ſuccomber tous ſes enfans dans ſes piéges, ni la violence tomber dans l'erreur. Intégrité dans la doctrine, ſainteté dans les mœurs : voilà l'objet des Promeſſes.

Mais quoi de plus clair, de plus déciſif, de plus formel que ces prédictions ſi bien caractériſées dans Jérémie, dans Ezéchiel, dans S. Paul &c. que le Prêtre & le Peuple ſeront entraînés par l'avarice, aveuglés par la vanité : qu'il viendra un temps, où les hommes ne pouvant ſouffrir la ſaine doctrine, impatients d'entendre ce qui les flatte, auront recours à une foule de faux Docteurs propres à ſatisfaire leurs deſirs ; & fermant l'oreille à la vérité, ne l'ouvriront qu'à des fables? Oui, ſçachez, nous dit l'Eſprit Divin, que des temps fâcheux viendront, auxquels tous ceux qui voudront vivre avec piété en J. C. ſeront perſécutés; alors des méchants, des impoſteurs ſe fortifieront de plus en plus dans le mal, & feront tomber les autres dans l'illuſion: hommes amoureux d'eux-mêmes, avares, ſuperbes, médiſans, impies, dénaturés, calomniateurs, intempérants, livrés à la volupté, ennemis de Dieu, traîtres, inhumains, hommes d'autant plus dangereux, qu'ils préſenteront une apparence de piété pour en mieux ruiner l'eſprit & la vérité. Que ſeroit-ce, ſi l'on réuniſſoit tous les traits de l'Ecriture qui nous annoncent non pas le renverſement de l'Egliſe, mais de violentes ſecouſſes dans ſon ſein; non l'extinction de la vérité, mais un obſcurciſſement conſidérable; non le triomphe de tous les vices dans le Chriſtianiſme, mais une corruption de mœurs preſque générale? A la vue de ce tableau mon Eléve ſera-t-il tenté de raiſonner comme notre Militaire, & de dire: je ne vois qu'ambition dans les Papes, qu'impureté dans leurs Cours, que faste dans les Ecclésiastiques, que violence & cruauté chez les Chrétiens, que Légendes ridicules, que vains préjugés, que mauvais Prédicateurs; donc l'Evangile est faux, l'Eglise un guide trompeur, & le Christianisme un tissu de mensonges. Non : loin de raisonner si mal, il diroit plutôt comme M. l'Archevêque de Paris dans une Instruction, comme plusieurs Evêques dans leurs Mandemens, comme la Sorbone dans une censure: Sommes-nous donc arrivés à ces temps fâcheux, auxquels le puits de l'abyme doit s'ouvrir pour exhaler des vapeurs empoisonnées, & les répandre sur la face de l'Eglise? Ne touchons-nous pas à ces derniers jours si clairement prédits, *in novissimis diebus*, auxquels des hommes corrompus dans l'esprit, & pervertis dans la foi, doivent donner dans de grandes erreurs, & y entraîner les autres : *Errantes & in errorem mittentes?* Jours funestes, qui par l'abondance de l'iniquité, conduiront à la grande défection, en sorte que plusieurs trouveront des occasions de scandale & de chûte : *Et tunc scandalum patientur multi.*

Loin donc d'être ébranlé dans sa

foi par le spectacle des désordres qui regnent par-tout, mon Eléve en tirera des motifs de réveiller la sienne. Il verra la vérité de l'Ecriture, dans l'accomplissement de ses prédictions; la beauté de l'Eglise, à travers les nuages qui la couvrent; le triomphe de la foi, dans une apostasie presque universelle: par là ce qui scandalise devient un reméde contre le scandale; les difficultés se changent en preuves: & l'on s'affermit d'autant plus dans sa croyance, qu'on est averti d'avance de tout ce qui pouvoit l'affoiblir.

Pourquoi donc notre Militaire à l'âge de 12 ans raisonnoit-il si différemment? C'est qu'il est tombé malheureusement entre les mains d'un Précepteur ignorant ou impie, qui ne lui présentoit le Christianisme que dans les Chrétiens vicieux, ses loix que dans des abus, ses fruits que dans les scandales de ses Ministres. A quoi donc se réduisent toutes ces déclamations empoulées sur le tarif des absolutions qu'on vend à la Chancellerie Romaine, sur les barbaries de l'Inquisition qui fait brûler vifs des innocens, sur les contradictions des Ecclésiastiques entre ce qu'ils prêchent & ce qu'ils font, sur des Canonisations qu'on fait payer bien cher &c.? A prouver 1°. que le relâchement dans les mœurs a multiplié de grands abus dans l'Eglise, ce que personne ne conteste. 2°. Que notre Auteur est né sans doute avec un esprit gauche & peu de discernement, puisque de l'abus d'une chose il en conclut qu'elle ne vaut rien; tandis qu'au contraire on n'abuse que de ce qui est bon : mais peut-être raisonnera-t-il mieux après sa Philosophie. Voyons: ce jeune homme est né malheureux. Des mains d'un Précepteur ignorant, il passe dans celles d'un Professeur imbécille, qui lui parle tantôt de formes substantielles & d'accidents absolus, dont il n'est pas même fait mention aujourd'hui dans nos cours de Philosophie; tantôt de Conciles, de décisions des Papes, du Mystere de l'Eucharistie, sujets fort étrangers dans une carriere où l'on ne consulte que la raison. Est-il étonnant, après une éducation si mal entendue, que notre Auteur soit tantôt entraîné par des préventions injustes, tantôt la dupe d'une fausse Dialectique, sans ordre, sans goût, sans méthode? Notre Officier, fort mauvais Militaire, s'il ne manie pas mieux l'épée que la plume, ne semble remplir les pages, que pour prouver qu'il est très-mince Philosophe. Tantôt il déclame contre les Livres faits en faveur de la Religion, où l'on ne commence, dit-il, » par prouver l'éxistence de Dieu, que pour » couvrir du nom d'Athées, ceux qui » en sont plus persuadés que les apôtres d'une Religion factice. « Tantôt il se plaint de la rigueur des Souverains contre ceux qui ont le courage d'annoncer la vérité aux hommes; bientôt il attaque l'effronterie de nos Commentateurs, qui dans les Livres Saints prennent à la lettre ce qui leur convient, & expliquent figurément ce qui les incommode. Tout cela mérite-t-il d'être relevé? Ensuite il fait passer en revue :

1°. L'Ordination des Prêtres, qui, dit-on, reçoivent un caractere divin; & cependant sont, dit-il, aussi vicieux après l'ordination qu'auparavant; comme si le Sacerdoce devoit enchaîner le libre arbitre, ou que les passions dussent être anéanties par l'imposition des mains.

2°. L'invocation des Saints, auxquels, dit-il, on n'a recours que parce qu'on ne veut pas d'un Dieu qui voit tout, & soit présent par-tout; comme si la croyance de l'immensité Divine étoit destructive de l'invocation des Saints.

3°. La fourberie de S. Bernard, qui donne pour un châtiment la ruine des Croisés, auxquels cependant il avoit promis la victoire : comme s'il ne pouvoit pas se faire que sa promesse ne fût que conditionnelle, & la défaite des Croisés un vrai châtiment.

Enfin il se déchaîne contre l'impudence de nos Apologistes, qui fabriquent des miracles à leur gré, sans spécifier aucun fait; contre les contradictions des Conciles, sans en citer un seul; contre l'efficacité des Sacremens, sans en donner la moindre raison; contre l'injustice des Ecclésiastiques qui sévissent sur un pauvre malheureux, dit-il, *qui aura mangé de la viande en Carême*, & ne disent mot à un pere de famille qui aura maltraité sa femme & laissé périr son enfant. En bonne foi des assertions sans preuves ne méritent-elles pas d'être sans réponse? Ce ne sont là que des déclamations vagues, qui, dépouillées des couleurs de la vérité, impriment sur ce Libelle celles de la calomnie. Je ne vois donc rien jusqu'ici, mon cher Chevalier, capable de vous *terrasser*. Avançons. Notre Ecrivain, tonsuré dans sa jeunesse, Lieutenant de Dragons après ses études, entre enfin dans un âge plus mûr, (pag. 28 & suiv.) & va, nous dit-il, examiner » le Christianisme, non en Historien ni en Critique, mais en Philosophe; non dans ces prétendus Livres Sacrés, où l'on trouve le pour & le contre, le oui & le non; mais dans la droite raison &c. «

Il me paroît ici que l'Auteur insulte la raison par son début, & fait une chûte dès le premier pas. Où donc a-t-il pris qu'un vrai Philosophe étoit en droit de mépriser l'Histoire? Une Religion qu'on donne pour révélée, n'a-t-elle pas des monumens historiques pour fondement? La droite raison exige donc, que, pour renverser l'édifice, on attaque la base; & que dans un examen de cette importance, on ne mette pas à l'écart la mesure précisément dont il faut faire usage. Le Chrétien vous dit: Dieu a parlé aux hommes: c'est un fait. Et vous lui répondez: je ne veux examiner ce fait ni en Historien, ni en Critique, mais en Philosophe qui, de bonne foi, n'adopte que ce qu'il comprend ; & je déclare hardiment impossible à Dieu de révéler des secrets qui ne sont pas à ma portée. Que des Ambassadeurs de la Chine viennent dire à Versailles, de la part de leur Souverain, qu'on a trouvé dans ses Etats le secret de rendre le verre malléable, & qu'ils viennent nous en faire part : si l'on renvoyoit ces Chinois sans les entendre, en leur disant ; nous sommes Philosophes, nous consulterons la raison sur les principes des êtres, sur l'essence du verre, & nous déciderons sur la possibilité de la chose, ou son impossibilité ; pareille réponse donneroit-elle une belle idée de notre Philosophie à ces Etrangers ? Et n'est-ce pas celle de nos Incrédules ? » Vos prétendues Histoires sacrées, nous dit notre Militaire, commençons par les mettre à l'écart ; un homme de sens ne peut les regarder que comme un recueil de fables absurdes & souvent atroces. « Mais, M. l'Officier, qui nous vantez votre bonne foi, où est-elle, de trancher ainsi la question sans l'avoir étudiée ? Ce qui doit être l'objet de notre examen, devient d'abord celui de votre condamnation. Et vous appellez cela chercher la vérité dans les principes d'une saine Logique ? Pour moi j'appellerois cela une vraie dragonnade dans le Pays de la Philosophie.

Cependant notre Auteur, M., n'est pas si ennemi de l'Histoire qu'il le paroît : il a beaucoup voyagé. En parcourant le globe, il a vu de grands peuples, qui, dit-il après y avoir bien réflechi, sont aussi fondés à nous reprocher nos absurdités, que nous leurs extravagances. Il a vu des figures à dix visages avec cent bras. . . . . Mais si nos Histoires ne méritent aucun égard, pourquoi ses récits mériteroient ils plus de croyance ? Quel droit a-t-il de faire valoir les faits du Paganisme, si sans examen il s'inscrit en faux contre nos fastes sacrés ? Où a-t-il pris qu'autrefois on adoroit un Jupiter, une Vénus &c. ? Si c'est par le canal de l'Histoire que toutes ces connoissances nous sont venues ; briser ce canal, c'est donc se refuser à toutes ces connoissances ; recevoir par lui comme certain tout ce qu'il nous transmet, c'est manquer de discernement & s'exposer à mille erreurs. Il faut donc une pierre de touche pour démêler sur cette multitude de piéces que l'Histoire nous fait passer, l'empreinte du vrai, de celle du mensonge. Or la voie de la critique est la seule qui nous conduise à cet heureux discernement. Mais notre Officier qui prévoit l'embarras, & veut se l'épargner, sabre tout, histoire & critique, en s'érigeant en grand Philosophe : je n'examine pas, dit-il, s'il y a eu des Apôtres, un Jesus de Nazareth, un Moïse, des Prophêtes, ni si Dieu leur a parlé ; mais je prouve tout d'un coup l'impossibilité qu'il l'ait fait, par l'absurdité du langage qu'on lui prête. Pourroit-il se faire que Dieu dit des choses que je ne comprisse pas, moi qui ai des connoissances si vastes, un esprit si sublime, une pénétration si vive, un génie si transcendant ? Comment ne serois-je pas un juge compétent entre ma raison & la Divinité ? Ainsi c'est ce qu'on fait dire à Dieu qu'il faut examiner. Or ce n'est de tout côté (pag. 32) qu'un amas de contrariétés & de suppositions qui se détruisent les unes les autres.

On nous ordonne d'aimer Dieu ; & on nous le peint comme un tyran qui destine la plupart des hommes à des ſupplices éternels ; comment aimer un maître ſi capricieuſement cruel ? Premiere contrariété.

Eſt-ce de cette prétendue contradiction, mon cher Chevalier, qu'eſt venu votre naufrage dans la Foi ? Ignorez-vous qu'on ne mérite le titre de tyran cruel, que quand on punit ſans raiſon & qu'on frappe ſur l'innocence ? Mais montrez-moi ſur la terre un ſeul homme innocent. N'eſt-il pas de la derniere évidence que nous naiſſons tous dans le crime, tous enfans de colere, tous dignes de châtimens ? A peine ouvrons-nous les yeux à la lumiere, que cette vérité entre dans nous par tous nos ſens. Attendez : je vous vois déjà ſur le point de vous récrier : mais pourquoi, mais comment &c. ? C'eſt là, mon cher Chevalier, ce qu'on appelle aller de branche en branche. Il faut finir ſur un point, avant que d'en commencer un autre.

Or j'avouerai que ce ſeroit caprice dans Dieu, tyrannie & cruauté, ſi ſa puiſſance ayant créé des êtres intelligents dans la juſtice & l'innocence, il les plongeoit, ſans aucune raiſon, dans un abyme de malheurs : pourquoi ? C'eſt que le bon ſens ſaiſit une contradiction manifeste entre le malheur de l'innocence & la justice de Dieu, l'idée de l'une étant inalliable avec l'idée de l'autre.

Mais ne conviendrez-vous pas à votre tour, si tous les hommes sont criminels, non-seulement que leur punition ne seroit pas une injustice, mais que leur impunité plutôt en paroîtroit une; notre raison ne pouvant concilier ni dans nous le crime & la paix, ni dans Dieu la vue du désordre avec l'inaction de sa justice? Ne conviendrez-vous pas que la révolte contre un être infini, participant à l'infinité de son objet, demande dans sa punition une mesure proportionnée; & par conséquent que l'éternité du supplice est de droit, en raison de l'éternité d'un attentat ineffaçable. Ainsi dans la double hypothèse & d'un péché qui souille tous les hommes, & d'un Arrêt qui les condamne tous; nulle injustice de la part de Dieu, qui, loin d'être un tyran, ne fait qu'exercer les droits d'un attribut, sans lequel on ne le concevroit pas. Mais si l'Etre suprême, aussi maître de suspendre ses coups que de les porter, fait entendre aux coupables que dans leurs malheurs ils ne sont pas sans ressource, que tous peuvent obtenir grace, & sous les regards de sa bonté, regagner même plus qu'ils n'ont perdu; s'il leur dit clairement que cette ressource leur est procurée par une personne, qui sortant en quelque sorte du Sanctuaire de la Divinité, s'offre de payer leur dette, & de les aider à se rétablir dans leur droit primitif au bonheur; en ce cas là, mon cher Chevalier, que devient l'affreux étalage de cruautés, de caprices, de tyrannie, que votre Militaire fait dans le Dieu des Chrétiens qui punit les uns par justice, & pardonne aux autres par bonté? De quel front ose-t-il dire: (p. 32.) » Comment puis-je » aimer un Maître dont j'ai mille fois » plus à craindre qu'à espérer? « N'est-ce pas comme s'il disoit: Comment aimer un Maître, qui, dans la masse de corruption où nous sommes tous plongés, veut bien étendre une main secourable pour nous en retirer? Comment aimer un Pere, qui, ne nous devant à tous que des châtimens, daigne sacrifier son propre Fils pour nous ouvrir à tous la voie du salut? Comment aimer un bienfaiteur, qui pou-

ant, sans injustice, nous rendre éter-
nellement malheureux, nous appelle
à la jouissance d'un éternel bonheur,
& nous offre les moyens d'y parvenir?
Quelle ingratitude monstrueuse de re-
fuser son amour à qui nous tend un
bras puissant sur la pente d'un préci-
pice prêt à nous engloutir! Mais, di-
tes-vous, j'ai mille fois plus à crain-
dre qu'à espérer: Sans doute, M. l'Of-
ficier, vous qui joignez au crime de
la naissance, mille blasphêmes contre
votre Juge, un mépris insolent des
graces qu'il vous présente, un aveu-
glement volontaire au milieu des lu-
mieres qu'il répand autour de vous.
En effet que n'avez-vous pas à crain-
dre, quoique toute espérance ne vous
soit pas encore ôtée? Mais vous-
même, mon Révérend Pere, osez-
vous dire au P. Malebranche, vous
aimeriez mieux, sans doute être anéan-
ti, que de tirer au sort pour le Paradis
ou l'Enfer, s'il n'y avoit qu'un bon
billet contre cent mille mauvais.
Non, M., vous répondroit hardiment
le Pere: le néant, quoique ma sour-
ce, ne sçauroit être mon terme: il s'é-
léve du fond de moi-même un cri
d'horreur à la vue de l'affreuse desti-

née que vous m'offrez. Mon Créateur m'en offre une infiniment glorieuse, & j'ai droit d'y compter. Je ne connois pas vos billets : l'image de votre loterie est bonne pour qui n'admet que le hasard : pour moi qui crois en un Dieu qui veille sur mon sort, je suis sûr qu'il est assez puissant pour conserver le dépôt de mon salut jusqu'au dernier jour. Je tremble, il est vrai, en pensant à ce que je mérite; mais je me rassure, en considérant ce qu'il me promet : incapable de me tromper, il s'est engagé par serment à m'accorder ce que je lui demanderois, à m'ouvrir quand je frapperois. Il est vrai que je suis né sous son anathême, mais je suis sûr qu'il a été effacé par son sang après ma naissance. J'ai souvent eu le malheur de l'offenser, mais je suis sûr de ne courir aucun risque en m'attachant à sa Croix : c'est un bois inaccessible au feu de la Divine colere: qu'ai-je donc à craindre en me couvrant d'un tel bouclier? Les impies ont beau m'exagérer la multitude des réprouvés; ne marchant pas avec la foule, je n'en ai que plus de confiance; l'enfer ne peut pas être le terme de qui ne prend que son Dieu pour guide,

guide, que sa loi pour flambeau, que sa main pour appui.

Remarquez-vous, mon cher Chevalier, quelle différence entre la noirceur des Incrédules qui, peu contens de désespérer de leur salut, voudroient encore jetter les autres dans le désespoir; & l'heureuse confiance des Chrétiens, qui desireroient en répandre les douces influences dans les cœurs de leurs adversaires?

(Pag. 33.) Autre contrariété: Comment accorder, dit votre Militaire, le Baptême qui nous donne part au Royaume du Ciel, avec la Prédestination?

Comment! Comme on accorde les moyens avec la fin, l'instrument avec l'effet. Si votre nom est écrit au Livre de vie, il est écrit aussi que vous serez baptisé: le même décret qui vous assure une place dans le Ciel, vous en ouvre la porte. La contrariété seroit plutôt à faire entrer dans ce Royaume, la porte étant fermée. Que veut donc dire votre Officier? Mais, ajoute-t-il, le Baptême est inutile aux Prédestinés, puisqu'ils seront infailliblement sauvés. Oui infailliblement, mais non pas indépendamment de tout. Le

Roi du Ciel, en nous invitant à la conquête de ſon Royaume, impoſe des conditions, preſcrit les armes qu'on doit employer, indique le chemin qu'il faut ſuivre. Il voit ſes Elus; il en connoît le nombre, nul d'eux ne lui ſera ravi; mais il les voit rempliſſant les conditions, employant les armes preſcrites, & ſuivant le chemin marqué. Nous, nous ignorons quels ſont parmi nous les Jacobs, quels ſont les Eſaüs; mais nous connoiſſons deux devoirs eſſentiels: le premier, d'avoir la confiance d'être du nombre de ceux dont nous portons déja pluſieurs caracteres; & l'autre, d'établir cette confiance ſur notre zèle à faire ce que nous pouvons, à demander ce que nous ne pouvons pas. *Satagite*, dit S. Paul, &c. Le grand Livre de la Prédeſtination étant ſcellé pour nous, comment trouve-t-on de la contrariété entre l'infaillibilité des Décrets, & la néceſſité des moyens de ſalut?

Autre contrariété, peut-être plus ſpécieuſe, ſans être mieux fondée.

Dans la Religion, dit le Militaire, (pag. 33) on n'admet en Jeſus-Chriſt qu'une ſeule Perſonne: or une perſonne indiviſible ne peut dire le oui & le non. Cependant J. C. qui sçavoit le jour du Jugement, dit qu'il l'ignoroit: comment accorder tout cela ?

1°. Quand je ne résoudrois pas une difficulté tirée du fond d'un Mystere ineffable, il me suffit, pour le croire, que la révélation en soit tellement évidente, que le refus de l'admettre soit visiblement extravagant : une difficulté ne prouve que notre ignorance, dont l'aveu n'affoiblit en rien mes motifs de crédibilité. Combien de phénomenes en Physique dont la réalité n'est pas équivoque, & dont l'explication est encore à donner ?

2°. L'objection n'est pas nouvelle. Proposée dès le IVe siécle, elle a été renouvellée dans le sixieme par les Agnoettes, hérétiques qui prétendoient que Jesús-Christ souffrant comme nous, devoit ignorer aussi ce que nous ignorons ; & s'appuyoient dans leurs erreurs sur ce passage de S. Marc, qui paroît refuser au Fils de l'Homme la connoissance du jour du Jugement. Ils furent confondus par Théodose, Patriarche d'Alexandrie, qui défendit sur ce point la doctrine de l'Eglise, dont voici l'abrégé.

Nous convenons que dans le Verbe

Incarné l'unité de la Personne est un des objets de notre foi. Admettre deux Personnes en J. C. ; penser que l'union du Fils de Dieu avec la nature humaine n'est que morale, que l'homme dans lui n'est qu'un associé, qui subsistant de son côté, posséde en propre sa personnalité, c'est tomber dans l'hérésie des Nestoriens, c'est dire que le Verbe ne s'est pas fait homme; c'est anéantir le Mystere de l'Incarnation. Mais, me dites-vous, s'il n'y a qu'une seule personne dans le Verbe fait chair, comment, lui qui sçait tout, peut-il dire sans mensonge qu'il ignore le jour du Jugement ?

Le voici. C'est que la nature humaine en Jesus-Christ, sans être une personne, posséde cependant les propriétés qui lui sont essentielles. Il est essentiel à l'homme d'être composé d'un corps & d'une ame, d'avoir un commencement, d'être visible, borné, susceptible de douleur, d'avoir dans son entendement des idées, dans son ame une volonté, dans sa conduite des opérations qui lui appartiennent; & c'est ce que tout Chrétien fait profession de croire & d'admettre en J. C. C'est donc sous deux rapports différens, malgré l'unité de la Personne; que J. C. peut être considéré, dans sa Nature Divine, & dans sa Nature humaine. De leur union intime, substantielle, hypostatique, résulte l'unité de la Personne qui réside dans le Verbe, tient l'homme absolument soumis à sa direction. Mais cette union des deux Natures étant sans confusion & sans mêlange, permet de les considérer chacune sous les opérations qui lui sont propres. On ne sçauroit dire ni que la Nature Divine ait souffert dans l'Homme-Dieu, ni que l'humaine ait été impassible. Par l'une, Jesus-Christ sçavoit tout, son intelligence étant infinie; par l'autre, si son entendement humain eût tout embrassé, il auroit égalé la Toute-Science. Or une égalité parfaite entre la nature créée & l'increée est impossible. Cependant, comme tous les trésors de la science étoient cachés dans J. C. dès le premier instant de sa conception; comme toute puissance lui étoit donnée dans le Ciel & sur la terre, & qu'enfin il étoit établi Juge de tous les hommes, on doit croire qu'il connoissoit tout ce qui regarde le genre humain, que son ame sainte avoit une comphréhension pleine & parfaite de tous les desseins de Dieu sur les enfans des hommes ; & que par conséquent le dernier jour du monde lui étoit très-connu. Mais il est encore un rapport sous lequel l'Homme-Dieu doit être considéré. Dépositaire des décrets de son Pere, il est envoyé pour les exécuter. L'Eglise est le grand objet de ces Décrets. C'est au Fondateur de cette Eglise Sainte qu'il appartient d'en être le premier Docteur. Pour en remplir les fonctions, étoit-il donc nécessaire, qu'il fît part à son Eglise de toutes les connoissances qu'il possédoit ? Non, il lui suffisoit de l'éclairer sur ce qui l'intéressoit. Aussi lui prédit-il des combats pour l'animer ; des persécutions, pour l'y préparer ; la ruine de Jérusalem, pour l'affermir dans sa foi ; sa presence au milieu d'elle, pour lui inspirer de la confiance ; les avant-coureurs du Jugement dernier, pour l'y rendre attentive. » Mais vous desirez sçavoir, dit J. C. à ses Apôtres, le jour & l'heure de ce grand événement : vous me demandez quand je rétablirai le Royaume d'Israël : il ne vous appartient pas de le sçavoir ; c'est une connoissance que mon Pere s'est réservée ;

je ne l'ai pas, cette connoiſſance, pour vous la communiquer: je ne ſçais pour vous, que ce qu'il vous convient de ſçavoir: je vous ai découvert, comme à mes amis, ce que j'ai appris de mon Pere pour vous: Interprete auprès de vous de ſes volontés, je dois vous paroître ignorer ce qui n'entre pas dans mes inſtructions. «

Que trouvez-vous dans cette explication qui fourniſſe à votre Philoſophe une vraie contrariété? La Perſonne dans J. C. eſt une, ſans doute indiviſible: c'eſt le Verbe, mais qui s'étant aſſocié la nature humaine, en fait l'inſtrument de ſes deſſeins, en lui laiſſant ſes propriétés. Dans moi la perſonne eſt une, quoique compoſée de deux ſubſtances bien différentes, le corps & l'eſprit. Je parle de l'un quand je dis que je viens de me promener; & de l'autre ſi je dis que je viens de réſoudre un problême. Mon unité n'eſt pas détruite par la différence de ces opérations. De même, que J. C. diſe: mon Pere & Moi ne ſommes qu'un; c'eſt de ſa Nature Divine qu'il parle: Dit-il qu'il ne fait rien de lui-même, & qu'il n'eſt pas venu pour faire ſa volonté, mais celle de ſon Pere; il parle alors en tant qu'homme, & tient un langage d'autant plus vrai, qu'il n'y a dans son ame que les idées que les termes expriment, ni dans sa bouche que les expressions rélatives à ses idées. Que pour arrêter un esprit de curiosité dans ses Apôtres sur le dernier jour, J. C. leur dise qu'il n'est connu que du Pere, que le Fils même ne le sçait pas; la nature humaine dans J. C. étant la seule visible pour les Apôtres, ils devoient reconnoître dans son langage celui de la nature humaine, & l'erreur ne pouvoit avoir lieu. On ne doit donc pas croire, ou que l'unité de la Personne souffre de la diversité des Natures, ou que le langage convenable à la Nature humaine fasse tort à la véracité de la Personne. Sans m'arrêter à l'exemple que l'Auteur cite d'un hermaphrodite parfait qui n'exista jamais, encore moins à celui d'un Capitaine de Vaisseau, Secrétaire du Roi: plein de mépris pour ces indécens badinages, je passe à la troisiéme contrariété que cite notre Militaire.

Il faut, dit-il, se garder des faux Prophêtes, des séducteurs, & par conséquent tout sonder, tout examiner. Si j'examine, me voilà donc Juge; & dès-lors, plus de foi.

M. le Militaire ignore-t-il que la révélation précéde la foi: & l'exercice de la foi, la séduction. On sçait ce qu'on doit croire, avant d'être exposé aux piéges des faux Prophêtes. Font-ils entendre leur voix, pour proposer des nouveautés que colorent leurs artifices? C'est alors que le conseil de S. Paul a lieu: *Omnia probate: quod bonum est tenete.* Le Chrétien est en possession des vérités révélées: il les croit sur des témoignages accompagnés de miracles, il a toujours cru jusqu'au XIVe siecle, que le pain & le vin dans l'Eucharistie ne conservoient que leurs apparences, & que leur substance étoit remplacée par celle du Corps & du Sang de Jesus-Christ. Le Luthérien & le Calviniste, paroissent & soutiennent, l'un, que la substance du pain reste, l'autre, que le Corps de J. C. n'est qu'en figure: ne sont-ce pas de faux Prophêtes qu'il faut examiner? *probate.* C'est alors qu'il faut faire usage de la chaîne de la Tradition, dont les anneaux nous conduisent au premier qui tient à la vérité même: *Quod bonum est tenete*. Les faux chaînons que présentent les Novateurs, sont des ouvrages de nouvelle date, & qui n'entrent point dans la précieuse chaîne. Je dois donc les rejetter; & je ne suis pas, en les rejettant, juge de la foi. Quand notre Auteur dit que le Papisme, le Luthéranisme, le Calvinisme sont trois systêmes qû'il faut tirer avec trois dés; ou, si on les examine, qu'on s'établit juge dans la foi, il confond deux choses, les objets de la foi, & son flambeau. Il appartient à la raison d'examiner & de décider de quel côté est le flambeau de la foi; mais son objet n'est pas de la compétence de ma raison. Or, je vous le demande, a-t-on l'ombre de justesse dans l'esprit, quand on prétend trouver une contrariété sensible entre croire ce qui nous est révélé; & juger, si ce qu'on nous débite de nouveau est contenu dans la révélation? N'en est-il pas de même de la derniere contrariété que reléve notre Officier?

La Religion nous dit d'un côté, qu'il faut aimer son prochain comme soi-même, de l'autre qu'il faut se haïr soi-même. Donc, conclut-il, on doit haïr son prochain.

En falloit-il davantage, mon cher Chevalier, pour vous faire juger & de la trampe d'esprit de l'Auteur, & du peu de cas que mérite sa rapsodie? Qui ne voit pas que l'Evangile, en nous recommandant de nous aimer & de nous haïr nous-mêmes, concilie fort bien des sentimens, qui, loin de se contrarier, sont puisés dans la même source, produisent les mêmes effets, & conduisent à la même fin? Notre bonheur, voilà notre grand objet; & l'amour de nous-mêmes nous y porte invinciblement: mais comme on se méprend en fait de bonheur, on se trompe en fait d'amour. Est-ce s'aimer soi-même que de sacrifier de grands intérêts à de petits, une couronne à des miseres? Et quand l'alternative nous est proposée de perdre la vie ou le Ciel, se haïr alors soi-même jusqu'à monter avec joie sur l'échafaud, n'est-ce pas véritablement s'aimer? *Qui odit animam suam &c.* Quel est donc l'ordre que la charité prescrit à l'égard du prochain & de nous-mêmes? Aimer notre ame plus que celle du prochain; préférer l'ame du prochain au soin de nos intérêts temporels; faire prévaloir nos intérêts temporels sur ceux du prochain ; tel eſt l'ordre de nos devoirs, & la marche de la charité. Et quel ordre régneroit ſur la terre, ſi le Chriſtianiſme établiſſoit par-tout une ſi belle régle, & ſi on étoit fidèle à la pratiquer !

De ces difficultés ſi frivoles notre Militaire conclut qu'il faut donc examiner la Religion Chrétienne, pour ne pas être la dupe & la victime d'une foule de fanatiques & d'impoſteurs, de la tyrannie deſquels on peut ſe tirer. » Pour moi, je l'avoue, ajoute-il, (p. 37 & ſuiv.) je mets au nombre de mes plus heureux momens celui auquel j'ai ſecoué le joug des préjugés religieux. Depuis ce temps je penſe de Dieu plus noblement ; je remplis plus fidèlement mes devoirs : je ne conſulte que la nature, la raiſon & la conſcience : je vais tranquillement à la mort, ſans la deſirer ni la craindre. «

Et vous l'avez cru ſur ſa parole, mon cher Chevalier, ce Philoſophe mille fois plus ſage, depuis qu'il n'eſt plus Chrétien ? A l'entendre, il eſt devenu meilleur pere, meilleur mari, meilleur fils, meilleur maître, meilleur ami, meilleur officier, meilleur citoyen : hâtons-nous donc d'écouter un réformateur dont les leçons peuvent produire de si beaux fruits. Je suis impatient de voir dans nos mœurs l'heureuse révolution qu'il vante dans les siennes. Il est vrai que c'est un Evangile nouveau qu'il va nous prêcher. N'importe : on peut l'écouter sans danger. Vous remarquerez bientôt que c'est un Ange de ténebres, qui, honteux de sa difformité, va se transformer en Ange de lumiere.

CHAPITRE II. *Examen général des Religions factices.*

L'Auteur (p. 7) appelle Religions factices toutes celles qui sont inventées par les hommes, qui sont établies sur des faits, qui reconnoissent d'autres principes que ceux de la nature, & de la raison, & d'autres loix que celles de la conscience ; par conséquent la Religion Chrétienne est une Religion factice, inventée par des hommes ; puisqu'elle a pour fondement des faits, la révélation pour principe, & pour loi l'Evangile.

Pour procéder avec ordre à l'examen d'une Religion, que faut-il faire? Il faut remonter à son origine, en démêler l'antiquité, caractériser ses premiers Prédicateurs, apprécier les témoignages de ses partisans, exposer sa doctrine, développer sa morale, en étudier l'esprit, en peser les preuves, en considérer les effets; juger enfin de sa bonté par ses devoirs, de ses avantages par ses fruits. Tel est à peu près, ce me semble, l'ordre que trace un jugement sain, & que suit un esprit impartial. Que faut-il donc penser d'un Auteur qui nous annonçant cet examen, commence par assurer que » toutes les preuves de quelque Religion que ce soit, sont fausses, ridicules, équivoques, illusoires, récusables ou absolument nulles pour tout homme raisonnable: qui même ose ajouter que l'intérêt, l'ambition, l'envie de dominer sur les esprits, & d'exercer sur eux, à l'ombre de la Religion, un empire que la nature n'accorde à aucun homme sur son semblable, ont fait inventer toutes les Religions, & fait employer par les Prêtres & les Souverains les moyens les plus injustes, les plus odieux, les plus barbares, pour consacrer à jamais des superstitions dans la tête des hommes, & conserver l'autorité dont elles les ont revêtus? « (P. 40 & suiv.)

Sans dire encore ce qu'il faut penser d'un tel Auteur, j'ose assurer que tout Lecteur qui le vante & l'admire, ou n'a pas la moindre teinture de Logique, ou n'a pas l'ombre de bonne foi; qu'il est par conséquent un fourbe ou un idiot. L'évidence de l'assertion me dispense de la preuve.

Après un pareil début, on s'attend enfin à voir notre Critique entrer dans l'examen des Religions: point du tout. Pour éblouir son lecteur, ou surprendre sa crédulité, c'est le ton le plus imposant qu'il ose prendre. » Je » vais, dit-il modestement, (p. 43) » établir plusieurs vérités incontestables, réelles, éternelles, nécessaires, » auxquelles on ne peut refuser son » consentement... Je fonderai sur ces » vérités une chaîne de raisonnemens » qui renverseront tous les fantômes » de preuves, qu'alléguent les Religions factices. « C'est bien ici qu'on peut s'écrier: *Quid tanto feret hic promissor hiatu?* Hor. Sur de telles menaces ne devons-nous pas trembler pour nos Autels? Ah! c'en est fait du Christianisme. Voici un nouvel Encélade qui va nous jetter des montagnes à la tête, & nous écraser sous leur poids. C'eſt avec des vérités éternelles & néceſſaires qu'il va renverſer de fond en comble tout l'édifice de la Religion. Cependant raſſurons-nous. Notre prudent Militaire ajoute avec une ſimplicité qui trahit ſa foibleſſe, & métamorphoſe l'Encélade en Pigmée, & ſes montagnes en ſouris: » Je m'abſtiendrai toujours d'entrer » dansla diſcuſſion des faits. « Pourquoi? C'eſt que » faute de monumens, » ajoute-t-il, on n'eſt jamais parvenu, « & l'on ne parviendra jamais à dé» couvrir la vérité par cette voie. « (p. 43.)

Ah, ah! Ceci me paroît nouveau. J'ai lu pluſieurs Ecrits contre la Religion, & j'ai toujours vu Mrs les Incrédules fort embarraſſés, il eſt vrai, des faits, prendre le parti, non pas de les rejetter tous; (le deſir d'être lus ne permet pas cet excès d'impudence) mais de les tourner en ridicule, pour en affoiblir l'impreſſion; de les obſcurcir en répandant des nuages; de les altérer par des falſifications, d'en nier les principales circonſtances, & d'en ſubſtituer de leur façon. Mais voici, cher Chevalier, un de leurs Coryphées qui prétend d'un trait de plume anéantir à nos yeux tout le passé, changer l'histoire en un tissu de fables & mettre tous les faits à l'écart : comme si, dans l'examen des Religions, les faits ne devoient entrer pour rien. Qu'il me montre donc une seule Religion sur la terre, qui ne soit pas établie sur ce fondement, sa naissance, ses progrès, ses loix, ses maximes, ses promesses, ses menaces, ses combats, ses triomphes : tout cela n'est-il pas consigné dans des Archives qui fournissent ses preuves dans le besoin, ou dans les cœurs par la voie de la tradition qui les transmet de générations en générations ?

Quoi l'on ne parviendra jamais à la vérité par la voie des faits ! Et quelles vérités au contraire, si l'on en excepte quelques-unes de morale & de métaphysique, connoîtrions-nous sans cette voie ? Ne serions-nous pas comme dans l'enfance du monde, s'il n'y avoit jamais eu d'histoire ? Géographie, Astronomie, Chronologie, Physique, Médecine, Philosophie, toutes les sciences, tous les arts, qu'est-ce autre chose qu'un amas d'opinions, de systêmes, de réflexions, de découvertes, d'expériences que l'histoire a reçues dans son trésor, pour les faire passer à travers les âges jusqu'à nous? Si tous les faits doivent être suspects, pourquoi donc le Créateur nous a-t-il donné une intelligence & des sens? les yeux ne sont-ils pas faits pour voir, les oreilles pour entendre, les mains pour toucher, les langues pour communiquer les pensées, nos plumes pour les recueillir, la mémoire pour les rappeller, l'imagination pour se les représenter, nos enfans pour les apprendre de nous & les transmettre à leurs descendans? Mais si l'intelligence en nous ne se repaît que d'illusions, si nos sens ne sont que des canaux infidèles, & nos Bibliothèques, que des magasins de mensonges; toute cette vie n'est donc qu'un rêve, & cette multitude d'hommes qui nous ont précédés & qui nous environnent, n'est plus qu'une société de fantômes chez lesquels les traités, les contrats, tous les actes sont sans force, sans réalité. On peut donc douter aujourd'hui qu'il y ait eu un Concordat entre Léon X & François I., une bataille de Fontenoy entre les Anglois & les François. Notre existence est actuellement certaine : mais quand nous cesserons d'être, nous perdrons insensiblement jusqu'à l'avantage d'avoir été.

N'est-ce pas à ce comble d'extravagances que conduit le Pyrrhonisme de votre Militaire? Et c'est, ajoute-t-il, faute de monumens, qu'on ne peut s'assurer par les faits d'aucune vérité.

Ou l'Auteur ne pense pas à ce qu'il écrit; & le caprice alors conduit sa plume: ou il écrit ce qu'il ne pense pas; & son Ouvrage est celui de l'imposture & de la mauvaise foi. Ne suffit-il pas d'ouvrir les yeux pour voir par-tout des monumens qui nous attestent les faits? Toute la terre en est couverte. Les Villes, les Temples, les Obélisques, les Médailles, les Bibliothèques, les Statues, les Pyramides, les Tableaux, les Monnoies, les anciens Manuscrits, les Traités solemnels, les débris de l'Antiquité, les Cabinets des curieux, les Annales de chaque Peuple, les Cérémonies, les Usages dans chaque Religion; ne sont-ce pas autant de témoins éloquents, quoique muets, qui déposent en faveur du passé, confondent aujourd'hui nos Sceptiques, & reprochent à notre Militaire l'extravagance de son Assertion? Et lui-même, quand il attaque ce qu'il appelle la superstition ; n'est-il pas forcé d'en représenter les monumens ; renversant d'une main ce qu'il éleve de l'autre, détruisant ses folies, quelquefois par de plus grandes ? Quel est donc son but en mettant tous les faits à l'écart ? C'est qu'il prévoit l'alternative nécessaire, ou de raisonner comme les Chrétiens, ou de soutenir qu'Abraham n'a jamais été, que Moïse est un héros de la fable, que les Patriarches sont des personnages fantastiques, les Prophêtes des acteurs de romans, Jesus un Législateur du pays des Fées, les Apôtres des conquérans imaginaires, les Martyrs des victimes de notre invention : ridicule qu'il craint, & qui lui ouvre la porte des Petites-Maisons. Mais quoi ! loin d'y mériter une place, c'est l'étendard de la raison qu'il arbore. » J'abandonne, dit-il, tous les faits, » sans craindre que cela diminue en » rien la force & la solidité de mes » raisonnemens... je ne me fonde que » sur la raison commune à tout le genre » humain. (p. 44.) «

Ecoutons donc ce grand Philosophe, qui dans son troisieme Chapitre, va nous présenter une premiere vérité, qui lui paroît éternelle & nécessaire; & qui me paroît à moi désavouée par tout le genre humain.

CHAPITRE III. *Premiere vérité.*

Chacun est libre en matiere de Religion. L'Auteur nous épargne la peine de l'analyser, par le résumé qu'il en fait dans l'argument démonstratif qui le termine.

Argument démonstratif.

Le Prince ou le Magistrat, ne doivent point se mêler de ce qui est absolument indifférent au bien public.

Or telle est l'affaire du Salut. Donc &c.

Le Salut est l'affaire personnelle de chaque particulier : donc c'est à chaque particulier à se faire une Religion.

L'Auteur, mon cher Chevalier, nous fournit lui-même des armes pour le battre, en confondant ce qu'il faut distinguer, l'affaire du salut, & la Region. La destinée qui nous attend dans l'autre vie n'intéressant chaque particulier que personnellement, c'est à chacun de prendre garde à ce qu'il se prépare après la mort. La perte de mon voisin n'est pas la mienne, & son salut ne me sauvera pas. Ainsi que des particuliers dans le Royaume travaillent à leur ſalut, ou le négligent, les loix ſont ſans action à leur égard. Voit-on lever des potences ou dreſſer des échafauds pour les mauvais Chrétiens qui, ſans troubler l'ordre public, s'embarraſſent peu de leur ſalut? Qu'un impie ſe taiſe & ſe damne, c'eſt ſon affaire: le citoyen étant irrépréhénſible ne doit craindre ni le glaive du Prince, ni la pourſuite du Magiſtrat. Mais une Religion que toute une Nation a embraſſée n'eſt-elle pas l'affaire de la Nation? L'intérieur de votre conſcience vous appartient: malheur à vous ſi vous y nourriſſez un monſtre. Mais ſi vous faites ſortir ce monſtre pour dévorer vos voiſins, n'eſt-ce pas un attentat contre le Public, un crime de lèſe-Société? Le *pro avis & focis* n'eſt-il pas de tous les pays? Que j'aille attaquer Mahomet à Conſtantinople, & Confucius à Pékin: le Divan ou le Mandarinat garderont-ils le ſilence? Comment donc votre Militaire oſe-t-il avancer (p. 49): » Ce que je crois, » ce que je dis, ce que j'écris contre » la Religion eſt indifférent pour la » République? «

Indifférent! Voilà donc l'impiété

qui pourra marcher tête levée dans les
promenades, dogmatiser dans les Ca-
fés, inonder la Capitale & les Provin-
ces de mille Brochures, dont le résul-
tat est de mettre le Sanctuaire au pil-
lage, & les Temples en poussiere?
Menacés d'une pareille révolution,
vous, Magistrats, vous devez en re-
garder les avant-coureurs d'un œil in-
différent. Quoi! la République ne
doit pas prendre le moindre intérêt à
des complots capables de la mettre en
combustion! Sous prétexte que mon
destin dans l'autre vie n'intéresse per-
sonne dans celle-ci, je peux débiter im-
punément, & faire imprimer des ma-
ximes qui, par une fermentation fu-
neste dans les esprits, vont à remplir
les cœurs d'indignation, & de trouble
tout un Royaume?

Oui: je le peux impunément, ré-
pond hardiment notre Officier. » Le
» Monarque & le Magistrat sortent de
» leur sphere, quand ils veulent éten-
» dre leur pouvoir aux sentimens qu'on
» peut avoir sur la Divinité, & sur le
» culte qui lui convient. «

Le culte est le corps de la Reli-
gion, dont le sentiment est l'ame. Ce-
lui-ci caché dans l'abyme du cœur, se

dérobe aux regards du Monarque & du Magistrat qui ne peuvent ni le défendre ni le commander. Mais l'autre qui frappe les sens par un appareil nécessaire ; qui lie intimement le Sacerdoce & l'Empire ; qui porte de l'extrémité d'un Royaume à l'autre des allarmes si vives, quand il est attaqué ; & des secousses si violentes, s'il est détruit : oser dire qu'un Monarque n'a pas droit de le maintenir, & qu'il sort de la sphere de son pouvoir en le faisant ; c'est avoir absolument oublié les droits d'un Roi, les devoirs des Sujets, & par quels nœuds puissants le Trône & l'Autel sont unis ensemble.

Il me paroît cependant que ce n'est pas un oubli de la part de l'Auteur, qui ne fait que tirer une conséquence naturelle d'un principe qu'il établit plus haut, & qui ne tend pas moins à ruiner l'autorité Royale que celle de la Religion.

» Tous les hommes, dit-il, sont nés libres : il n'y a de subordination naturelle que celle des enfans aux peres. Si les hommes étoient aussi sages qu'ils devroient & qu'ils pourroient être, il n'y auroit point d'autre domination : la chose est encore ainsi dans quelques

quelques Nations ſauvages. «

Si de tels principes ne rempliſſoient pas d'indignation, on pouroit rire de voir des Nations ſauvages propoſées d'un air ſérieux pour des modèles de ſageſſe : mais l'horreur l'emporte, & ne permet à la raiſon que d'éclater avec véhémence contre des maximes qui vont à tout bouleverſer. Où l'Auteur a-t-il pris que tous les hommes naiſſent libres? Veut-il dire que la nature étant la même dans tous, les rend tous égaux? Oui, par leur nature qui les jette dans le même moule, les organiſe ſur le même plan, & les conduit à la même deſtination. Je reſpire ſans doute le même air que le Monarque, & mes ſens me tranſmettent les mêmes impreſſions. Mais ſi par liberté l'Auteur entend l'indépendance; loin de naître libres, les hommes naiſſent tous dans l'eſclavage des paſſions, qui, pour exercer leurs violences, n'attendent que d'être ſecondées dans leurs attentats par la force des muſcles & la vigueur des tempéraments. Lorſque dans la naiſſance du monde on ne voyoit qu'une douzaine de familles errantes ſur la terre, les enfans étant ſans expérience, toute la légiſlation étoit concentrée dans la volonté du chef qui ſeul en avoit. Chaque pere étoit Roi. Tout nouveau marié recevant des enfans de ſa compagne pouvoit s'écrier : j'ai droit à préſent de commander : j'ai des ſujets! me voilà Roi par la grace de Dieu, *Poſſedi hominem per Deum.* Nous rappeller à cet ancien temps, pour nous montrer notre devoir, le crime de lèſe-Majeſté mis à part, c'eſt une vraie folie. Aujourd'hui que la terre eſt couverte d'habitans, ſi chaque mariage mettoit un ſceptre dans les mains du pere, & qu'on comptât les rois par les familles ; l'égalité de forces étant impoſſible, l'équilibre ſeroit détruit, le déſordre néceſſaire, & la terre deviendroit un théâtre de brigandages. Qu'eſt-ce qu'une multitude d'hommes, ſinon une foule de deſirs qui ſe contrarient, de projets qui s'entre-heurtent, d'efforts qui ſe briſent, de chocs qui ſe combattent, de puiſſances qui travaillent réciproquement à leur ruine ?

Le bon ſens ne dit-il pas que la force dépend de l'union, & l'union de l'unité ? Rien de plus foible qu'un commandement partagé. Multipliez les Généraux, vous perdez une Armée. Les Sociétés doivent leur naissance au sentiment que chaque particulier a de sa foiblesse; & les Monarchies doivent leur origine à la nécessité de réunir toutes les forces sous un seul mobile. Quarante mille Israëlites étant sans chef sont comme des brebis sans pasteur. Saül est-il à leur tête? cette multitude marche comme un seul homme. Pourquoi donc notre Militaire, ainsi que tous les Incrédules, prétendent-ils que c'est la violence qui fait les Souverains? Ne doit-on pas penser plutôt que c'est la sagesse? Cent mille hommes dans une contrée en font le rendez-vous de six cens mille passions: si chacun suit les siennes, diront alors les plus sages, nous sommes tous perdus. Il faut donc que chacun renonce à sa volonté, pour ne suivre que celle du chef qui nous gouvernera: nous acquerrons une vraie puissance par celle que le sacrifice de nos volontés mettra dans ses mains. Voilà, ce me semble, l'établissement des Monarchies. Mais notre fougueux Militaire, digne de vivre parmi ces sauvages qu'il nous vante, soutient que la subordination des enfans étant la seule naturelle, l'empire des peres est le seul légitime; & que si nous étions sages... O Souverains, écoutez-le, *Et nunc, Reges, intelligite*; & jugez si vous avez de plus grands ennemis que ceux de la Religion. Oui, nous disent-ils, ô François, si vous étiez sages, comme vous devriez l'être, vous auriez bientôt secoué le joug de l'obéissance; & il ne tient qu'à vous de le devenir: ayez le courage de vous élever à un plus haut dégré de sagesse; & il n'y aura plus de domination parmi vous.

N'est-ce pas là, mon cher Chevalier, jetter visiblement des semences de révoltes, en attendant qu'on puisse impunément sonner le tocsin?

O mon Prince, que le Ciel a placé sur le Trône des François, pardonnez-leur; car ils ne sçavent ni ce qu'ils disent, ni ce qu'ils écrivent, ni ce qu'ils font. A chaque page notre Auteur en fournit de nouvelles preuves. Sentant bien que ces excès sont punissables, il s'imagine se mettre à couvert, en traitant d'injuste persécuteur tout Magistrat qui sévit contre la croyance. » Point de folie plus grande, dit-il, » (p. 49) que celle de se croire assez » sûr de la bonté de sa Religion, pour

» être en droit de tourmenter ceux » qui en ont une autre. « Pour moi je connois une folie plus grande encore ; celle de se croire certain de sa Religion, obligé de la protéger ; & de permettre cependant à quiconque l'insulte, de multiplier à son gré les outrages, par l'assurance de l'impunité. Ah, cruel ! que dites-vous : » Le Prince, le Magistrat, la République n'ont aucun droit de me commander sur l'article de la Religion : ma pensée (p. 51) ne fait tort à personne, il n'y a que mes actions qui puissent nuire aux autres. «

Ici le terme de bêtise, mon cher Chevalier, vous blesseroit peut-être ; mais comment, je vous prie, qualifier celle d'un Auteur qui s'imagine apparemment ne pas agir en écrivant ? Si vos pensées, M. le Militaire, restoient concentrées dans vous, & que votre profond silence rendît votre impiété tellement isolée, que vous ne fissiez pas de complices ; loin de tourner contre vous le glaive de la Justice, peut-être vous supposeroit-on même de louables sentimens sur la Divinité. Mais vous ne travaillez qu'à répandre & communiquer vos pensées : la plus me à la main, vous excitez les François à secouer toute espece de joug; à couvrir des débris du Sceptre ceux de l'Encensoir; à se mettre enfin dans la même indépendance que ces Nations sauvages, qui ne connoissent ni Prêtres ni Rois : & vous ne regardez pas cela comme *des actions* dont vous soyez comptable au pied de nos Tribunaux! Il faut donc que, par un secret qui m'est inconnu, vous ne mettiez aucune différence entre se taire & parler, entre respecter l'ordre & le troubler.

» Moi! le troubler! dites-vous, (p. 48) je n'ai garde, je ne prends la plume que contre le désordre, & pour rendre service. Il est vrai qu'aucun particulier n'a le droit de s'opposer à la Religion publique; mais il a la voie de représentation, comme on l'a dans toute occasion, lorsqu'on propose quelque nouveauté qu'on croit utile au bien de la société. «

Des nouveautés en fait de Religion, mon cher Chevalier, sont toujours préjudiciables au bien de la société, à moins qu'il ne s'agisse d'introduire le Christianisme où il n'est pas, ou de réformer des abus dans son propre empire; mais *l'utile nouveauté* qu'a en vue notre Militaire, n'a pour objet que le renversement total de la Religion ; & les Chapitres suivans vont vous prouver que ce n'est pas calomnie de ma part.

CHAPITRES IV. & V.

Nous pouvons réunir ici deux Chapitres qui tendent au même but, de faire sentir la nécessité, l'un, d'examiner sa Religion, pour en juger par soi-même; & l'autre, pour la bien examiner, de le faire sans prévention & sans intérêt.

Pourquoi M. le Militaire fait-il tant d'efforts dans ces deux Chapitres & les suivans, pour nous prouver que la Religion étant de toutes les affaires la plus importante, on ne sçauroit trop examiner avant de choisir? Craint-il sur ce point quelque contradiction de notre part? Refusons-nous d'entrer dans toutes les discussions possibles sur chaque article? Est-ce dans l'obscurité que nous prêchons notre doctrine? Nos maximes de morale sont-elles enveloppées dans des ténebres mystérieuses? Nous cachons-nous, pour faire des prosélytes; est-ce de leur ignorance que nous profitons, pour les ſurprendre ; n'eſt-ce pas au contraire en la diſſipant que nous les gagnons ? Pourquoi nos Miſſionnaires traverſent-ils les mers ? N'eſt-ce pas pour porter dans des climats où regne le menſonge, le flambeau de la vérité ? Nos Livres ne ſont-ils pas dans toutes les Bibliothéques, nos titres ſur tous les Bureaux, nos preuves dans les mains de tout le monde ? Il eſt aſſez plaiſant d'entendre Mrs les Incrédules nous exhorter à bien examiner la Religion, à le faire ſans prévention, ſans intérêt, tandis que nous leur crions ſans ceſſe : aveugles, inſtruiſez-vous ; impoſez ſilence à vos paſſions, pour juger de ſang froid de la ſolidité de nos preuves ; écartez les piéges des ſens, & les intérêts de la cupidité, pour démêler parmi les Religions répandues ſur la terre, celle que la vérité marque de ſon ſceau.

Quel eſt donc le but de notre Auteur, en nous adreſſant le même langage ? Eſt-ce avec ſimplicité qu'il nous propoſe cet examen important? Il nous a dit plus haut que la Religion eſt une affaire perſonnelle ; que ſi elle eſt néceſſaire, elle l'eſt à tous les hommes, aux aveugles, aux ſourds, aux muets, aux ſimples; que ſes preuves doivent être à la portée de tous : il dit ici, (p. 53) que c'eſt le comble de la folie de s'en rapporter au haſard de la naiſſance ou de l'éducation ſur un objet ſi important : (p. 52) qu'on eſt Papiſte à Paris, comme on eſt Mahométant à Conſtantinople : que toutes les Religions étant fondées ſur les mêmes principes, (p. 51) il eſt aiſé de ſe tromper, & néceſſaire d'examiner ; mais cet examen étant impoſſible pour les trois quarts des hommes, il s'enſuit que la Religion, pour la plupart, n'eſt pas néceſſaire. Et pour conduire à cette conſéquence, » comment, dit-il, ſe peut faire ce diſcernement, en quelque circonſtance qu'on ſe trouve? Ce n'eſt que par l'inſtinct, les ſens & le raiſonnement. L'inſtinct ici n'a pas lieu ; ſans quoi tous les hommes auroient la même Religion : ni les ſens qui ne jugent que de la configuration, du mouvement & des propriétés de la matiere : reſte la voie du raiſonnement : il faut donc philoſopher. « (p. 55.)

Je ne connois pas l'inſtinct, mon cher M. N'étant qu'un mouvement machinal, ou un mot vuide de ſens ; il eſt évident, qu'en fait de Religion ſur-tout, il ne peut être un moyen de diſcernement.

Mais n'en trouve-t-on pas un bien ſûr dans le concours des ſens & du raiſonnement? Par les ſens n'eſt-il pas facile de s'aſſurer de l'exiſtence du Peuple Juif; & par le raiſonnement, des événemens qui l'intéreſſent? Faut-il être ſi délié pour ſçavoir que la poſtérité d'Abraham eſt encore vivante ſur la terre, & tant philoſopher pour être perſuadé de la vérité de ſon hiſtoire? Il me ſemble que les plus ſimples peuvent parvenir ſans effort à cette double connoiſſance. Notre Auteur me paroît en convenir, lorſqu'il dit: (p. 53.) » S'il n'y avoit qu'une ſeule Religion » ſur la terre, dont l'inſtitution fût de » temps immémorial, on pourroit reſ- » ter en repos, & croire que tous les » hommes n'ont pu s'accorder dans une » fauſſeté. «

Sur la parole de l'Auteur, les plus ſimples d'entre nous peuvent donc reſter tranquilles. La Religion Chrétienne eſt de temps immémorial. Sa naiſſance a pour date celle du monde. Le premier des hommes eſt le premier des Chrétiens: la foi en un Sauveur, qu'a fait éclorre sa promesse, ne s'est jamais éteinte sur la terre: la chaîne de ses Disciples s'étend depuis Adam jusqu'à nous: l'arrivée de ce Sauveur n'a pas produit une Religion nouvelle, mais a mis sur l'ancienne le sceau de la perfection. Et quand l'Auteur nous dit que toutes les Religions ont même institution, même fondement, mêmes preuves, mêmes caracteres; qu'il m'en montre donc une qui, comme la Chrétienne, remonte jusqu'à la source du genre humain, descende sur les débris de tous les Empires, & se soutienne jusqu'à la fin des siecles. Oui, telle est sa destinée, quelque effort que fassent Mrs. les Incrédules pour l'exterminer: ayant la Divinité pour origine, elle aura l'éternité pour partage.

Ainsi, mon cher Chevalier, ne craignons pas de l'examiner; elle ne peut que gagner à être bien connue; son portrait sera d'autant plus à son avantage, qu'il sera plus fidèle. Ayons même la complaisance d'entrer dans les vues de votre Militaire. » Elevons-nous au dessus des préjugés de l'éducation: écartons de nous tout motif, & toute vue d'intérêt: examinons tout avec cette impartialité ſi néceſſaire, quand on cherche la vérité de bonne foi. « (p. 59.) Nous verrons ſi l'Auteur n'en manque pas lui-même, dans une troiſieme Lettre ſur l'examen qu'il nous propoſe.

J'ai l'honneur d'être &c.

TROISIEME LETTRE.

JUsqu'ici, mon cher Chevalier, nous avons trouvé dans cet Ouvrage plus de déclamations que de difficultés, plus d'invectives que d'objections. Les Chapîtres suivants semblent nous ouvrir une carriere nouvelle, où l'Auteur, sans être moins grossier dans ses impiétés, semble être plus méthodique dans ses raisonnemens. Les raisons seules doivent être appréciées, nous mettrons les grossieretés à l'écart; & loin d'affoiblir ses arguments trop prolixes, nous leur donnerons plus de force en les resserrant. Que s'agit-il d'examiner? S'il y a sur la terre (p. 61.) une Religion exclusive & particuliere, instituée par la Divinité? Voilà la question: voilà sur quoi il faut que tous les hommes prononcent. Pour prononcer avec justesse & procéder avec discernement dans cet examen, nous n'avons qu'un seul guide, la raison. Il est de l'essence de l'homme de raisonner, comme il est de l'essence du cercle que ses diametres soient égaux: cette majeure n'étant pas contestée, j'en supprime les preuves pour abreger.

La raison nous ordonne de préférer l'évidence à l'incertitude ; ce qui est plus clair à ce qui l'est moins.

Or il m'est plus évident que des hommes ne sont que des hommes ordinaires, qu'il n'est évident que ces mêmes hommes sont des Ambassadeurs de Dieu : il est plus sûr que mes idées puisées dans la raison sont vraies, qu'il n'est sûr que tel ouvrage qui renverse les idées vient de Dieu : il est plus clair que des pêcheurs grossiers sont capables de mensonges & d'illusions, qu'il n'est clair qu'un homme mort en croix peut agir & parler après sa mort.

Donc la raison m'ordonne de croire plutôt de l'imposture dans Moïse, qu'une mission divine ; de préférer mes idées à la Bible ; & de faire prévaloir l'impossibilité d'une Résurrection, sur les témoignages qui l'attestent.

Donc aucun livre n'est l'ouvrage de Dieu, aucun homme n'est son interprête, aucune idée que ma raison rejette, ne vient de lui : donc la Religion Chrétienne, qui n'est fondée que sur des livres faussement inspirés, que ſur un miniſtere prétendu divin, que ſur des abſurdités reconnues pour telles, eſt fauſſe : donc c'eſt mon devoir de l'abandonner.

Voilà, j'oſe l'aſſurer, dans une page, la quinteſſence des Chapitres 6, 7, 8 & 9 de votre Philoſophe. Si c'eſt là, mon cher Chevalier, l'écueil de votre Religion, vous montrez aſſurément un vaiſſeau bien fragile, & qui déjà ſans doute faiſoit eau par plus d'un endroit.

Pour peu qu'on réfléchiſſe, ne voit-on pas que votre mineure eſt fauſſe, & que vos plus grandes certitudes ſont des chimeres ? L'exiſtence de Comus m'eſt-elle plus évidente, que la réalité de ſes tours ? Si je vous diſois que je ſuis plus certain que Céſar étoit un homme ordinaire, que je ne le ſuis qu'il s'eſt emparé de l'Empire, ne trouveriez-vous pas mon aſſertion ridicule ? Comme ſi je ne puiſois pas les preuves de l'un dans la même ſource que celles de l'autre.

Un homme paroît, & ſe dit envoyé de Dieu. Mes ſens d'abord me diſent que c'eſt un homme tel qu'un autre ; & ſi je le croyois ſur ſa parole, votre argument contre moi ſeroit très-ſolide.

Mais si cet homme, pour me prouver la divinité de sa mission, changeoit devant moi sa canne en un agneau, faisoit remonter la Seine vers sa source, ou guérissoit un Paralytique en le touchant, me pardonneriez-vous de dire que c'est un homme ordinaire, & que j'en ai plus de certitude, que des preuves de sa divine mission? La déposition de mes sens, si certaine sur l'homme, cesse-t-elle de l'être sur ses actions? Mes yeux qui me servent si bien pour distinguer cet homme d'un autre, comment me servent-ils si mal sur la métamorphose de sa canne en un animal organisé? Les faits quelconques étant tous du ressort des sens, c'est la même mesure qu'on applique sur tous, & le même jugement qu'on en porte. Si vous disiez que les opérations merveilleuses de cet homme ne prouvent pas sa mission, vous changeriez de thèse. Il n'est pas question ici d'examiner si le Miracle justifie dans le Thaumaturge le titre d'Envoyé de Dieu; mais si l'on a plus de certitude sur son existence, que sur son opération.

Les sens & la raison, dit votre Auteur, déclarent que tel homme qui se dit Ministre de Dieu, n'a rien de plus que les autres : mais oseriez-vous soutenir, ajoute-t-il, que les sens & la raison vous apprennent rien sur la mission divine de Moïse, de J. C. & des Apôtres ?

Oui certes, M. l'Officier, nous l'osons : nous faisons plus. Nous soutenons que c'est résister au témoignage des sens & se refuser au cri de la raison, que de supposer moins d'évidence dans les preuves d'une mission divine, que dans celle de l'existence des envoyés. Les contemporains de Moïse & des Apôtres, avoient sans doute des oreilles & des yeux : c'est par leurs yeux & leurs oreilles que nous voyons & que nous entendons ; & le prodige d'une eau qui sort d'un rocher sous un coup de baguette, ne m'affecte pas moins vivement que les rapports que j'apperçois entre Moïse & les autres hommes. Si donc la réponse de ma raison & de mes sens sur la personne de Moïse est évidemment certaine ; par quel hasard le seroit-elle moins sur les preuves si sensibles & si multipliées de sa divine ambassade ? Pourquoi verroit-on moins clairement un Miracle réel, que la personne qui l'opére ? Le sensible d'une merveille n'est-il pas de la même classe que le sensible de son auteur ? Et les rayons visuels qui m'assurent de la présence d'un homme, frappent-ils ma rétine moins sûrement que de l'eau changée en vin ?

Autre sophisme de votre Auteur. Mes idées, dit-il, puisées dans la droite raison, ne peuvent s'accorder avec les idées contenues dans vos Livres inspirés : or l'évidence de mes idées l'emporte sur celle de votre inspiration ; donc je dois préférer mes idées.

Je nie, M., ces trois propositions. La premiere est fausse. Dites, à la bonne heure, que vous ne voyez pas le moyen de concilier vos idées avec celles de la Bible ; il ne s'ensuit pas de là qu'elles ne puissent pas s'accorder ; votre ignorance étant un fort mauvais garant de cette impossibilité.

La deuxiéme est fausse. La certitude de l'inspiration des Livres Saints étant fondée, non-seulement sur le naturel sublime d'un style inimitable, mais sur la sainteté des Ecrivains, leurs miracles sans nombre, & le sacrifice de leur vie ; il sied bien à notre ignorant Militaire, les plus grands génies étant satisfaits de ces preuves, de les déclarer inférieures en évidence à celles de ses petites idées.

La derniere est fausse. Des idées puisées dans la droite raison, pouvant s'accorder avec celles de la Bible, doivent marcher ensemble, & par conséquent la préférence n'a pas lieu.

» Mais, reprend notre Auteur, (p. » 77) je conçois clairement que Dieu, » s'il existe, est un Etre parfait, qu'il » est juste & n'est point un tyran. Pour » me prouver le contraire, on me ré» pond : tels gens le disent, tel livre le » déclare. «

S'il existe ! Comment un Ecrivain qui vante tant la clarté, l'évidence de ses idées, peut-il révoquer en doute l'existence de Dieu ? L'Auteur a-t-il jamais dit : si j'existe ? Hé quoi ! Certain d'un être échapé du néant, il doute de celui qui l'en a tiré ! Il dit connoître sa justice, sa bonté, ses perfections ; & l'existence nécessaire n'entre pas dans leur nombre ? C'est ainsi qu'apprend à raisonner une métaphysique d'Athée.

Il n'est pas étonnant que dans l'Athéisme on ne se fasse pas de scrupule de la calomnie. Où sont *ces gens* parmi les Chrétiens, où sont *ces Livres* qui déclarent que Dieu est un tyran, qu'il n'est ni juste ni parfait ? Reconnoît-on à ces traits le Dieu des Chrétiens ? Quand l'impudence va jusqu'à ne mériter qu'un silence de mépris, elle trouve dans son excès même sa punition. » Cependant, reprenez-vous, votre Dieu m'ordonne de croire dans la Bible, ce qu'il m'ordonne par ma raison de ne pas croire. Et que penseriez-vous d'un Astronome, qui, après avoir démontré selon les régles à un paysan que le soleil est plus grand que la terre, le menaceroit par un inconnu du plus grand supplice, s'il le croyoit plus grand qu'une assiette? «

Est-ce donc là, mon cher M., la conduite de Dieu à notre égard? En quel endroit me montrerez-vous ses ordres en contradiction avec eux-mêmes ? Citez-moi, si vous le pouvez, deux contradictoires qu'il nous ordonne de croire? Vous allez, je le vois bien, me transporter avec votre Auteur dans le pays des mysteres : mais ces oracles de la raison dont vous sentez le vrai, sont-ils nécessairement destructifs de ces vérités sublimes dont vous ne pouvez atteindre la hauteur?

Croire que trois êtres n'en sont qu'un : voilà l'impossible : & c'est ce que votre raison rejetteroit sans balancer, si on vous en proposoit la croyance. Mais que trois personnes dans une même essence forment un esprit infiniment parfait; quelle est l'évidente contradictoire que votre raison est en droit d'opposer à cette proposition? Vous pouvez bien dire : je ne comprends pas cela. Hé! c'est précisément ce qui vous ôte le droit de le rejetter comme faux. Ne sent-on pas une différence énorme entre l'inconcevable & l'impossible? Pour être autorisé à les confondre, il faudroit soutenir la plus grande des absurdités, & dire : Il n'est rien que je ne comprenne. En bonne foi, mon cher Chevalier, est-il étonnant que la Divinité cache dans son sein des merveilles qui passent vos conceptions? Un ciron vous étonne; l'infini dans un grain de sable vous déconcerte; & la Trinité des Personnes en un seul Dieu, vous refusez de la croire, sous prétexte qu'elle vous confond! N'êtes-vous pas confondu par la trinité singuliere que vous portez en vous-même, l'entendement, la volonté, la mémoire, dont cependant les opérations diverses & journalieres ne vous laissent aucun doute ni sur leur distinction, ni sur votre unité? Que diriez-vous d'un paysan (& ma comparaison est bien plus juste que la vôtre) qui bien instruit par un Astronome habile sur la grandeur du soleil, désabusé de plusieurs erreurs, convaincu de la capacité de son maître, refuseroit cependant de le croire, s'il lui écrivoit qu'il faut plus de 200000 ans à un boulet de canon, pour tomber de la plus haute étoile connue sur la terre ? La difficulté de comprendre un si singulier phénomène justifieroit-elle bien l'indocilité de son éléve ? Et le maître auroit-il tort de le punir en l'abandonnant à son ignorance ? Dans cette comparaison, qui m'est si favorable, vous voyez que je néglige encore une partie de mes avantages.

Je conviens, me direz-vous avec votre Auteur, qu'il est des phénomènes qui surpassent la raison, mais sans la choquer : telle est la circulation du sang dans les animaux, & de la séve dans les plantes, que je ne comprends pas, sans y voir d'impossibilité. Mais les Mysteres sont contraires à la raison, aussi évidemment impossibles, qu'il est impossible au jeu de piquet, qu'un des joueurs ait quatorze de Rois, & l'autre une tierce majeure.

Dans cette comparaiſon, cher Chevalier, la contradiction eſt manifeſte. Vouloir trouver quatre êtres réels, où réellement il n'y en a que trois, c'eſt ſoutenir qu'une même choſe peut être & ne pas être en même temps; abſurdité ſi palpable, que la raiſon la ſaiſit du premier coup d'œil, & la repouſſe par ſon premier cri. Mais dans quel myſtere me montreriez-vous le ſceau de l'impoſſibilité ſi clairement marqué, que ſur ſon expoſé ſeul, on s'écrie: cela ne peut pas être? L'Incarnation eſt ſans contredit un des grands myſteres de notre Religion. Si je choiſis celui-là, c'eſt qu'il en eſt tellement l'ame & la baſe, que je me joindrois à vous pour renverſer tout l'édifice, ſi la démonſtration de ſon impoſſibilité étoit évidente. Mais de me dire en l'air; comment ſe pourroit-il qu'un Dieu s'unît à notre nature, & que devenu homme, il ait éprouvé toutes les miſéres de l'humanité? Dans ces vains propos, c'eſt bien me préſenter les répugnances de l'eſprit humain pour concilier l'ineffable Majeſté d'un eſprit inviſible, avec la viſibilité d'un homme ſemblable à nous. Mais les répugnances d'une intelligence

très-bornée démontrent-elles impossible ce qui s'étend au delà de ses bornes ? Suffit-il aux Peuples vivants sous la ligne, & qui n'ont jamais vu de glaces, d'en nier la possibilité, sur ce que l'idée d'une eau durcie répugne à leur conception ? Ah! si dans le mystere de l'Incarnation on nous proposoit de croire que Dieu considéré dans sa nature divine, quoique éternel, est né; qu'il a souffert, quoiqu'impassible; qu'il a obéi, quoiqu'indépendant; qu'enfin il a perdu de sa grandeur, de sa gloire, de son bonheur, quoiqu'essentiellement heureux, infiniment parfait : vous auriez raison de dire alors : ce sont là des absurdités révoltantes & contraires à la raison : je le dirois avec vous. Mais cet amas de contrariétés qui répugnent, n'est l'ouvrage que des calomniateurs de la Religion, qui voyant que ce mystere entraîne après soi tous les autres, & nous impose des devoirs gênants, travaillent à la décrier, en le couvrant d'un ridicule propre à l'anéantir. Exposez les vrais objets de la foi ; & notre raison, loin d'entrer dans un mouvement d'indignation, entrera comme de plein pied, dans un plan assorti à sa foiblesse,
pour

pour la fortifier ; à sa dépravation, pour y remédier ; à son orgueil, pour le guérir.

La nature humaine est certainement viciée ; tous les Philosophes en conviennent ; que de preuves n'en tirerois-je pas de leurs propres Ecrits ! d'où vient ce vice ? Du Créateur ? Cela ne se peut ; des perfections infinies dans l'ouvrier ne sçauroient permettre de défauts dans l'ouvrage. Ce vice vient donc du premier homme. Si Mrs les Incrédules le contestent, du moins permettront-ils de mettre en hypothèse de tous les systêmes le plus vraisemblable, le mieux appuyé, le plus suivi.

Par une suite de mon hypothèse, en quoi consiste ce vice ? Nos premiers Peres, séduits par le desir de s'élever, veulent égaler le Créateur : connoître comme lui le bien & le mal ; devenir enfin comme des Dieux : *Sicut Dii*. Ce désordre dans eux est puni par la soustraction de la lumiere, l'obscurcissement de la raison, l'assujettissement de l'esprit au corps, la propagation de la plaie faite par l'orgueil à leur nature, & par l'anathême enfin qui, frappant les deux criminels dans toutes les parties de leur être, embrasse par conséquent tout ce qui peut en sortir. Si le désordre n'est pas réparé, la perte du genre humain devient nécessaire par la sentence : *vous mourrez.* Et quel pourra être le réparateur ? Le chercher dans la masse criminelle, c'est n'avoir aucune idée, ni des coupables, ni de l'offensé, ni de l'offense. C'est donc dans la Divinité même qu'il faut le chercher. Supposons dans elle, non pas trois Dieux, (trois êtres n'en faisant qu'un, présentent contradiction) mais trois personnes dans une Essence n'offrent rien de contradictoire, pour qui entend les termes : or qu'une des Personnes Divines, témoin du crime, & touchée du malheur des hommes, dise : Pour racheter le genre humain, & le reconcilier avec le Souverain Etre, il faut nécessairement un homme, mais dont l'innocence soit parfaite, le sacrifice agréable, & le mérite infini. Je trouve tout cela dans moi : dans ma toute-puissance le moyen de créer un corps pur, une ame innocente que je m'associerai : dans ma dignité, l'excellence du sacrifice ; & dans mon amour pour les hommes, la volonté de proportionner la réparation à l'offenſe.

Trouvez-vous rien juſqu'ici, mon cher Chevalier, qui puiſſe épouvanter votre raiſon par le conflict évident de deux contradictoires ? Votre ame eſt unie à votre corps, c'eſt un fait dont vous ne doutez pas, & qui devroit d'autant plus vous ſurprendre, que ce ſont deux ſubſtances qui n'ont enſemble aucune analogie, & que l'empire le plus ſouvent eſt à celle qui le mérite le moins. Que trouvez-vous donc d'impoſſible dans l'union d'un corps & d'une ame ſans tache avec une Perſonne Divine, qui gouvernant l'un & l'autre à ſon gré, ne perd rien de ſa gloire, rien de ſa liberté, rien de ſa puiſſance, rien de ſon bonheur, rien de ſa majeſté ? Mrs les Spinoſiſtes ne balancent pas d'unir à la maſſe de l'Univers un eſprit univerſel, & de faire de Dieu & du monde un tout dans lequel les contrariétés ſont de la plus évidente extravagance : comment donc auroient-ils la moindre peine à concevoir l'union ſi douce, ſi conſolante, ſi néceſſaire d'une humanité pure & ſainte avec une Perſonne Divine, qui, loin de s'abaiſſer & de s'avilir, ſemble tirer de cette union l'éclat de ſa gloire, l'indépendance de ſa ſouveraineté, & la manifeſtation de tous ſes attributs ?

Si l'union hypoſtatique des deux natures en J. C. n'offre rien, ni qui ſurpaſſe la puiſſance du Verbe, ni qui contrarie évidemment la raiſon, les ſuites de cette union ne ſe concilient-elles pas aiſément avec l'une & l'autre ? Le temps du ſacrifice arrive, que trouvez-vous, mon cher Chevalier, dans la nature humaine de J. C. qui ne s'accorde parfaitement avec les notions que nous avons de ſes propriétés ? Naître, ſouffrir & mourir, tel eſt l'appanage de l'humanité ; & que trouve-t-on d'inconcevable dans la naiſſance, la paſſion & la mort du fils de Marie, ou dans l'empire du Verbe ſur la nature qu'il a priſe, qu'il régit dans toutes ſes opérations, appliquant à toutes un prix infini : d'où réſulte pour le genre humain, une rédemption parfaite : & pour la Divinité une éternité d'hommages rendus dignes d'elle par un Homme-Dieu, chef adorable d'un corps éternel d'adorateurs ?

Eſt-il rien dans cette hypothèſe,

mon cher Chevalier, je ne dis pas qui puiſſe effaroucher la raiſon, mais qui ne ſemble même la conduire comme par la main à la foi ? L'Incarnation eſt le centre de tout ; de ce centre part une lumiere qui nous fait appercevoir tous les êtres dans l'ordre, chaque objet dans ſa vraie place ; éteignez cette lumiere, vous vous trouverez au milieu d'une foule de Sectes ridicules & bizarres, qui par leurs clabauderies vous étourdiſſent, & qui voulant écarter nos myſteres, en jettent à pleines mains dans tout l'univers ; de maniere que la raiſon ne trouve que des ténebres ſur chaque objet, que des précipices à chaque pas. L'hypothèſe au contraire d'une nature viciée par le premier homme & réparée par un Homme-Dieu, ſans rien ôter à la Divinité de ſa grandeur, fait connoître à l'homme toute la ſienne, explique l'énigme de l'Univers, & ne laiſſe que des nuages ſalutaires, ſur leſquels le Soleil de vérité ſe peint avec aſſez d'éclat, pour mettre notre raiſon à l'aiſe même dans le ſein de l'obſcurité. Cette hypothèſe étant ſi belle par elle-même, ſi lumineuſe, ſi ſublime, que ſeroit-ce, ſi pour la réaliſer, je faisois marcher sous vos yeux, mon cher Chevalier, cette suite innombrable de faits, dont le concours dans les deux Testamens nous fait un crime de tourner en supposition ce dont l'existence réelle est appuyée sur les plus solides démonstrations? Mais je crois en avoir assez dit pour justifier le Christianisme sur les imputations calomnieuses de votre Militaire, qui, à l'exemple de tous les Incrédules, ne cesse de nous reprocher la croyance des plus révoltantes absurdités. L'histoire du Calvaire dont l'orgueil de ces Mrs ne s'accommode pas, est leur pierre d'achoppement. Ils s'imaginent faussement que nous y couvrons la nature divine d'opprobres & d'ignominies, tandis que la victime est toute entiere de notre nature & ne tire de la puissance du Verbe que l'immensité de son sacrifice; & de sa grandeur, que l'infinité de son prix.

Qui ne sçait pas que l'idée de Dieu écarte essentiellement toute idée de peines, de souffrances, d'humiliations? Mais ces idées sont-elles évidemment incompatibles avec celles d'une nature telle que la nôtre, passible, coupable & digne de punition?

Mais, me direz-vous, la nature humaine en J. C. étoit innocente & pure; pourquoi donc est-elle souffrante & malheureuse ?

Ah! c'est là, j'en conviens, le Mystere d'un amour incompréhensible qui substituant l'innocent au coupable, détermine l'un à mourir pour sauver l'autre. Si vos murmures contre la Religion, Mrs. les Incrédules, ont pour objet un tel mystere, quels monstres êtes-vous, de tirer le prétexte de votre incrédulité d'un abyme où devroit s'allumer le flambeau de votre foi! De tous les bienfaits dont Dieu vous a comblés, celui de sa mort pour vous est sans contredit le plus touchant & le plus signalé; & c'est la grandeur même d'un service qui vous passe, qui remplit & votre cœur de mépris pour l'instrument du sacrifice, & votre bouche de blasphêmes contre la victime immolée pour vous! Pour moi, dans la profondeur de ce mystere, je ne vois pour les criminels sauvés, que les sujets d'une joie, d'un respect, d'un amour, d'une admiration, d'une reconnoissance qui devroient les anéantir aux pieds de leur bienfaiteur; mais je n'apperçois dans cette merveille ni l'absurde des contradictions, ni les caracteres de l'impossible. Que l'homme après sa révolte contre Dieu soit chargé de tous les traits de sa colere, l'idée que j'ai de la justice me fait concevoir l'arrêt de sa condamnation : mais qu'après son crime il trouve dans le sein même de celui qu'il a méprisé, un moyen d'échapper au châtiment, quoique ma raison ne s'éleve pas par elle-même à la connoissance d'une telle ressource, cependant elle ne voit pas d'impossibilité au prodige qu'opére l'amour divin en faveur des créatures qui sont les chef-d'œuvres de la Divinité, & portent même dans leur désordre des traits de sa ressemblance. Et quand la Révélation d'un tel fait a pour appui toutes les preuves satisfaisantes que l'histoire peut fournir, je vous assure, mon cher Chevalier, que je monte sur le Calvaire avec assurance, & que j'en considére le spectacle sans éprouver d'autre peine dans ma foi, que celle de n'y pas joindre un amour égal à celui dont le prodige me confond.

La connoissance du Christianisme manque assurément à nos Philosophes, qui sans doute admireroient, s'ils étoient vrais, l'édifice de la Foi, s'ils en considéroient les proportions dans l'ensemble de ses beautés : mais comment cette connoissance de la Religion viendroit-elle à qui ne l'étudie que pour la censurer ? S'arrêtant toujours aux obscurités, comment arriveroient-ils à la lumiere par un chemin de ténebres ? L'habitude de mettre sans cesse en opposition le cri de la raison avec celui de la Foi, ne leur laisse considérer que les rayons de l'une & les voiles de l'autre, sans leur permettre d'attention sur les bornes de la premiere, & sur les preuves de la seconde. Votre Militaire ne cesse de crier qu'il faut examiner : sans doute ; mais il faut donc tout examiner ; & ne pas croire qu'à l'aide d'un principe qui éblouit, on fera disparoître des vérités qui déplaisent. Rien par examen ne paroît plus vrai que ce qu'il avance, (p. 76) : » Il faut préférer ce qui est plus » évident à ce qui l'est moins. Or, » dit-il, est-il aussi évident que des » femmelettes & des pêcheurs grossiers & ignorants sont capables de » mensonges & d'illusions, qu'il est » évident qu'un homme mort en croix » ne peut ni parler, ni agir trois jours » après sa mort ? «

Non, ſans doute : auſſi croira-t-on toujours plus difficilement la réſurrection d'un mort, que la poſſibilité de l'illuſion dans ceux qui l'atteſtent : donc, concluez-vous, on doit plutôt croire que les Apôtres ſont trompés ou trompeurs, que de croire que leur Maître eſt reſſuſcité.

Remarquez-vous, mon cher Chevalier, la bonne foi de votre Militaire, qui d'un côté préſente le plus grand des miracles ſous le point de vue le plus étonnant, & de l'autre dépouille les dépoſitions des témoins de toutes les circonſtances capables de leur donner du poids. Je ſçais bien que ſi quelques femmes inconnues venoient de Paſſy me dire avoir vu ſortir un mort de ſon tombeau, l'avoir entendu, ſuivi, touché, entretenu, la plus grande évidence ſeroit pour l'illuſion contre la réalité : mais rapprochez ſous un ſeul coup d'œil les principales circonſtances du fait que l'on attaque. Il eſt ici queſtion d'un mort, ſur lequel tout l'univers, depuis ſa création, eſt attentif, dont la promeſſe eſt faite depuis 4000 ans, dont l'hiſtoire eſt tracée d'avance dans celle d'un Peuple qui l'annonce, le figure & l'attend ; d'un mort dont la naiſſance a paru intéreſſer le Ciel & la terre, dont la vie n'a été qu'un enchaînement de Miracles, un tiſſu de vertus, & dont le dernier ſoupir a fait trembler la terre, éclipſer le ſoleil, entr'ouvrir les rochers & treſſaillir toute la nature. D'un autre côté il eſt queſtion de plus de douze témoins pleins de droiture, de candeur & de franchiſe, la plupart fort peu diſpoſés à croire la réſurrection de leur Maître, malgré la prédiction formelle qui leur en avoit été faite; de témoins, qui vivant depuis pluſieurs années & familierement avec ce Maître, connoiſſoient ſa voix, ſa figure, ſon maintien, les traits de ſon viſage, & ne pouvoient le confondre avec un autre; il s'agit de témoins, qui, après avoir entendu ſon dernier cri ſur le Calvaire, & pleuré ſa mort en ſecret, ſont fort ſurpris trois jours après de le voir paroître vivant au milieu d'eux, le prennent d'abord pour un vain fantôme formé par leur imagination, & ſont forcés dans les derniers retranchemens de l'incrédulité par le concours de toutes les preuves qui frappent les ſens, qui parlent au cœur, qui convainquent l'eſprit: il s'agit de témoins, qui trop simples pour connoître l'intrigue, trop grossiers pour être éloquens, trop ignorans pour sçavoir plus que leur langue, paroissent avec fermeté sur la place de Jerusalem, assurent en toutes sortes de langues que Jesus leur maître est ressuscité, qu'ils l'ont vu, touché, entendu, qu'il est le Fils de Dieu, & la splendeur de sa gloire; de témoins qui d'une seule parole donnent la mort aux vivants, & la vie aux morts, qui guérissent les malades par l'ombre seule de leurs corps, & semblent exercer un pouvoir sans bornes sur les possédés qu'ils guérissent, sur les esprits qu'ils éclairent, sur les cœurs qu'ils convertissent. Il s'agit enfin de témoins qui sous les coups de fouet, sous le poids des chaînes, à la vue des échafauds, tiennent toujours le même langage, prêchent par-tout la résurrection de Jesus, donnent leurs vies pour cette grande vérité, & la rendent tellement triomphante, que bientôt sur les débris de l'idolâtrie on arbore mille Croix, & que ce Premier-né d'entre les morts, reçoit dans tous les coins du monde les honneurs dûs à la Divinité.

Ce tableau sous vos yeux, jugez à présent, mon cher Chevalier, de quel côté vous paroît la plus grande évidence. Etes-vous tenté de soupçonner même la moindre illusion, où se trouvent réunis les gages les plus éloquents de la plus palpable des réalités ?

A cet exemple de mauvaise foi dans votre Auteur, permettez-moi, M., d'en ajouter un d'une Dialectique qui prouve que le Militaire n'est rien moins que Philosophe.

(Pag. 79.) » Il faut préférer l'évidence à l'incertitude.

Or il est évident que Dieu est juste de la justice que nous connoissons, d'une justice qui ne peut punir que les mauvaises actions libres : il est incertain s'il y a des actions libres, je suis même bien éloigné de croire qu'il y en ait de telles. Donc on doit croire qu'il n'y a point de punition à craindre de la part de Dieu. «

Sur quoi peut être fondé, M., je vous prie, l'éloignement de votre Auteur, pour croire les méchans libres dans leurs actions ? Ne sentoit-il pas, en écrivant cette folie, qu'il étoit maître de ne pas l'écrire ? S'il le sentoit, cet empire sur lui-même, voilà ce que tout le monde & de tout temps appelle liberté : s'il ne le sentoit pas, d'où lui venoit cette impulsion violente, qui lui faisoit écrire forcément, ce qu'il ne pouvoit pas ne point écrire? Venoit-elle de l'abondance & de la rapidité des esprits, qui précipités par les nerfs dans les fibres du cerveau, ont fait éclorre par leur ébranlement la folie du Matérialisme? En ce cas-là, l'Auteur est en démence : ce sont des bains, des saignées, des calmants qu'il lui faut : il a droit à une loge des Petites-Maisons : se croire le Pere éternel, ou se croire sans liberté ; l'un vaut l'autre : heureux par sa folie d'être sans crime, en écrivant malgré lui tant d'horreurs! Mais j'ai peine à croire qu'il soit assez heureux pour être fou : je le croirois plutôt assez méchant, pour desirer d'être impie impunément. Il ne se propose que de se rassurer contre la justice Divine, d'en inspirer aux autres le mépris, & de se persuader que les méchans n'ont rien à craindre. Que d'obligations les scélérats n'auroient-ils pas à votre Militaire, s'il étoit aussi fort dans ses preuves, qu'effronté dans ses paradoxes; mais aussi que deviendroit la société, si la scélératesse, assurée du néant dans le tombeau, n'avoit à redouter dans cette vie que la justice des hommes? Votre libelle tâche de confondre avec elle celle de Dieu, & ne donne de l'une & de l'autre que la même idée. Dieu, dit-il souvent, n'est juste que de la justice que nous connoissons : sans doute ; mais en ajoutant l'infini que nous connoissons peu : & ce seul trait met entre la justice des hommes & celle de Dieu des millions de différences : je ne vois même entre elles d'analogue que l'objet, la punition du mal, & la récompense du bien. Mais sous combien de rapports ne different-elles pas! L'une démêle toujours à coup sûr le bien & le mal, le juste & l'injuste : l'autre se méprend souvent, donnant à la lumiere le nom de ténebres, appellant vice en deçà des monts, ce qu'elle dit vertu par delà. Celle-ci bornée dans toutes ses vues, ne marche qu'à tâtons, chancelante dans l'examen, incertaine dans ses décisions ; celle-là, toujours éclairée par le flambeau de la loi, guidée par la régle éternelle de l'ordre, voit sans se tromper, & l'acte qui s'en écarte, & le soupir qui s'y rapporte. Celle des hommes s'arrête à de trompeuses surfaces, & n'appercevant dans les *allegata* & *probata* ni le poison de la calomnie, ni la fourberie des faux-témoins, donne gain de cause au crime, & fait monter l'innocence sur l'échafaud : celle de Dieu perçant à travers le masque de l'hypocrisie & les voiles de l'imposture, jette au fond des consciences un rayon de lumiere, qui mettant le crime & le coupable vis-à-vis l'un de l'autre, fait sentir au prévaricateur jusqu'aux moindres nuances de son iniquité.

Que de miseres, de foiblesses, de variations dans la justice humaine! les présens l'aveuglent, les prieres la fléchissent, l'artifice l'élude, l'éloquence l'éblouit, l'or la corrompt, l'intrigue met de faux poids dans sa balance, le crédit la désarme, l'audace lui en impose, l'autorité la traverse, la violence en triomphe. Mais c'est folie de tendre des piéges à la Justice Divine : d'un coup d'œil elle dissipe tous les nuages; tout l'appareil de la prudence humaine disparoît devant une lumiere qui porte le plus grand jour dans le sein de la plus profonde nuit : tout céde à la force d'un bras qui sçait tirer tous les rideaux des consciences ; faire sortir des ténebres de l'oubli les infidélités de l'enfance ; apprécier le denier de la veuve ; peser la désobéissance du Prophête ; évaluer jusqu'au moindre desir. Pourquoi parmi nous tant d'activité pour saisir les coupables ; pourquoi les horreurs des cachots, le poids des entraves, les tortures de la question ; à quoi se réduisent enfin ces grands mouvemens d'une justice, que précipitent quelquefois des ressentimens, & qu'enhardissent des conjectures ? A terminer par un instant de douleur une tragédie dont le dénouement ne laisse à nos yeux qu'un vil cadavre que l'horreur fait enlever, & l'inconstance tomber en oubli. Mais quelle patience, quelle tranquillité dans le juste Juge ! Il laisse les pécheurs courir dans leurs voies : témoin de tous leurs excès, au lieu de prisons, il leur permet des Palais ; au lieu d'entraves, les liens de tous les plaisirs. Votre Militaire, si coupable envers lui, jouit, dit-il, d'une fortune honnête ; au dessus des préjugés & des remords, il coule des jours heureux dans le sein d'une famille dont il est aimé. Pourquoi donc à la vue de ces désordres Dieu garde-t-il le silence ? N'est-il pas saint, & n'est-il pas tout-puissant ? Oui ; mais sa patience n'a rien qui doive étonner. D'un côté le pécheur ne peut échapper à sa colere ; de l'autre, il est en possession de l'éternité : des coupables éternels devant tomber un jour sous la main d'une éternelle Justice, jugez si leurs couronnes de fleurs, aujourd'hui sous les yeux d'un Dieu qu'ils insultent & qui se tait, doivent vous scandaliser.

Avouez, mon cher Chevalier, que les méchans, pour s'endormir dans leur crime, ont dans votre Militaire un bon garant. Il connoît si peu la justice de Dieu, qu'il n'en a pas une autre idée que de celle des hommes, & qu'il croit la mesure de l'une appliquable à l'autre. Il est bien à plaindre, si, pour le désabuser, il faut le renvoyer à l'expérience.

Après des déclamations aussi fougueuses que puériles ; après quelques petits sophismes enchâssés dans de grands mots, l'Auteur arrive à son VIIIe Chapitre, en tâchant de prouver qu'il faut examiner la Religion ; & sans avoir commencé cet examen, il conclut au IXe qu'il est obligé de renoncer au Christianisme, & que non-seulement il en a le droit, mais que c'est son devoir. Il se plaint de ses parens qui l'ont engagé par surprise dans une affaire importante qui ne regarde que lui seul. » Où est, dit-il, (p. 80) l'apparence du droit de s'emparer de l'esprit d'un enfant pour le séduire, & lui faire croire ce que l'on veut ? Si l'on procédoit de bonne foi, on attendroit qu'il eût vingt ou vingt-cinq ans ; & pour lors, sans user d'autorité, on lui proposeroit les principales Religions du monde, leurs preuves, les objections, & il choisiroit. «

Et s'il meurt avant le choix, M. l'Officier, que deviendra-t-il ? Il est vrai que doutant de l'existence de Dieu, de la liberté de l'homme, de la réalité d'une justice qui punit & récompense, vous devez douter au moins de l'immortalité de l'ame. Si c'est un simple doute, le plus sûr seroit encore de précautionner l'enfant contre un arrêt de condamnation dont il est menacé. Si c'est certitude chez vous, qu'il n'a rien à craindre après la mort, & que le néant sera sa destinée ; pourquoi tardez-vous, ô le plus sçavant des mortels, de fournir vos preuves au genre humain, qui par-tout a la simplicité de croire les ames immortelles, leur partage en deux classes infaillibles, & leurs déstinations pour le bonheur ou le malheur, rélatives à leurs mérites ou démérites ? Il faut que vos preuves soient bien foibles. Si la démonstration de notre néant futur étoit satisfaisante, pourquoi même à vingt-cinq ans parler aux hommes de Religion ? Son produit étant zero, toutes les dépenses faites, ne sont qu'en pure perte. Les méchans & les bons allant tous se perdre dans le même néant, la prospérité des uns, & le malheur des autres nous garantissent de la part de l'Etre Suprême la plus parfaite indifférence. En ce cas nos devoirs se réduisent à ce qui nous intéresse; & les intérêts de cette vie bornant nos vues, nos liens avec un Etre invisible qui ne pense pas à nous, sont nuls : il ne nous en reste qu'avec les hommes. C'est donc à des Actes d'humanité que notre amour propre lui-même réduit en derniere analyse toutes nos obligations. Dès-lors l'inutilité d'un culte est évidente pour qui raisonne, & sa folie démontrée. S'il est inutile, pourquoi ne pas s'en épargner le pénible, & consacrer aux agrémens d'une si courte vie, tous les momens que nous dérobent de frivoles préjugés de Religion? Ce peu de poussiere inanimée, stérile résultat de notre existence, suffit donc pour renverser tous les Autels de la terre.

Les habitans de ce globe, au lieu de s'entendre, comme ils ont fait jusqu'ici, pour élever leurs enfans, chacun dans sa Religion, feroient beaucoup mieux de s'accorder, pour soustraire tout d'un coup à la génération naissante toute image de culte, toute idée de Divinité, jusqu'aux moindres monumens de Religion: il seroit même à souhaiter qu'on fît adopter à toutes les Nations un code, par lequel il seroit défendu à tous Peres, Meres, Nourrices, Précepteurs & autres, de ne jamais prononcer le nom même de Dieu devant un enfant; d'enjoindre à tous de n'inspirer à la nouvelle génération, que le goût des arts & l'amour des vertus sociales. Par cet heureux complot de tous les peuples, on verroit bientôt disparoître Crosses, Mitres, Encensoirs, Inquisitions, fanatisme, superstitions, luxe des Sacristies, folies des Cloîtres, intrigues des Moines, oisiveté des Chanoines, bar-

barie de Religion. Dans trente ans on auroit la consolation de voir la terre renouvellée par une postérité bien différente, qui ne trouvant pas même dans les Dictionnaires le mot de Religion, ignorant jusqu'au nom de Dieu, peupleroit les villes de citoyens doux, polis, honnêtes, humains, généreux, bienfaisans, industrieux; qui n'auroient pour Evangile que la probité; pour frein que l'honneur; pour paroisse que l'Hôtel-de-Ville, ou la bourse; pour Autels que les atteliers des artistes; pour Catéchisme que le *Militaire Philosophe*; & pour but que de terminer tranquillement sa carriere, en se jettant tête baissée dans cet heureux néant, terme nécessaire, qu'on envisageroit du même œil que notre Officier, sans le désirer, ni le craindre. Voilà ce qui s'appelle raisonner conséquemment.

Notre Auteur a donc tort de dire, qu'il faudroit attendre l'âge de 25 ans pour proposer aux jeunes gens les principales Religions du monde, & leur laisser alors la liberté du choix : où l'on ne voit rien à choisir, on ne doit rien proposer.

Vous avez raison, dit tout bas notre Militaire ; & c'eſt bien là que nous en voudrions venir. C'eſt pour cela que nous travaillons, les V., les D., les R., les A., les C., les P., les Ma. Mais on ne peut amener les hommes à ce point de perfection qu'inſenſiblement. La maladie des préjugés ne demande pas des remédes violens : il faut endormir le genre humain pour le guérir ; & les diverſes Brochures que nous ſemons depuis tant d'années dans le public, ſont autant de narcotiques propres pour cet effet. Après l'opium viendra l'émétique, par où vous voulez commencer ; & votre doſe eſt trop forte. Vous voudriez dans 30 ans produire une révolution que nous n'eſpérons que dans 100. Quand je dis qu'il ne faut parler de Religion à la jeuneſſe qu'à 25 ans, c'eſt que je ſuis ſûr qu'alors on ſera fort mal venu : des paſſions libres ſi long-temps, ne ſont pas curieuſes de ſe jetter dans les entraves de la Religion, au moment qu'elles en ſecouent le joug, lors même qu'elles y ſont le plus accoutumées. Mais c'eſt un ſecret qu'il ne faut pas divulguer. Si l'on découvroit notre complot, le fanatiſme des Prêtres pourroit le faire échouer. Tout ſe prépare & nous donne les plus grandes espérances. Déja dans beaucoup de familles, loin de parler aux enfans de Religion, on rougit de prononcer devant eux le nom de J. C.; on passeroit pour des radoteurs de l'ancien temps, si dans un plan d'éducation on faisoit entrer le Catéchisme & l'Evangile par préférence aux Belles Lettres, aux Mathématiques. Mais il ne faut pas nous vanter de ces premiers succès. Contentons-nous d'assurer à notre siécle la célébrité de l'époque; & à nous les glorieux titres de destructeurs de la superstition, de bienfaiteurs de l'humanité, de créateurs d'une race de sages, qui n'auront d'autre oracle que la raison, d'autre divinité que l'évidence.

N'admirez-vous pas, mon cher Chevalier, l'humilité de ces grands hommes, qui faits pour donner des leçons à l'univers, ne se disent qu'à l'oreille les moyens de rendre à l'humanité le plus important des services. Plus ils se cachent, plus il convient de les faire connoître, en donnant à leurs sages maximes la plus grande authenticité. Ecoutez donc, vous disent ces habiles Législateurs, vous tous à qui l'on confie le soin des enfans: La Religion étant

de

de la plus grande importance, & n'intéressant que chaque particulier, gardez-vous d'en parler à vos éléves, vous n'avez aucun droit de vous emparer de leurs esprits pour les séduire. Le choix d'une Religion est leur affaire ; & pour les mettre en état de bien choisir, il ne faut exposer à leurs yeux toutes ces Religions, que lorsque les années auront donné de la force à leur jugement & de l'étendue à leurs connoissances. Jusqu'ici l'on a eu l'imprudence de dire aux enfans dès leurs plus tendres années qu'il falloit aimer Dieu. Dans les Pensions on les fait mettre à genoux, réciter des prieres, répéter le Catéchisme : dans les Colléges on leur dit que c'est Dieu qui les a créés, on ne leur parle que de mysteres, de dogmes, de Sacremens, de sacrifices, de grace, du Purgatoire, du Ciel, de l'Enfer &c. méthode de tyrans, langage de séducteurs. Quel droit avez-vous d'abuser ainsi de la foiblesse de l'enfance, pour exercer un despotisme auquel vous sentez que la raison ne peut opposer encore aucune résistance? Et vous ne leur dites mot ni des Loix de Confucius, ni du Védam des Persans, ni du Sommonacodon des Siamois, ni de l'Alcoran de Mahomet, ni des prodiges des Bramines, ni des pratiques des Brésiliens & des Hottentots, ni des systêmes des Socins, des Quakers, des Spinosa. N'est-ce pas une injustice de remplir les enfans d'un esprit de partialité, qui ne leur permet plus d'examiner sans prévention? Comment veut-on qu'ils se débarrassent ensuite des chaînes sacrées dont on les charge, & qu'ils se feroient un scrupule de ne pas respecter? Ils ne doivent rien à Dieu jusqu'à l'âge de vingt ans : on ne doit donc leur en parler que dans ce temps-là.

Qu'il est désagréable, mon cher Chevalier, d'avoir à combattre des adversaires dont les absurdités rendues sensibles par leur seul développement, dérobent le plaisir de la controverse, & renversent leurs auteurs avec leurs propres armes! Pardon si j'ai tant insisté sur un systême qui s'écroule dès qu'on y touche, & dégoûte au premier coup d'œil. Cependant votre Officier prend un air de conquérant : & comme s'il avoit enchaîné la Religion à son char, il s'imagine la promener en triomphe, & s'applaudit des épithetes injurieuses qu'il lui prodigue : » elle eſt fauſſe, abſurde, dangereuſe, atroce, extravagante. « Mais des injures, comme on dit, ne ſont pas des raiſons. A peine avons-nous trouvé juſqu'ici dans une foule de traits d'impudence & de groſſiéretés, quelques ſophiſmes ſpécieux, qu'il prend & donne pour des argumens démonſtratifs. Si le reſte de l'Ouvrage répond à ces neuf premiers Chapitres, je ſerai peiné pour vous, mon cher Chevalier, je ne le cache pas, de la honte qui vous reſtera d'avoir été vaincu par un champion que terraſſeroient, ou plutôt que dédaigneroient nos enfans. Avant d'entrer dans l'examen des derniers Chapitres qui ſemblent nous annoncer des diſcuſſions ſur les faits, reprenons haleine un moment ; moins fatigué de la peine que nous avons priſe, que du dégoût qu'il nous a donné.

J'ai l'honneur d'être &c.

QUATRIEME LETTRE.

C'Est une injuſtice bien manifeſte dans votre Militaire, mon cher Chevalier, de reprocher aux Prêtres d'exiger des Chrétiens une ſoumiſſion ſtupide, une adhéſion ſans connoiſſance, une obéiſſance ſans examen, un ſacrifice entier de la raiſon. Qui jamais a prétendu tyranniſer ainſi les intelligences, juſqu'à ériger en devoir une croyance aveugle? On ne ceſſe au contraire d'avertir avec S. Paul de ne pas croire légérement à tout eſprit, mais d'éprouver tout; pour diſtinguer ce qui vient de Dieu, de ce qui n'en vient pas. J. C. lui-même, dont l'autorité cependant étoit divine, ne demande pas qu'on le croie ſur ſa parole: Si je n'avois pas, dit-il, d'autre témoignage que le mien, vous ſeriez en droit de douter ſi je ſuis le Meſſie: il renvoie au témoignage de Jean-Baptiſte, à celui de Moïſe qui l'a annoncé, *quia de me ſcripſit*: à un autre plus grand encore, celui de ſes œuvres, dont la vue rendoit l'incrédule inexcuſable. Pourquoi donc votre Auteur oſe-t-il taxer nos Prêtres de fourberie, & notre croyance de stupidité ; tandis que nous ne cessons d'exhorter à l'étude de la Religion, à l'examen des motifs qui servent de fondement à notre foi? C'est au tribunal de cette raison, qu'il nous vante tant, que je l'appelle à mon tour sur les Chapitres X, XI & XII, qui n'ont qu'un seul objet, l'incertitude de tous les faits ; & par conséquent celle de toutes les Religions, qui n'ont pas d'autre appui. Dans ces trois Chapitres, l'Auteur se tourmente & nous fatigue, non par des preuves, il n'en donne pas, mais par des redites ennuyeuses sur l'impossibilité de prouver les faits : » On a beau, dit-il, (p. 100) prendre toutes les mesures que la prudence & la sagacité peuvent suggérer, on ne peut trouver que des vraisemblances ; des faits ne peuvent s'établir que par des piéces recevables, & des témoignages décisifs : or aucune Religion n'en a . . . Des faits surnaturels ne peuvent jamais avoir une parfaite certitude, même pour ceux qui en seroient les témoins ; parce qu'il est plus aisé que leurs sens se trompent, qu'il n'est aisé que le fait surnaturel se passe. « (p. 102.) Donc toutes les Religions sont au moins incertaines.

Dans les Chapitres suivans, mêmes sophismes en d'autres termes. » De simples apparences, dit-il, des vraisemblances sont fausses & mal-fondées, si elles sont contraires aux premieres vérités : or toutes les Religions sont établies sur des vraisemblances contraires aux premieres vérités; donc &c. « Affirmer & démontrer, mon cher M., sont deux choses bien différentes, & qui différencient le Philosophe & l'ignorant. Si votre Auteur joignoit à la hardiesse de l'assertion la solidité de la preuve, je lui céderois la palme, & reconnoîtrois dans lui le destructeur de toute Religion révélée. Il est certain, si toutes les histoires sont fausses, incertaines, indignes de notre croyance, que toute Religion qui se dit révélée est indigne de notre attention: mais où sont les preuves? De ce que les Mathématiques sont évidentes, il conclut qu'il n'y a d'évidence que dans les Mathématiques.

Quoi! parce qu'on voit clairement dans un cercle parfait que tous les points de la circonférence sont à distance égale du centre, s'ensuit-il qu'on ne voit qu'obscurément l'existence d'un Pompée, ou d'un César? Votre Auteur seroit donc bien étonné, si je lui soutenois égalité d'évidence dans l'un & l'autre: j'en aurois cependant le droit: & je le tire de la prétention de Mrs les Incrédules qui veulent que toutes nos idées nous viennent par les sens. Si nous n'avons d'idées que par les sens, dès-lors tout est histoire. Le journal de l'esprit humain n'a pas d'autre garant que le journal d'un voyageur. La vue des rapports qui sont entre les idées est un fait: les élémens d'Euclide sont des annales. Toute vérité, soit dans le monde intellectuel, soit dans le monde sensible, n'entrant dans nous que par les sens, pourquoi ce canal seroit-il plutôt infidèle pour les unes que pour les autres? Je dis plus: les mysteres même sont en quelque sorte des faits. Ou il y a trois personnes en une essence Divine, ou non: l'affirmative est l'aveu d'un fait. Ainsi la conviction d'une Trinité dans Dieu, ou celle de l'existence de Rome que nous n'avons pas vue, nous venant l'une & l'autre *per auditum*, elles doivent produire le même effet dans notre ame, si les témoignages qui leur servent de garants, sont égaux. Qu'on vienne me dire que deux nombres pairs unis en font un impair, ou qu'on n'a pas vu dans Rome une succession de Rois, de Consuls, de Décemvirs, de Tribuns, d'Empereurs; n'est-ce pas attaquer également des faits portés dans mon entendement au même dégré de certitude? L'impossibilité que ce qui a été n'ait pas été, n'est-elle pas égale à celle d'un nombre impair formé de deux pairs? Me soutenir, comme votre Militaire, qu'on ne peut avoir de certitude absolue des faits, n'est-ce pas assurer, que les yeux ne sont pas donnés aux hommes pour voir, ni la langue pour parler, ni les oreilles pour entendre, ni les mains pour toucher; ou que sous l'impression des sensations les plus vives, on n'est jamais certain de les avoir reçues? L'absurde affreux qui résulte du Pyrrhonisme hystorique n'est-il pas aussi révoltant & mille fois plus dangereux que la négative de deux lignes, qui continuées à l'infini, s'approchent toujours, sans jamais se toucher? Le renversement de tout dans le politique, dans le moral, dans le physique, dans la société, n'est-il pas une ſuite néceſſaire de l'incertitude des faits & de toute atteinte donnée à l'hiſtoire ? S'il m'arrivoit jamais de douter ſérieuſement & de bonne foi de tout ce que l'antiquité renferme dans ſon ſein, le paſſé ne m'offrant alors que des nuages, le préſent ne m'offriroit que des fantômes, je prendrois cette vie pour un rêve, ou me regarderois comme un homme ivre, qui ſeroit le jouet d'un délire perpétuel : en nageant en quelque ſorte dans un vuide immenſe, je me chercherois en vain dans moi-même, & me croirois métamorphoſé en un ſpectre leger, auprès duquel voltigent de vaines ombres.

Quelle étrange extravagance, où cependant conduiroient infailliblement les doutes de votre Auteur, doutes ridicules qui n'outrageroient pas moins la raiſon, qu'une croyance imbécille de tout ce qu'on débite ſur le paſſé ! Quel parti doit donc prendre un vrai ſage par rapport aux faits ? Ici, mon cher Chevalier, une réflexion me paroît néceſſaire. Ce n'eſt pas de l'activité ſeule de l'eſprit & de ſa juſteſſe que dépend la découverte de la vérité : ſans un cœur qui la deſire, on ne la fera jamais. Je suppose un jeune homme plein d'esprit qui fait ses premiers pas dans le monde avec des principes de Religion, des passions & des richesses; la Religion étant pour les passions un frein, & les richesses un aiguillon, n'est-il pas naturel que ce jeune homme sentant un combat dans lui-même & desirant la paix, ferme les yeux sur un devoir qui gêne, pour ne les ouvrir que sur le plaisir qui séduit? Mais cet attrait qui flatte ne prendra le dessus, que par la défaite d'une rivale qui le balance. De là ces desirs secrets & multipliés de trouver du faux dans une Religion, dont on ne veut écarter le joug, qu'autorisé en quelque sorte à le secouer. On ne dit pas d'abord cruement: Plût à Dieu que la Religion fût fausse; comme je m'en donnerois! Mais n'a-t-on pas, dit-on, abusé de la foiblesse de mon premier âge pour me persuader ce qu'on a voulu? peut-être la Religion ne doit-elle sa naissance qu'à la crainte, & sa force, qu'aux préjugés. Douter n'est pas un mal; examiner est un devoir: & quelle différence entre la clarté des axiomes que la Religion contredit, & l'obscurité des preuves de faits qui lui servent de fondement? Les faits de notre temps ſont ſi incertains, comment les faits anciens ſeroient-ils inconteſtables ?

Ah! ſi je pouvois ici, M. , vous ouvrir le cœur de ce jeune homme, vous le verriez déja dominé par la ſéduction d'une erreur qui l'enchante, & qui d'un air timide ne ſe cache encore que pour s'établir plus ſûrement. C'eſt dans ce moment critique, que le *Militaire Philoſophe* lui tombe ſous la main; il le lit avec empreſſement, & le relit avec joie : les principes de ce livre étant à l'uniſſon de ſes deſirs, comment voulez-vous que ſes argumens donnés pour démonſtratifs ne lui paroiſſent pas de vraies démonſtrations? Le cœur gagné par les appas d'un agréable Pyrrhoniſme rend bien tôt l'eſprit pyrrhonien : en cédant, preſque ſans le ſçavoir, à la douceur d'un penchant ſecret, on s'imagine ſuivre le flambeau d'une raiſon qui triomphe des préjugés : l'habitude à prendre un faux jour pour une vraie lumiere, ne permettant plus a ce jeune homme de ſoupçonner même dans lui de l'aveuglement, introduit chez lui l'obſtination ſous le nom de conſtance, & l'orgueil ſous celui de force d'eſprit. Eſt-il ſurprenant, après un tel progrès, que ce nouveau Pyrrhonien se fasse un jeu de contester tous les faits, un devoir de dogmatiser, un point d'honneur de ne plus reculer? Or je vous le demande, mon cher Chevalier, comment pensez-vous qu'on puisse ramener un tel jeune homme à la vérité? Est-ce en lui présentant sa lumiere? Non: en l'importunant, elle le chagrineroit; & l'effaroucheroit, en l'éblouissant. La conquête de son esprit par le cœur, prouve que celle du cœur est la premiere nécessaire. Mais quelle main assez délicate pour toucher à l'abcès le plus douloureux, & découvrir des plaies cachées sous de nombreux palliatifs! J'aurai beau lui vanter la bonne foi, la simplicité, la droiture, l'amour de la vérité: à l'en croire, ce sont là ses vertus favorites: à peine même m'écouteroit-il, si j'entreprenois de lui prouver qu'il n'est pas infaillible; tant l'amour propre rend opiniâtre dans le parti de l'incrédulité. Ce seroit peut-être le cas de cacher les perles précieuses, pour ne les offrir qu'à ceux qui sont en état d'en sentir le prix. Mais comme le retour au vrai n'est pas impossible, & que ceux à qui Dieu le ménage nous sont inconnus, on doit hasarder la semence dans une terre aride que la rosée de la grace peut rendre féconde, & proposer pour modèle à ce jeune homme le vrai sage auquel je reviens. A la pénétration d'un esprit juste, il joint le calme des passions : son cœur est droit ; la bonne foi est son partage ; la vérité est son trésor : sa vie est d'un moindre prix à ses yeux.

Quel parti prendra-t-il à l'égard des faits ? En portant ses regards dans l'antiquité, il verra d'un premier coup d'œil que tous les faits ne peuvent être distribués que dans trois classes différentes. Les uns sont certains, les autres faux, & les autres douteux. Si croire les faux, est une folie ; rejetter les vrais, en est une autre : admettre ou nier les douteux, est une témérité : les examiner avec attention, pour les démêler avec sagacité, tel est le premier des devoirs. Mais est-il un moyen sûr de les distinguer, pour ne pas s'exposer à mettre dans une classe, ceux qui doivent être rejettés dans une autre ? Sans doute : ce moyen est aussi sûr que celui de ne pas confondre une rose avec un chardon, un bâton avec un serpent, de l'eau avec du vin.

Qu'un Irlandois, nommé Law, soit venu en France il y a 50 ans : qu'il ait proposé au Régent un systême d'attacher au papier la valeur des especes numéraires ; que ce systême ait enrichi quelques familles, & ruiné plusieurs autres, ce sont des faits dont il m'est aussi facile de m'assurer, que de ne pas confondre de l'argent avec du papier. Les sens ne sont pas donnés pour nous tromper, mais plutôt pour nous garantir de l'erreur. Or les faits étant du ressort des sens, doivent acquerir à leur tribunal un dégré de certitude proportionné aux impressions reçues par leur ministere.

Mais, me direz-vous, quelle impression pouvez-vous recevoir par vos sens de tant de faits engloutis dans le passé, il y a trente ou quarante siécles ?

Attendez : l'abyme de l'histoire étant d'une prodigieuse étendue, & les événemens sans nombre qui se précipitent dans son sein, m'étant la plûpart étrangers & fort indifférens, je me borne à ceux qui servent de base à la Religion, intéressent ma conscience, & peuvent contribuer à me rendre heureux ou malheureux. Je n'étois pas sans doute il y a 3000 ans. Comment donc puis-je être assuré de ce qui s'est passé dans ce temps là ? Le voici. Je suis sûr qu'il existoit alors des hommes de la même nature que la nôtre, ayant comme nous corps & ame, sensations, intelligence & volonté, même desir du bonheur, même zèle pour leurs intérêts, même amour propre pour les ménager : je suis sûr qu'entre ces hommes & moi, l'intervalle, quoique grand, a toujours été rempli par une suite de générations, qui, en se succédant, se sont communiquées avec la même nature, les mêmes penchans ; que les peres & les meres aimoient leurs enfans ; que loin de chercher à les tromper, ils les instruisoient de ce qu'ils sçavoient ; que pour se précautionner contre la négligence & l'oubli, ils traçoient en caracteres intelligibles, ce qu'il étoit important de se rappeller : je suis sûr qu'entre les choses importantes, la Religion tenoit le premier rang, que l'idée d'une Divinité dominant en général tous les esprits, les rendoit flottans entre la crainte & l'espérance, & fidèles aux pratiques d'un culte dont ils pensoient l'honorer. Me nier ces premieres propositions, c'est attaquer les loix de la nature les plus connues; c'est donner atteinte aux essences des êtres; c'est insulter au Créateur, qui nous auroit mis dans la nécessité de porrer de faux jugemens; ou plutôt, c'est mériter pour toute réponse ces deux mots d'Horace, *naviget Anticyram*: qui nie des vérités de cette évidence, qu'il aille faire sa provision d'Ellébore à Anticyre.

Les hommes qui vivoient il y a 3000 ans étant morts, & leurs descendans ayant disparu, à qui donc m'adresserai-je pour avoir des nouvelles sûres de leurs temps? Je me mets à voyager, pour interroger les divers peuples. J'arrive à Amsterdam, & vois à la porte de la Synagogue quelques vieillards sur le point d'y entrer: attendez, leur dis-je, qu'allez-vous faire dans cette Salle? Nous allons y lire la Loi de Moïse, & réciter des Pseaumes de David. De David! de Moïse! que voulez-vous dire? Sont-ce des hommes dont vous me parlez? ne sont-ce pas des personnages de la fable? ne seriez-vous pas la dupe de quelque erreur qui vous flatte? Dans quel temps vivoient ces gens là? *Rep.* Il y a plus de 3000 ans .... 3000 ans ! y pensez-vous ? Comment pouvez-vous sçavoir qu'alors il y avoit des hommes qui portoient de tels noms ? Moïse ! David ! *Rep.* Comment ? Nous en sommes aussi certains, que si nous les avions vus de nos propres yeux. Et vous, François, n'êtes-vous pas certains qu'avant la race des Capétiens, il a régné en France un Charlemagne, un Mérouée, qui ont donné leurs noms aux deux premieres races de nos Rois ? Sans doute : mais quelle différence ! Nous avons un fil d'événemens qui nous conduit, sans crainte de nous égarer, depuis Louis XV jusqu'à Clovis ; & notre Nation qui forme un corps toujours subsistant depuis plus de 13 siécles, a toujours été fidèle à compter les Rois, à graver leurs noms, à tracer leurs histoires, que la génération qui passoit n'a jamais manqué de transmettre à la suivante. Et nous, quoique dispersés sur la terre, ne sommes-nous pas un corps d'autant plus à l'abri de tout soupçon d'erreur, que notre dispersion n'a occasionné aucun mêlange de notre nation avec les autres ? Et quelle fidélité comparable à celle de nos Ancêtres pour écrire leur histoire! Avec quel respect nos Aïeux ont reçu, conservé, copié & transmis les Ecrits de Moïse, notre Législateur! Nos freres sont répandus de tous côtés: écrivez à Constantinople, à Baïonne, à Ispahan, à Pékin, à Varsovie, à Lisbonne, à Londres, en Russie, tous vous répondront que la mémoire du Grand Moïse, vivante d'âge en âge dans nos fastes, transmise de famille en famille, ne permet qu'à des insensés de douter de la réalité de sa personne. Et si, par impossible, elle n'avoit jamais existé, il seroit arrivé de tous les phénomènes le plus inoui, le plus inconcevable, le plus extravagant; c'est que des peuples entiers, durant plus de 30 siécles, se seroient accordés pour soutenir avec éclat une erreur, dont l'origine est zero, dont l'objet est zero, dont l'intérêt est zero. Par conséquent l'existence de notre Moïse n'est pas moins certaine, que celle de votre Charlemagne. Point du tout, nous touchons presque au temps de Charlemagne, & vous parlez de plus de 3000 ans. D'accord; mais le regne de Louis XV, si certain aujourd'hui, cessera-t-il de l'être dans trois-mille ans? & le temps ronge-t-il insensiblement les faits, jusqu'à faire qu'ils ne soient pas arrivés?

De bonne foi, comme vous l'êtes, mon cher Chevalier, ne trouvez-vous pas les réponses de ces vieillards judicieuses & sensées?

Pour moi, quoique content, je ne voulus pas le paroître; & reprenant la parole: mais, Mrs, leur dis-je, vous autres Juifs, vous étiez autrefois fort crédules; que sçavez-vous si dans des temps reculés un homme de votre nation, d'une imagination vive, n'aura pas fabriqué en secret un Roman propre à vous donner un air de grandeur & d'antiquité? Il aura nommé Moïse son héros; & après avoir fait un pieux tissu d'aventures extraordinaires & gagné quelques partisans, il aura séduit les Chefs, & par eux le gros de la nation; en sorte qu'on aura pris avec simplicité, & donné avec assurance cette fable pour une histoire réelle & très-respectable. Et vous, que sçavez-vous si les expéditions de Louis IX en Palestine ne sont pas imaginaires; si les victoires de la Pucelle d'Orléans ne sont pas des inventions de Poëtes; si les conquêtes de Henri IV ne sont pas des rêveries? Ne voyez-vous pas qu'il est nécessaire que le monde moral roule sur des loix invariables comme le monde physique ; & que ce que vous avancez est aussi impossible, qu'il est impossible à la nuit de ne pas succéder au jour, & au printemps de ne pas suivre l'hiver ? Quel ouvrage ridicule & bizarre auroit formé le Créateur dans le genre humain, si les hommes, faits pour vivre ensemble, n'eussent jamais pu compter sur rien ; si de perpétuels *peut-être* eussent entretenu chez eux une éternelle défiance ; si la crainte fatigante des illusions rendoit tous les appuis de la société sans cesse vacillans ! Autant vaudroit-il dire que Dieu a donné à l'homme de l'esprit sans intelligence, du jugement sans réflexion, de l'amour propre sans activité, des organes sans exercice, des facultés sans pouvoir, le desir du bonheur sans l'envie d'être heureux ; ce qui n'implique pas moins contradiction qu'un quarré sans lignes, ou des lignes sans points, ou des points sans étendue. On peut donc dire que les attributs divins sont garants de la certitude des faits, & que l'existence de Moïse est aussi évidente en un sens que la sagesse dans Dieu.

De plus, cet homme de notre nation dont vous parlez, en quel temps vivoit-il? De quelle tribu étoit-il, de quelle famille? Par quels artifices l'auteur de ce prétendu Roman a-t-il séduit notre nation? Comment a-t-il pu persuader à tout un peuple qu'il a vu ce qu'il ne voyoit pas, & l'engager à donner pour certain ce qu'il ne croyoit pas? Votre silence sur toutes ces questions prouve votre ignorance. Mais interrogez-nous sur Moïse, nous vous dirons son origine, les particularités de sa naissance, son éducation au milieu d'une Cour célébre; nous vous nommerons sa femme, ses enfans, son frere, ses amis; nous vous détaillerons les services qu'il a rendus à notre nation, les actions d'éclat qui l'ont tant illustré dans l'Egypte & dans tout l'Orient, les Ecrits qu'il a faits, les monumens qu'il a laissés, les loix qu'il a données; nous sommes en état de tracer son caractere, de particulariser sa conduite, de produire ses discours, de spécifier ses voyages, de détailler les grands événemens de sa vie, d'en déduire les causes, les circonstances & les suites... Hé quoi! vous n'opposez que de frivoles doutes aux plus fortes assertions; de faux soupçons à des preuves sensibles ; des caprices à des détails ; des rêveries à des raisons. En bonne foi, n'est-ce pas comme si nous mettions, vous, un atome dans un bassin de la balance ; & nous, une montagne dans l'autre?

Il vous sied bien, Mrs les François, de nous traiter de gens trop crédules, vous qui prenez des nuages pour des corps solides ; vous qui donnez tête baissée dans les extravagances d'une Philosophie qui n'a pas le sens commun ; vous qui croyez qu'il ne faut rien croire, tandis que nous ne croyons que ce qui nous est bien prouvé. Puisque vous êtes assez enfans pour ajouter foi à ce qui n'en mérite aucune, vous méritez bien d'être assez Philosophes pour ne pas croire l'existence d'un Moïse : adieu.

Comparez, je vous prie, mon cher Chevalier, les raisonnemens solides & nerveux de mes Rabins, avec les maigres paralogismes de votre Militaire; & jugez de quel côté sont les argumens démonstratifs. Pour moi, quand j'aurois vu Moïse de mes propres yeux, je ne serois pas plus convaincu de son existence : celle de Louis XIII n'est pas pour moi plus évidente. Prenez garde, je n'insiste que sur ce fait, parce que je n'ai besoin que de lui : ce seul point gagné, m'assure le gain de ma cause sur tous les autres. Il seroit, ce me semble, plus facile de faire de Moïse un héros de roman, que de l'admettre réel, sans l'admettre tout entier. Ou il n'a pas existé, ou il a été tel qu'on nous le dépeint : les mêmes preuves qui forcent notre consentement sur l'*esse*, nous l'arrachent sur l'*esse tale*. Moïse ne sçauroit être le premier anneau d'une chaîne, sans tenir à tous ceux qui descendent jusqu'à nous. S'il a été, on l'a donc vu ; mais ses contemporains n'ont pu le voir que dans telle ou telle circonstance, que dans des positions fixes & déterminées. Quand je vois Lous XV, c'est ou assistant à des cérémonies de Religion, ou faisant la revue de ses troupes, ou donnant audience à des Ambassadeurs ; & si mon témoignage est convaincant sur son existence, pourquoi ne le seroit-il pas sur le sermon qu'il a entendu, sur la revue & l'audience ? S'il n'étoit question que de la statue de Moïse, je crois bien qu'on l'a vue sans mouvement ; mais sa personne, on n'a pu la voir que dans une suite d'actions, de circonstances & d'événemens, dont le détail ayant le même appui que son existence, mérite une égale croyance.

» A la bonne heure, me dit ici votre Auteur ; je veux bien ne pas nier l'existence de Moïse. La notoriété publique est en sa faveur ; mais son histoire n'est d'aucun poids.

1°. (P. 88.) Il en est l'auteur : peut-on regarder comme recevable dans une contestation, une piéce fournie par l'une des parties ? Quel égard dois-je à des faits que me raconte celui qui y est le plus intéressé ?

2°. Une simple histoire ne produit jamais une conviction absolue ; elle fournit seulement une preuve plus ou moins plausible : or risquera-t-on son salut éternel sur des probabilités ?

3°. Il y a bien de la différence entre les histoires ordinaires & non contestées, & celles des Religions, accusées de faux dès qu'elles ont paru.

4°. Enfin on doit appeller fable ou roman toute histoire qui contient des faits contraires au cours ordinaire des choses humaines ; cela suffit pour les faire rejetter sans autre examen. (p. 89)

Donc

Donc l'Evangile, l'Alcoran, le Pentateuque ne ſont qu'une allégation, contre laquelle une ſimple négation ſuffit. «

Pour répondre exactement à ces difficultés, reprenons-les dans le même ordre, & voyons, mon cher Chevalier, ſi vous avez eu raiſon de les regarder comme inſurmontables.

1°. Je conviens que Moïſe eſt l'auteur du Pentateuque ; c'eſt de lui que nous tenons ſon hiſtoire : j'avoue même qu'il y parle à ſon avantage, puiſqu'il ſe dit avec aſſurance envoyé de Dieu, chargé de ſes ordres, interprete de ſes volontés. Mériter de tels titres ; ou les prendre, ſans les mériter, cela fait une ſi prodigieuſe différence, qu'il faut néceſſairement de deux choſes l'une, ou que Moïſe ſoit le plus reſpectable des hommes, ou des impoſteurs le plus odieux, le plus impie des ſcélérats. Dans cette alternative, voyons ſi ſon Livre ne contiendroit pas des motifs propres à nous décider. Pendant que les habitans de la terre, ayant oublié juſqu'à leur origine, ſont tous plongés dans les ténebres de l'Idolâtrie, voici le plus étrange des ſcélérats qui vient nous dire que c'eſt Dieu qui par ſa parole a tiré du néant le Ciel & la terre, a débrouillé le cahos, ſéparé les élémens, embelli la voûte des Cieux, peuplé la terre, les airs & les eaux, & donné leur empire aux premiers hommes, dont il nous raconte la formation, la déſobéiſſance & ſes ſuites; mais dans un ſtyle ſi naturel & ſi ſublime tout à la fois, que l'eſprit & le cœur en le liſant ne peuvent ſe refuſer à des treſſaillemens de plaiſir & d'admiration.

Cet impoſteur nous apprend, avec une candeur touchante, les déſordres des premiers hommes, leur punition éclatante, leur diſperſion ſur la terre, l'origine des langues & des arts, la naiſſance des premiers Empires; & répand dans le premier âge du monde une lumiere qui ſuffit pour nous conduire.

Cet impie ne nous parle dans tout ſon Ouvrage du Souverain Etre que pour nous en donner la plus haute idée; de ſon unité, que pour en faire le premier objet de notre croyance; de ſes perfections, que pour faire naître en nous les ſentimens de reſpect, d'amour, de crainte, de reconnoiſſance, que ſa grandeur, ſa bonté, ſa justice, ses bienfaits doivent produire. Avouez, mon cher Chevalier, qu'on ne vit jamais ni scélératesse plus utile, ni imposture plus désintéressée, ni impiété plus édifiante.

Ce n'est rien que tout cela, reprend votre Militaire; c'est ambition dans Moïse, politique, intrigue, cupidité. Voyons.

Supposons pour un moment de l'ambition dans Moïse : il est à portée de la satisfaire. Nourri dans une des plus fastueuses Cours de l'Orient, élevé au pied du Trône, aimé du Souverain, Fils adoptif de sa Fille, ayant les prétentions les plus brillantes & les mieux fondées, il va donc entrer avec empressement dans la carriere des richesses & des honneurs; si près du Trône avec crédit, talents, protection, envie de s'élever, à quelles espérances n'est-il pas en droit de se livrer? Point du tout. Il sort de la Cour de Pharaon, va joindre un Peuple d'esclaves dans la misere, défend un de ces esclaves contre un Egyptien qu'il tue, se cache, s'enfuit, épouse une fille étrangere, se voit réduit à mener paître un troupeau dans un désert. Est-ce à ces traits qu'on reconnoît l'ambition? Ce malheureux Berger revient en Egypte auprès de cette multitude d'esclaves condamnés à de pénibles travaux; & devenu tout d'un coup profond en politique, il se propose de délivrer ce Peuple du joug des Egyptiens; & sans aucun moyen pour réussir, malgré mille obstacles à vaincre, il détermine, on ne sçait comment, deux millions d'hommes sans armes à s'enfuir sous les yeux de leurs tyrans pourvus de tout pour les arrêter. Autre trait de sagacité. Pour les conduire dans le pays de leurs peres, ce grand politique, au lieu de prendre un chemin facile à faire en quinze jours, il les égare dans un désert aride & stérile, où pendant quarante ans il les fait errer sans eau, sans nourriture, sans vêtement, en les amusant par la vue d'un petit coffre quarré qu'il leur fait porter avec respect dans les détours de ce désert,

Et par quels ressorts auroit-il pu maîtriser tant d'esprits différens? Par ceux d'une intrigue féconde en expédiens qu'on ne connoît pas? Jamais sans doute intriguant ne fut plus artificieux, ni plus habile: puisque sans aucune facilité pour s'énoncer, sans en impoſer par l'appareil de la royauté, ſans Licteurs devant lui, ſans cortége à ſa ſuite il mettoit en mouvement ce peuple immenſe, & l'arrêtoit à ſon gré. S'élevoit-il des murmures, ſe formoit-il des conſpirations ? Il n'avoit qu'à ſe proſterner devant le petit coffre, tout ſe diſſipoit & s'appaiſoit : tant étoit grand ſon art pour faire croire qu'il ſortoit du coffret une flamme qui dévoroit quiconque réſiſteroit à ſes ordres.

Quels fruits retiroit-il donc de ſon grand aſcendant ſur les eſprits? Sans doute des vues d'intérêt, d'avarice & de cupidité l'ont conduit à la tête de ce peuple immenſe, qu'il n'aſſervit à ſes loix, que pour ſatisfaire ſes paſſions à ſes dépens.

Non: Moïſe paroît en toute occaſion n'oublier que lui-même : quoique chef il eſt comme iſolé : Souverain ſans couronne, Légiſlateur ſans Miniſtre, il ne ſe diſtingne du peuple que par l'empire qu'il a ſur lui-même. Luxe des habits, délicateſſe de table, pompe des Officiers, charmes des plaiſirs ſenſibles, il ignore juſqu'aux moindres inventions de l'orgueil & de l'amour propre. Doux, ſimple, modeſte, infatigable, dur à lui-même, supérieur aux passions, dédaignant la terre, il n'a de zèle que pour la gloire de son Dieu, ne parle que pour en recommander le culte, n'agit que pour donner l'exemple. Avouez donc, mon cher Chevalier, que si Moïse, assez hardi pour se dire envoyé de Dieu, ne l'étoit pas, c'étoit une énigme indéchiffrable; & qu'on ne voit de ressource ni dans les passions, pour concevoir son étonnante entreprise, ni dans la connoissance du cœur humain, pour expliquer des succès de 40 ans dans un despotisme qui devoit chaque jour se briser contre mille écueils.

Je vois bien que vous allez vous rabattre sur la deuxiéme difficulté de votre Militaire, qui prétend qu'une histoire ne présente jamais que des probabilités, & qu'on ne doit pas risquer son salut éternel sur des vraisemblances.

Si ce propos, M., est un badinage, qu'il est indécent! S'il est sérieux, que veut-il dire? Lui qui doute de l'existence de Dieu, de la liberté de l'homme, de l'immortalité des ames, il craint de risquer son éternité en croyant

Moïſe un envoyé de Dieu, & croit ne rien riſquer en le donnant pour un impoſteur! Je vous laiſſe le ſoin de donner à l'Auteur la qualification qu'il mérite, pour paſſer à ſa difficulté. Eſt-il bien vrai que l'hiſtoire de Moïſe ne puiſſe produire une conviction abſolue, & ne préſente que des vraiſemblances? Si le témoignage d'un Hiſtorien étoit unique, je comprends que la défiance ne ſeroit pas déplacée: mais ſix cent mille témoins oculaires, n'arrachent-ils pas une croyance portée au plus haut dégré? Ne ſont-ce pas comme autant d'Hiſtoriens contemporains dont le ſilence eſt la plus éloquente des atteſtations? Moïſe tient la plume; mais c'eſt en préſence d'une multitude prodigieuſe qui n'eſt attentive que ſur lui: ſon Ouvrage loin d'être ſecret & caché, porte tous les caractères d'authenticité qu'on peut deſirer. C'eſt l'hiſtoire de la Nation même ſous les yeux & dans les mains de toute la Nation. Dans cette hiſtoire il ne s'agit pas de quelques petites anecdotes clandeſtines paſſées entre des particuliers. Ce ſont de grands événemens qui jettent le plus vif intérêt dans des milliers de cœurs, ébranlent des masses énormes, & retentissent dans une vaste étendue de pays. Il n'est pas ici question d'un Législateur facile & complaisant qui étudie les penchants d'un peuple, pour s'accommoder à ses passions, & ne lui proposer que d'agréables ordonnances. Il s'agit de privations pénibles à l'amour propre, d'opérations douloureuses sur le corps, & qui ne viennent naturellement à l'esprit de personne, de pratiques humiliantes, & qui fatiguent par leur multitude, de cérémonies gênantes, d'assujettissements rigoureux, de menaces qui font frémir; & ce joug affreux, que le moindre coup sur la tête d'un vieillard de 80 ans pouvoit facilement anéantir, ce peuple, quoique accablé, le déclare tout d'une voix un joug sacré, le traîne en gémissant depuis 40 siécles, & le baise encore avec respect aujourd'hui. Il ne s'agit pas ici d'un Historien qui cherche a plaire en déguisant des vérités mortifiantes, en insérant des mensonges agréables, en flattant l'orgueil des chefs, en dissimulant les vices des subalternes. Non; Moïse n'ayant à cœur que le vrai, n'a d'égards que pour lui : il conduit un peuple ingrat, dur, rebelle, grossier, murmurateur, idolâtre. Aussi que de reproches pleins d'amertumes il lui adresse! quelle peinture humiliante il fait de ses désordres! que d'imprécations contre ses infidélités! quels effrayans tableaux de ses punitions! Hé quoi! ce peuple voit ses crimes tracés dans cet Ouvrage, & il se tait: nulle réclamation de sa part. Si jamais l'inscription en faux est inévitable, n'est-ce pas dans le cas d'une calomnie éclatante qui déshonore un peuple tout entier? Et ce peuple, loin de protester contre, rend un hommage authentique à la vérité qui le flétrit; proméne comme en triomphe le tableau de ses horreurs, & conserve avec la plus religieuse attention, des piéces qui le chargent de confusion aux yeux de l'Univers. Et ces piéces, selon votre Militaire, ne sont pas recevables! pareils témoignages ne sont pas décisifs. Il n'y voit que des vraisemblances sur lesquelles il craint de risquer son salut! Je ne cherche point ici, mon cher Chevalier, à sonder votre cœur, mais en lisant mes réflexions, si vous admiriez encore celles de votre Militaire, il faudroit qu'un esprit de vertige vous eût perverti le ſens, juſqu'à vous rendre capable de ſoutenir qu'il n'eſt pas jour en plein midi.

Me répondrez-vous par la troiſiéme objection de votre Auteur, qu'il faut mettre une grande différence entre les hiſtoires ordinaires, & celles des Religions conteſtées, & accuſées de faux dès qu'elles ont paru. Objection miſérable, qui ne prend ſa ſource que dans l'ignorance, & ne trouve d'appui que dans une ſotte obſtination.

1°. Qu'on me montre une Religion plus ancienne que celle des Juifs. Pour l'accuſer de faux à ſa naiſſance, il faut apparemment l'avoir précédée. Or je défie de citer un peuple, un ſeul fait dont l'époque ſoit antérieure à celle de la Religion Judaïque. Elle a commencé avec le monde. Le cœur du premier des hommes, en ſe tournant vers le Créateur, a fait éclorre le premier hommage de cette Religion. Qui donc alors l'a pu accuſer de faux? Lamech penſoit comme Adam, Noé comme Lamech, Abraham comme Noé. Le Polythéiſme s'éleve, & couvre bientôt la terre d'Idolâtres. Sont-ce là les accuſateurs qui viennent taxer de fauſſeté la plus ancienne des

Religions, & l'unique alors existante? Mais n'est-il pas nécessaire, quand le mensonge éleve sa voix, que ce soit pour traiter la vérité même de mensonge? La premiere en possession, c'est toujours la vérité: la contradiction est le cri de l'usurpateur. L'accusation ici se change donc en preuve; & la nouveauté, premier caractere du mensonge, couvre de honte son auteur. Jacob & ses descendans viennent s'établir en Egypte, où les bœufs, les chats, les oignons, les crocodiles sont autant de divinités: l'unité d'un Dieu, chose étrange! couroit des risques sur la terre, lorsqu'un Berger retire d'un coin de l'Egypte la postérité d'Abraham, la conduit dans un désert, & lui donne une loi, dont l'objet principal, en la séparant des Idolâtres, est de l'attacher au dogme aussi évident qu'essentiel de l'unité d'un Dieu. Voilà donc le genre humain partagé sur la Religion en deux classes, les Païens d'un côté, les Juifs de l'autre: le mur de division qui les sépare, leur laisse trop peu de commerce, pour que les uns sçachent au juste, ce qui se passe chez les autres. L'horreur réciproque pour les alliances est une semence de haine entre ces Peuples. Quand il y auroit alors des accusations de faux contre le Judaïsme, la seule différence des sentimens suffiroit pour les produire. Mais voit-on dans ces premiers temps les ennemis des Juifs révoquer en doute l'existence de Moïse, & traiter militairement son histoire de roman ou de simples probabilités ? Que de réclamations n'auroit-on pas vues de la part sur-tout des Egyptiens, que le Pentateuque traite si mal, s'il avoit donné prise à la censure ? Le silence de l'histoire sur des actes de protestations si nécessaires ne prouve que leur impossibilité. Enfin près de mille ans après Moïse paroissent des Ecrits sur son compte ; mais dans quel goût en parle-t-on ? Comme d'un imposteur adroit, d'un tyran barbare, d'un politique artificieux qui se dit inspiré sans l'être ? Non : lisez dans Joseph le Recueil des anciens témoignages en faveur de ce grand homme, vous verrez qu'elle idée sublime on avoit dans tout l'Orient de la beauté de son génie, de la sagesse de ses loix, de la prudence de son gouvernement, de la pureté de ses vertus, qui jointe à l'étendue de sa puissance l'avoit fait regarder en Egypte comme un Dieu. Dans le cours des années Moïse & son Ouvrage ne font qu'acquérir, l'un plus de célébrité, l'autre plus de respect. La Religion Chrétienne commence, & la gloire de Moïse ne perd rien de son éclat. Porphire en parle avec admiration, Julien fait l'éloge de sa politique, Mahomet même respecte sa mémoire: quelle foule de témoignages décisifs je pourrois encore amasser en l'honneur du plus ancien des Législateurs; de Tertullien, d'Origéne, de Cyrille, d'Eusebe, d'Augustin, & dans les derniers temps, d'Huet, de Pascal, de Bossuet, d'Abbadie, de Grotius, de Dittou, de Jacquelot: car enfin, Chrétiens de toutes les Communions, Juifs de tous les pays, Hérétiques de toutes les Sectes, Sçavans de tous les siécles, ennemis les uns des autres sur plusieurs points, s'accordent tous sur celui de Moïse, pour assurer qu'on ne doit parler de sa personne qu'avec respect, ni lire son Ouvrage qu'avec la plus grande vénération.

Point du tout: le XVIIIe siécle arrive: nouvelle lumiere, nouvelle découverte, nouveau langage. Une troupe de gens qu'on décore, je ne ſçais pourquoi, du titre de beaux eſprits; dont les uns, je l'avoue, tournent aſſez bien un vers, & pourroient faire de jolis madrigaux; les autres entendent paſſablement les élémens d'Euclide, & ſçavent raiſonner ſur la tangente & la perpendiculaire: cette troupe veut nous perſuader aujourd'hui que Moïſe, ou n'a jamais exiſté, ou n'étoit qu'un vil charlatan, habile à duper des imbécilles; que ſon hiſtoire n'eſt qu'un tiſſu bizarre ou d'aventures romaneſques, ou de maximes tyranniques; que les témoignages qui lui ſervent d'appui ne ſont d'aucun poids. Sur leurs pas votre modeſte Militaire vient nous dire d'un ton philoſophique que le Pentateuque n'eſt qu'une allégation contre laquelle une ſimple négation ſuffit; & que ſon auteur qui ſe dit envoyé de Dieu, n'eſt qu'un fourbe qui veut, à l'ombre de la Religion, ſe former un Empire. Ce n'eſt pas l'Empire, mon cher Monſieur, qui fait de la peine à nos Incrédules dans Moïſe; ils conſentiroient volontiers à le regarder comme grand Politique, ſage Légiſlateur, fameux Conquérant. Non; ce qui les remplit de fureur & d'amertume contre ſa perſonne, ce ſont ſes miracles : à chaque page de ſon Livre ils en trouvent. A chaque miracle, nouveaux cris d'indignation où de mépris de leur part. Ce ſont des merveilles, s'écrie votre Auteur, à mettre ſur la même ligne que celles de Mahomet, de Sommonacodon, de Brama. Ce ſont des abſurdités qui répugnent autant à la ſageſſe & à la juſtice de Dieu, qu'à la raiſon & à la vérité, &c.

Un moment, de grace, mon cher M., pour reprendre haleine : votre Auteur touche enfin au point vraiment déciſif & le plus important. Permettez-moi de me délaſſer en rapprochant ſes ſophiſmes ; & de vous prouver enſuite en les réfutant le zèle ſincere avec lequel je ſuis, &c.

CINQUIEME LETTRE.

A Ce ſeul mot de Miracle prononcé dans une compagnie de beaux eſprits, il faut voir les diverſes attitudes de ces Mrs. L'un vous tourne le dos avec mépris, l'autre vous regarde d'un air de pitié comme un imbécille: je voudrois en voir, dit celui-ci, pour en croire; pour moi, dit un autre, quand j'en verrois, je ne les croirois pas: chaque Religion, s'écrie un autre, vante les ſiens, donc tous ſont faux. Dans ce tableau, mon cher Chevalier, ne reconnoiſſez-vous pas les diverſes objections de votre Militaire ſur les Miracles.

» 1°. dit-il, (p. 89.) ils ſont impoſſibles; puiſque, contraires aux loix invariables de la nature, ils répugnent à la ſageſſe de Dieu.

2°. (p. 102.) Des faits impoſſibles ne peuvent ſe prouver; parce que le raiſonnement qui en découvre l'impoſſibilité, eſt plus clair & plus évident que toutes les preuves qu'on en peut donner.

3°. (p. 93.) Pour des faits ſurnaturels, il me faut des preuves surnaturelles. Vous dites qu'avec un peu d'eau sur la tête vous effacez des péchés; qu'avec une Messe vous tirez des ames du Purgatoire; par les mêmes moyens guérissez devant moi un épileptique, tirez un homme de la Bastille, & je vous croirai.

4°. (p. 102.) Non je ne dois pas croire: des faits surnaturels ne peuvent avoir une parfaite certitude, même pour les témoins; parce qu'il est plus aisé que leurs sens se trompent, qu'il n'est aisé qu'un fait surnaturel se passe.

5°. Enfin je défie tous les Théologiens (p. 99.) de soutenir les miracles de Moïse & de J. C., par des raisons qui ne prouvent pas aussi fortement pour les miracles des Religions que vous regardez comme fausses. «

Tels sont les principes de votre Auteur, tout le reste n'est qu'exemples inutiles, comparaisons ridicules, redites ennuyeuses, railleries déplacées.

La premiere objection est celle d'un Athée, c'est celle de Spinosa. Les loix de la nature sont invariables. Dieu est enchaîné par sa sagesse: donc la sagesse ne lui permet pas de déranger des loix sagement établies: donc les miracles ſont impoſſibles.

S'ils l'étoient réellement, mon cher Chevalier, il faut avouer que le genre humain qui les a cru réels jusqu'ici a toujours été plongé dans une prodigieuſe erreur. Promenez-vous dans toutes les routes du paſſé, vous ne voyez de ſiécle en ſiécle, & n'entendez que des gens qui crient aux miracles ; beaucoup même qui donnent leur vie pour les atteſter : pauvres gens! qui s'imaginoient que les faits doivent prévaloir ſur les raiſonnemens, tandis que c'eſt à la métaphyſique de juger des faits. Enfin de profonds raiſonnemens nous apprennent aujourd'hui que Dieu eſt trop ſage pour être Tout-Puiſſant ; qu'une ſageſſe infinie met une infinité de chaînes autour de la Divinité ; qu'eſclave lui-même des loix de la nature, ſon auteur ne pourroit pas pouſſer vers l'Orient, une feuille que le vent porteroit vers l'Occident. Pour moi qui n'ai pas la ſageſſe de Dieu, j'ai beaucoup plus de liberté : je ſuis plus maître que lui dans l'univers, n'ayant point fait de décrets qui m'enchaînent.

C'eſt cependant à ce dégré d'extravagance que nos nouveaux Spinosistes doivent pousser le délire, pour raisonner conséquemment. Mais qu'ils m'apprennent donc par quelle porte ils ont pénétré dans le Sanctuaire de la Divine Sagesse; avec quel télescope ils ont pu lire dans le livre de ses décrets: eux qui nous répetent si souvent que l'Etre Souverain est un Etre absolument inconnu; qu'ignorant ce qu'on en doit penser, on feroit mieux de n'en rien dire, pour en conclure qu'il ne faut donc pas s'en embarrasser; à présent ils nous parlent de la Divinité, comme s'ils avoient mesuré sa sagesse, toisé sa puissance & sondé la profondeur de ses décrets. Aussi comment en parlent-ils?

Nous sçavons comme eux, que Dieu est infiniment sage, que ses loix sont pleines de sagesse, qu'il ne peut agir & vouloir que sagement: donc il cesseroit d'être sage en dérogeant à ces loix, donc il se contrediroit lui-même en interrompant leurs cours! Ces Mrs auroient raison, s'ils avoient lu dans la divine prescience l'engagement de Dieu avec lui-même de ne jamais contrevenir à l'ordre établi. Mais qui leur a dit que les miracles n'entroient pas dans la chaîne des événemens déterminés? Qui leur a dit que Dieu de toute éternité avoit résolu de ne pas ressusciter Lazare? Ah! s'ils peuvent me donner un bon garant de ce traité conclu dans le conseil éternel; c'en est fait. Spinosa disoit: » Si » j'étois persuadé de la resurrection de » Lazare, je briserois en pieces mon » systême, & j'embrasserois sans ré» pugnance la foi des Chrétiens. « Et moi, je ne crains pas de le dire, j'embrasse ce Pyrrhonisme & brûle l'Evangile, si l'on me montre clairement dans les décrets divins que Lazare ne devoit pas ressusciter.

Ne voyez-vous pas, mon cher Chevalier, que cette divine sagesse dont votre Militaire paroît défendre les droits, n'est qu'un leurre pour vous conduire aux pieds d'une divinité aveugle, insensible, impuissante? A la faveur de ces liens éternels de sagesse, dont nos Incrédules garrottent en quelque sorte l'Etre Suprême, ils l'asservissent sous le joug de la nature, le rendent dépendant de loix nécessaires; ne lui laissent des yeux que pour voir ce qu'il ne peut empêcher, des mains que pour pousser ce qu'il ne peut arrêter, une volonté qui n'est dans le fond qu'une stupide fatalité ; en sorte que ce n'est point un Etre immuable qu'ils veulent nous présenter, mais une statue immobile, ou plutôt un automate bien monté, dont les ressorts mus par une indéfinissable sagesse, nécessitent tous les mouvemens de l'univers. Est-ce là le Dieu des Chrétiens ? Quelle différence ! Libre, immuable, indépendant, il n'a besoin pour être heureux, ni de créer, ni de ne pas créer ; ce qu'il fait, toujours sagement fait, l'est toujours librement : possédant la plénitude de l'Etre, il voit nécessairement tous les êtres possibles, & fait passer à l'existence ceux qu'il ne choisit que parce qu'il le veut. Ce n'est pas tel plan d'un monde plutôt qu'un autre qui détermine son choix, c'est sa suprême volonté. S'il établit des loix pour ses créatures, c'est en conservant les droits inaliénables du Créateur. Les esprits & les corps, sans perdre sous sa main les propriétés assignées par sa sagesse à leurs natures, concourent les uns par la liberté de leurs opérations, les autres par la variété de leurs mouvemens, à l'accomplissement de ses immuables Décrets : tout est prévu par lui, rien n'est contraint de sa part : le nécessaire dans lui, c'est l'absolue indépendance : l'essentiel, c'est un empire, dont l'exercice est de tous les instans, sans éprouver de résistance, ou sans en permettre, que pour la parfaite exécution de ses ineffables Décrets. La nature n'est rien : Dieu est tout. Il donne la vie, l'ôte & la rend à son gré : nulle borne à sa puissance ; point de loi que sa volonté. Quoi ! celui qui a formé l'œil de l'homme, ne pourroit pas le rétablir ! Celui qui a tiré du néant le vin & l'eau, ne pourroit pas changer l'eau en vin ! Le Législateur de l'Univers s'en est-il rendu l'esclave ? Que veulent donc dire nos prétendus Sages avec leurs loix invariables de la nature ? Le Créateur en a sans doute établi pour le gouvernement du monde : sur quoi pourroit-on compter, si l'aveugle hasard étoit le mobile des êtres ? Quel bouleversement dans l'Univers, si son gouvernail étoit dans les mains du caprice ! Mais ces loix sont-elles supérieures à leur Auteur ? Si l'infinie Sagesse enchaîne les élémens, ne tient-elle pas la chaîne sous un doigt assez puissant pour la briser à son gré ? Le bras invisible qui fait rouler le soleil sur nos têtes en poussant ce globe, est-il poussé lui-même par un agent supérieur qui ne lui permet pas de l'arrêter? Le Créateur connoît-il donc quelque barriere entre le possible & l'impossible? L'impossible est un néant dont on n'a pas d'idée. Mais tout ce dont une intelligence infinie a l'idée est possible; & l'acte pour le réaliser n'est qu'un jeu. Nos esprits si foibles & si bornés, dans un miracle voient une espece d'effort. Mais rien n'est miraculeux, pour qui embrasse tous les temps, tient tous les êtres sous sa dépendance, opére jusqu'aux moindres événemens, & de qui des millions de mondes n'attendent, pour rouler, qu'un acte de sa volonté. Des loix pour des créatures n'en sont donc pas pour leur maître. Et quelle folie de prétendre que l'empire de l'Etre Souverain puisse être renversé par sa sagesse! Les miracles sont donc possibles; & ce n'est que du sein de l'Athéisme qu'a pu sortir l'opinion monstrueuse de leur impossibilité. Mais que dis-je: les miracles possibles! ne sont-ils pas en quelque sorte nécessaires? Les hommages des intelligences créées dans la liberté sont des tributs dûs au Créateur : mais si ces intelligences s'endorment sur leurs devoirs, n'est-ce pas un trait digne de la bonté de Dieu de les réveiller en les étonnant ? Le tonnere dans un temps d'orage n'a rien qui surprenne ; mais qu'à la voix d'un homme dans un jour serein le feu du Ciel tombe sur un Autel, & consomme l'holocauste, le prodige parle, le vrai Dieu est reconnu, & Baal abandonné. Les Incrédules ne sont-ils pas les premiers à le déclarer? Il est vrai, disent ils, le Christianisme n'est plus rien pour nous ; tout culte de Religion nous est indifférent. Dieu, s'il existe, ne se mêle pas de nos affaires : l'harmonie du monde est admirable tant qu'il vous plaira : le spectacle de la terre & des Cieux est ravissant : mais c'est la nature qui va toujours son train. L'habitude, à la vue des mêmes phénomènes, nous y rend insensibles. Mais si ce soldat à qui la crainte de la gangrene a fait couper les deux bras, les recouvroit subitement tous deux à la parole d'un homme, & que nous en fussions témoins, nous croirions cet homme & changerions de conduite, comme de sentimens. Hé bien : pourquoi Dieu, dont les vues sur les

enfans

enfans des hommes sont impénétrables, ne pourroit-il pas tirer des trésors de sa toute-puissance de ces traits frappans, propres à les rappeller au devoir, & leur manifester sa bonté?

L'homme n'eut jamais plus d'orgueil qu'aujourd'hui, ni moins d'estime pour lui-même, S'il est forcé de reconnoître Dieu pour tout-puissant, il est tenté de ne pas le croire tel en sa faveur; un miracle pour lui lui paroît impossible. Le Dieu des Spinosistes est au dessous de l'homme, & l'homme moins qu'un insecte. Que le Christianisme donne de l'un & de l'autre des idées bien différentes! Tout est pour la gloire de Dieu, & tout pour le bonheur de l'homme. Si Dieu, pour éclairer & nourrir des méchans, peut bien faire lever son soleil tous les jours, & multiplier un grain de bled au centuple; pourquoi, pour faire rentrer ces méchans en eux-mêmes, ne pourroit-il dérober subitement la lumiere du soleil, & nourrir avec un pain des milliers d'hommes?

Si je voulois parcourir les autres perfections de Dieu qui nous sont connues, je vous ferois voir aisément que non-seulement sa puissance, sa bonté, sa sagesse rendent les miracles croyables, mais que tous ses autres attributs les réclament : sa justice, qui prend ce moyen pour rendre les coupables inexcusables dans le crime ; son immensité, qui rend par là sa présence si sensible ; son indépendance, qui prouve, en dérangeant à son gré les loix établies, qu'il est seul au dessus des loix ; sa providence, qui paroît s'éclipser sous l'uniforme activité d'une nature, que votre folle philosophie est toujours prête à personnifier ; sa sainteté, qui par des merveilles, tantôt terribles & tantôt consolantes, se manifeste avec éclat, soit en couronnant l'innocence de ses serviteurs, soit en confondant la malice de ses adversaires ; sa vérité, qui revendiquant à Dieu seul le pouvoir d'opérer de vrais miracles, remporte un triomphe complet sur l'erreur, qui n'en peut jamais étaler que de faux.

Sans pousser plus loin ce détail, jugez, mon cher Monsieur, si je ne suis pas en droit de faire un argument plus démonstratif que tous ceux de votre Militaire.

Les miracles sont possibles, si, loin de répugner aux attributs divins, ils se concilient sans peine avec eux : or les miracles, loin de répugner &c. donc les miracles sont possibles.

Mais prenez garde. Si refuser à Dieu le pouvoir des miracles, c'est l'anéantir; l'avouer dans lui, c'est se donner pour vaincu sur tous les autres points: passons pour le prouver à la deuxieme objection.

2°. » Des faits impossibles, dit votre Auteur, ne peuvent se prouver. «

J'entends: mais leur possibilité une fois admise, entraîne donc après soi nécessairement celle de leur preuve.

Dieu peut-il sortir en vain de son secret? S'il peut, de votre aveu, faire un miracle, c'est nécessairement pour manifester aux hommes ses desseins, & leur intimer ses volontés: mais comment ses desseins seront-ils sûrement connus, si ses moyens sont équivoques, & leur preuve au dessus de la portée des hommes?

» Toutes les preuves qu'on en peut donner, reprend votre Auteur, sont moins claires que le raisonnement qui démontre son impossibilité. «

C'étoit là le moment pour votre Militaire de nous faire part de ce raisonnement si clair, si victorieux, qui met l'impuissance du Créateur dans la plus grande évidence : il n'a pas même osé l'entreprendre ; je vais y suppléer pour lui, sans chercher à me ménager moi-même.

Oui, Chrétiens, il est absolument impossible que la Seine suspende son cours, & que ses eaux s'arrêtent au Pont-Neuf, pour laisser son lit à sec jusqu'au Pont-Royal. Je le prouve par un raisonnement sans réplique. L'eau est un fluide composé de parties globuleuses, & détachées les unes des autres : il entre dans l'essence de ces particules de rouler sur un plan incliné, d'en suivre la pente & de tendre à se mettre au niveau ; or la pente d'un Pont à l'autre est incontestable : donc il est impossible que l'eau ne roule pas d'un Pont à l'autre : donc je ne dois pas croire dix mille personnes qui m'assureroient avoir vu du haut des Ponts l'eau s'arrêter à la voix d'un homme qui se dit envoyé de Dieu. Pourquoi ? C'est que mon raisonnement est fondé sur les propriétés essentielles des êtres, & que vos dix mille témoignages par leur nature même sont toujours incertains.

Ce raisonnement, péremptoire peut-être à vos yeux, mon cher Chevalier, n'a aux miens aucune solidité. Il s'agit de décider sur le fait en question, s'il présente plus de motifs pour être cru, que pour être rejetté; & je soutiens que toute la certitude est du côté des témoignages, & l'incertitude de l'autre.

1°. Il est impossible que dix mille témoins soient dans l'erreur sur le fait proposé. D'abord l'objet dont on parle, je veux dire le lit de la Seine dans l'intervalle des deux Ponts, présente une étendue trop découverte, & trop sensible, pour qu'une seule personne n'apperçoive pas du premier coup d'œil s'il est à sec ou non: comment donc se pourroit-il que dix mille hommes distribués sur les deux Ponts tombassent à cet égard dans la plus grossiere des méprises? Je conviens que l'organe de la vue ne nous sert pas en toute occasion aussi fidèlement; mais conçoit-on que le rapport des yeux puisse être infidèle dans le même moment pour un si grand nombre de Spectateurs? Il est donc visible que l'illusion ne sçauroit avoir lieu. Si tant de témoins assurent avoir vu l'intervalle des deux Ponts plein d'eau à midi, & le quart d'heure d'après sans eau; donc il faut dire, ou que les yeux ne sont pas donnés pour voir; ou que leur témoignage en cette occasion ne peut être rejetté que par un insensé.

2°. S'il n'est pas possible que tant de milliers d'hommes soient dans l'erreur, encore moins l'est-il qu'ils cherchent à m'y jetter. Je sçais bien que le concert de plusieurs fourbes pour tromper, loin d'être impossible, n'est pas rare: mais un intérêt secret est toujours l'ame d'un tel complot: point d'union en faveur du mensonge, qui ne soit le fruit de quelques motifs humains faciles à pénétrer. Ici quel intérêt pourroit déterminer tant de personnes inconnues à me soutenir ce qu'elles-mêmes ne croient pas? Comment dix mille Citoyens s'accorderoient-ils pour m'attester un prodige qu'ils n'auroient pas vû, & me le persuader, si de ma persuasion il ne leur en revient aucune espece d'avantage? Le cœur humain est sujet à des loix qui ne sont pas moins invariables que celles qui précipitent un corps d'un quatrieme étage sur le pavé. Si la méchanceté exerce un grand empire, cet empire a des bornes: on rencontre à chaque pas des fourbes, mais un trait de fourbenie sans aucun intérêt, est encore à citer; & dix mille Citoyens devenus tout d'un coup parjures pour rien, me paroîtroient un plus grand prodige qu'une contravention aux loix de la gravitation. Il faut donc dire ou que l'impossibilité physique d'un tel accord est évidente, ou que les hommes d'aujourd'hui ne sont plus de la même nature que ceux d'autrefois: paradoxe qui rendroit son partisan indigne de la moindre attention. De quel poids par conséquent doit être sur mon esprit un concours de témoignages dans une occasion, où l'illusion & la fourberie sont évidemment impossibles?

Voyons à présent ce qu'on met dans l'autre plat de la balance en faveur de l'impossibilité métaphysique du même événement. Ce qu'on y met? Des miseres ou des horreurs. Des miseres; car enfin en quoi consistent ces connoissances si certaines qu'on se vante d'avoir des propriétés de la matiere, de la nécessité de son mouvement? Où a-t-on pris que ce seroit ôter à l'eau son essence, que de suspendre son cours sur une pente? Et des horreurs: avec quelle impudence oseroit-on soutenir que le Créateur des élémens n'a plus d'empire sur eux, & qu'il est plus clair que Dieu ne peut rien changer dans l'ordre etabli, qu'il n'est clair que les hommes à la vue de ces changemens peuvent se tromper? Jugez donc, mon cher M., si l'on peut seulement mettre en comparaison sur un fait les dépositions accablantes de dix mille témoins oculaires désintéressés, avec les décisions téméraires d'une raison très-bornée, & sur les essences des êtres qui lui sont inconnus, & sur la puissance Divine qu'elle ne peut mesurer: car c'est de cette puissance qu'il s'agit ici. Je sçais bien que les eaux d'une riviere ne remonteront jamais vers leur source à l'ordre d'un homme qui parle de lui-même; mais notre Militaire ne s'en tient pas là. Voici le langage qu'il ose tenir: » Je suis sûr, dit-il, non-seulement de connoître à fond les propriétés essentielles des êtres, mais je le suis encore que Dieu ne peut charger un homme de ses ordres auprès des autres hommes, ni lui communiquer une portion de son pouvoir sur la nature, pour prouver la réalité de sa mission. « Blasphême dont la déraison n'eſt pas moins révoltante que ſon impiété.

3°. » Hé bien, reprend votre Officier, ſi vous voulez que je vous croie, il faut me donner des preuves proportionnées à la difficulté des choſes que vous me propoſez. «

Auſſi fait-on, M., pour vous engager à croire le myſtere de la Rédemption. A la voix du Rédempteur, Lazare quatre jours après ſa mort, ſort vivant de ſon tombeau : une foule de témoins de tout état, de tout ſexe l'aſſurent, les ennemis même de ce miracle en ſont perſuadés ; pourquoi donc balancez-vous ?

La foi du même myſtere vous eſt confirmée par un miracle plus récent. Une des épines de la couronne du Rédempteur eſt apportée à Paris : une fille de dix ans avoit l'œil perdu par une fiſtule lachrymale qui fourniſſoit une ſi grande abondance de pus, que l'os au deſſous de l'œil en étoit carié : l'humeur infecte lui couloit par la bouche, & rendoit cette fille inſuportable à ſes compagnes par la puanteur que la plaie exhaloit. Elle eſt conduite à l'adoration de cette épine. A peine en eſt-elle touchée, qu'en un inſtant

& ſans remédes l'humeur ſe diſſipe, la plaie ſe ferme, le mal diſparoît, l'œil eſt guéri. Qu'attendez-vous donc pour croire ? La preuve n'eſt-elle pas en proportion avec l'objet propoſé ?

» Non, dites-vous, Chapitre XI; cette merveille peut ſuffire pour les témoins ; moi, qui ne l'ai pas été, j'ai beſoin d'en voir, & ſuis en droit d'en exiger. Toute Religion eſt fauſſe, qui n'étale pas une ſuite continuelle & actuelle de miracles : pour des faits ſurnaturels, il faut des preuves ſurnaturelles. Avec l'eau du Baptême, guériſſez ce paralytique : faites ſortir par une Meſſe un homme de la Baſtille, & je croirai. «

N'eſt-ce pas ſe jouer de Dieu & des hommes que de raiſonner ainſi ? De Dieu, dont on voudroit faire un perſonnage de théâtre, en l'aſſujettiſſant à tous ſes caprices ; & des hommes, en les prenant pour des automates, ſans raiſon, ſans lumiere, ſans droiture, dont les ſens ſont trompeurs, les témoignages nuls, ou les ſermens autant de parjures ? Quoi ! M., pour vous prouver un miracle, il vous en faut un ſecond, & pour le ſecond, ſans doute un troisieme ; mais les autres hommes ont les mêmes droits que vous : Dieu ne pourra donc se justifier auprès du genre humain, sans multiplier les prodiges en raison des individus, & sans régler ses opérations sur leurs fantaisies. Mais comme leurs caprices sont sans nombre, les miracles étant innombrables, cesseront d'être des miracles, ils deviendront l'ordre commun, étant plus fréquens que les jeux de la nature ; en sorte qu'en les demandant, on les mépriseroit ; on les anéantiroit, en les obtenant. Tout homme de bon sens ne trouvera-t-il pas que vous en manquez dans vos prétentions ?

» Mais me croiriez-vous, mon R. P., dites vous au P. Malebranche, si je vous disois qu'en passant sur le Pont Notre-Dame j'ai trouvé un grand embarras ; vingt personnes blessées, des yeux crevés, des bras cassés, des jambes écrasées : que je n'ai fait que souffler sur ces gens-là, qu'ils ont été guéris ; & qu'en conséquence vous me devez considération, respect, obéissance aveugle. «

Quelle puérilité de citer pareils exemples, & quelle m udence d'ajouter (p. 92) » que c'est absolument la même chose que le fait des Religions; qu'il n'y a que les termes à changer! « Quels rapports trouvez-donc, M., entre vos rêveries, & les actes si célebres des Apôtres; entre votre embarras du Pont Notre-Dame dont vous seul parlez, & tant de faits authentiques, arrivés à Jerusalem, Antioche, Rome, Alexandrie, Constantinople, dans l'Orient & dans l'Occident; faits rapportés par des Historiens contemporains, avoués par les Idolâtres, cimentés par le sang d'un million de témoins? Quelle comparaison entre l'hypothèse frivole d'un railleur insensé, & les révolutions éclatantes arrivées en tant de Villes, de Provinces & d'Empires, auxquels le Christianisme a fait changer de face dans les quatre parties du monde? N'est-ce pas se faire tort à soi-même, que d'insister si long-temps sur des absurdités trop révoltantes, pour être triviales?

4°. » Je vais plus loin, replique votre opiniâtre Militaire. Quand je verrois même des miracles, je ne les croirois pas; je penserois plutôt que mes sens me trompent, & que je suis la dupe d'une illusion; ce qui seroit bien plus vraiſemblable qu'un renverſement réel dans les loix de la nature. En effet, on voit des miracles à proportion qu'on eſt moins inſtruit des ſecrets de la Médecine, de la Phyſique, de la Chimie, des Mathématiques. Les Suiſſes voyoient des miracles dans les marionnettes, & les Amériquains dans la poudre à canon des Caſtillans : je pourrois me trouver dans le même cas ; ainſi la foi des hommes ſe trouveroit à la merci du premier fourbe adroit qui voudroit les tromper. «

Ceci, mon cher Chevalier, mérite un peu plus d'attention. Je conviens que nos ſens peuvent être la dupe de quelques illuſions ; qu'on peut ſe tromper dans les jugemens qu'on porte avec précipitation ſur certains phénomènes ; qu'on peut être trompé par des tours d'adreſſe ou de fourberie ; que l'ignorance peut faire crier au miracle ſur certains jeux de la nature dont on ne connoît pas les reſſorts ; que non-ſeulement on eſt expoſé à prendre pour miracle ce qui ne l'eſt pas, mais que la mépriſe même en ce genre eſt arrivée plus d'une fois. Que d'aveux je vous fais ici, mon cher M.,

& ſans peine, parce qu'ils ſont ſans conſéquence contre la cauſe que je ſoutiens ! Ils ſeroient ſans doute déciſifs contre moi, ſi je prétendois qu'on doit croire un miracle ſans examen, ſans précaution, ſans en avoir étudié les circonſtances, peſé les témoignages & conſulté les Médecins s'il s'agit d'une guériſon, les Phyſiciens pour un phénomène ou phoſphore, les Chimiſtes ou Mathématiciens ſur des faits analogues à leurs opérations. Mais loin de le prétendre, je ſuis même convaincu qu'il peut y avoir de vrais miracles qu'on n'eſt pas obligé de croire, & ſur leſquels le plus ſage eſt de ſuſpendre ſon jugement, à cauſe des nuages, ou que permet ſur eux la juſtice Divine, ou que la malice des hommes répand, & que groſſit peut-être la délicateſſe d'une conſcience timorée. Mais de la poſſibilité de quelques mépriſes, s'enſuit-il que toute certitude ſoit impoſſible ? De notre ignorance ſur certains points, concluroit-on juſte à l'incertitude de toutes nos connoiſſances ? Ne ſçait-on rien, parce que l'on ne ſçait pas tout ? Qu'un Suiſſe ou qu'un Sauvage, dont l'un ne connoît que ſa cabanne & ſon champ, l'autre que son arc & ses fleches, se trompent ; celui-ci, en prenant pour le tonnerre un coup de canon ; l'autre, en trouvant de la magie dans un jeu de marionnettes : cela n'est pas étonnant. La témérité nous fait souvent précipiter des jugemens dont notre ignorance nous dérobe la fausseté. Peu de réflexion suffisant alors pour redresser le jugement & dissiper l'illusion qui nous éblouissoit. Mais sous les yeux du Montagnard le plus grossier, & du plus stupide Hottentot, exposez un cadavre dont la tête soit séparée du corps ; & qu'à votre voix les deux parties se réunissent, que le mort se léve, plein de vie, qu'il marche, parle, boive & mange ; vous remarquerez bien dans vos deux témoins une grande surprise, mais nul doute, nulle incertitude : s'ils fuient, c'est en tremblant ; l'épouvante prouve la persuasion. Mais non : ils se prosterneront à vos pieds, pleins d'admiration & pénétrés de respect. Vous ne leur persuaderez jamais qu'ils n'ont pas vu ce qu'ils ont vu, ou que ce qu'ils ont vu n'est pas miraculeux. Il faut être plus que stupide, ou philosophe à la folie, pour croire qu'à la parole d'un homme un mort puisse revenir à la vie, sans que le doigt de Dieu s'en mêle.

Ne jamais se défier de ses sens, ou s'en toujours défier, sont deux écarts, dont l'un peut nous rendre la dupe de notre imprudence, & l'autre le jouet d'un ridicule pyrrhonisme. JESUS marche sur les eaux: c'est un fantôme, disent ses Disciples; la prudence pouvoit prononcer ce jugement qui cependant étoit faux. JESUS s'approche, on l'entend, on le voit, on le touche; le témoignage de tous les sens sur la réalité permet-il alors la moindre hésitation? S. Pierre est jetté dans un cachot, on en est certain: l'Eglise se met en priere pour sa délivrance; ses chaînes tombent; des portes de fer s'ouvrent d'elles-mêmes; il est en liberté. Voilà l'homme de votre Militaire tiré de la Bastille par une Messe. C'est là sans contredit un miracle. Pierre va frapper à la porte d'une maison: une fille reconnoît sa voix & l'annonce; on ne peut la croire, la prudence autorise le doute, & fait soupçonner une méprise.

Rhode, dit-on, *a perdu l'esprit*. Non, dit-elle, *c'est lui*. C'est une illusion, lui répond-on; c'est son ange que vous avez cru entendre : la négative étoit même permise. Mais on ouvre la porte ; Pierre entre, fait signe de la main, rassure les spectateurs saisis d'étonnement, raconte en détail son sommeil dans le cachot, l'apparition d'un Ange environné de lumiere, la rupture de ses fers, l'ouverture subite des portes, & leur dit de faire part aux freres de cette merveille. Les soldats qui le gardoient, le cherchent & ne le trouvant pas, tombent dans le plus grand trouble : Hérode entre en fureur, & fait donner aux gardes d'abord la question, ensuite la mort. Or je vous le demande, M., si vous eussiez vécu de ce temps là ; & que témoin de toutes les particularités de ce fait, il fût entré dans vous par tous vos sens, auriez-vous dit ? Non je ne le crois pas : des chaînes de fer ne se brisent pas de la sorte, des portes de prison ne s'ouvrent pas d'elles-mêmes ; il est plus probable que je suis dans l'illusion, qu'un captif soit ainsi délivré. Mais remarquez qu'au lieu d'un miracle que vous rejettez, vous en croyez dix autres mille fois plus incroyables. Vous croyez donc que des rayons de lumiere peuvent peindre au fond de votre rétine des objets que vous n'avez pas devant les yeux : vous croyez que le nerf acoustique peut vous faire passer des impressions que vous ne recevez-pas, & distinguer les sons d'une voix que vous n'entendez pas : vous croyez que vingt personnes assemblées dans la même salle avec vous sont dans l'erreur, en prenant pour un corps réel un vain fantôme, & pour tel homme qu'ils connoissoient bien, une apparence que l'imagination leur représentoit : vous croyez que des soldats qu'on mene au supplice, s'y laisseroient conduire, plutôt que d'avouer qu'ils ont été corrompus par argent : vous croyez qu'il est plus probable que le Dieu de vérité vous tend tous ces piéges pour vous jetter dans une erreur au moins inutile, qu'il n'est probable que ce Dieu a réellement brisé des chaînes pour manifester sa puissance en faveur d'un de ses serviteurs : Vous croyez qu'Hérode..... Mais pourquoi multiplier davantage des inepties qui répugnent, au mépris d'une vérité dont les impressions sont si vives, les preuves si palpables, & dont les conséquences ne tournent pas moins à l'avantage des hommes, qu'à la gloire du Tout-Puissant ?

Il est vrai que l'amour du merveilleux brise quelquefois des gens simples contre l'écueil de la crédulité ; mais cela prouve-t-il que le sensible du merveilleux soit fantastique, & sa vue illusoire ? Si la crainte d'être trompé doit rendre attentif ; l'évidence qu'on ne l'est pas, doit déterminer à croire : & soutenir qu'une telle évidence est impossible, c'est outrager la Philosophie, démentir l'expérience, insulter l'Auteur de nos sensations, & vouloir mettre en combustion toute société.

A-t-on le moindre doute dans le cours ordinaire de la vie, si son contrat de mariage est signé, si tel acte est légalisé, si l'on a reçu des lettres de son correspondant ou non ? Doute-t-on si les tours de Notre-Dame ne sont pas plus hautes que l'Eglise, & si le Jardin des Thuileries n'est pas plus grand que celui du Palais-Royal.

» Beau raisonnement ! s'écrie ici votre Auteur, (p. 94.) vous croyez les Commentaires de César, pourquoi ne croiriez-vous pas l'Evangile ? Je dois donc croire aussi l'Alcoran. «

Oui, vous devez en croire l'existence, puisque les preuves en sont incontestables ; & même admettre ce qu'il contient, si les preuves en sont de la même force : c'est à vous d'examiner. Pourquoi Dieu vous a-t-il donné de l'intelligence, de la mémoire, de la sagacité, le desir du vrai, des moyens de le distinguer du faux ? Est-ce pour tout confondre, obscurcir ce qui est clair, assurer ce qui est problématique, douter où l'on doit croire, marcher où l'on doit s'arrêter ? Non ; l'esprit de discernement n'est dans l'homme que pour démêler par la voie d'une sage critique, la tare du mensonge, du sceau de la vérité.

» C'est ce que je fais, réplique ici votre Officier : je crois les Commentaires de César, parce qu'ils ne contiennent rien que de possible : mais s'ils me disoient qu'il a passé la mer à pied sec, je ne le croirois pas. «

Vous auriez raison, s'il ne vous donnoit pour preuve que sa parole, ni pour garant que son livre ; mais vous auriez tort, si vous en aviez été témoin. Qu'un Roi sous vos yeux passe une riviere avec son armée sur un pont, ou que les eaux se divisent pour le laisser passer à pied sec ; la configuration de vos yeux change-t-elle pour vous tromper sur l'un de ces deux spectacles ? Le nerf optique est-il moins affecté par l'un que par l'autre ? Les rayons du Soleil qui nous éclairent ici, vous donnent-ils là moins de lumiere ? N'êtes-vous pas même plus assuré du passage au milieu des eaux qui se divisent ? A peine regardez-vous celui du pont : mais une armée passer au fond d'une riviere, tandis que les aux suspendent leurs cours, c'est une merveille trop étonnante, pour ne pas mériter toute l'attention possible : & la vision appartenante à l'ame, la certitude de l'une, dépend donc de l'attention de l'autre.

Que voulez-vous donc dire en assurant que, témoin d'un côté d'un fait ordinaire, & de l'autre d'un miracle, vous croyez sans peine l'un, & refusez de croire l'autre ? C'est assurer que vous voyez moins ce que vous voyez mieux ; que votre certitude est moindre, où cependant elle est plus grande ; & que votre croyance se porte vers la moindre évidence : jugez dans quelle contradiction vous êtes avec vous-même.

De plus, les faits ordinaires qui se passent sous vos yeux vous échappent bientôt & font sur vous si peu d'impression, qu'à peine vous souvenez-vous le lendemain de ce que vous avez vu la veille. Mais si vous étiez témoin de la création d'une jambe ou d'un bras : si trois enfans jettés devant vous dans une fournaise ardente, en sortoient sans aucun dommage devant vous, ce miracle vous suivroit par-tout : dans cinquante ans vous l'assureriez encore ; un démenti vous révolteroit. Tant il est vrai que cette absurdité fanfaronne : *Je ne le croirois pas, quand je le verrois*, n'est que le vain désespoir d'une fausse Philosophie qui se voit à regret forcée dans son dernier retranchement. Non, ce n'est pas le dernier : il en reste encore un qui n'est pas moins foible que les autres.

5°. » La foi des hommes, dit votre Auteur, se trouve à la merci du premier fourbe adroit qui voudra les tromper. Car je défie tous les Théologiens Chrétiens de soutenir les miracles de Moïse & de J.C. par des raisons qui ne prouvent pas aussi fortement pour les miracles des Religions que vous regardez comme fausses : donc on doit rejetter comme faux tous les miracles. «

Quoi! tous? s'écrieroit ici le célébre Pascal : puisqu'il y en a de faux, tous ne peuvent pas l'être. Cette pensée, obscure au premier coup d'œil, est, pour qui réfléchit, d'une grande solidité : elle est fondée sur ce principe incontestable. C'est que la vérité est éternelle, & le mensonge a commencé. Celui-ci n'est que l'exclusion de l'autre, que par conséquent il suppose. Je défie qu'on me cite un mal que ne précéde pas la vertu qui lui est contraire ; tout vice dans un être est un néant de ce qui lui manque ; le réel qui manque, existe donc avant le vice. Jamais fausse Religion ne se feroit introduite sur la terre, si la véritable n'eût jamais paru. Il faut ou penser ainsi, ou regarder le Manichéisme comme nécessaire.

Sans l'idée antérieure d'un bon principe, celle du mauvais seroit impossible ; une copie défectueuse suppose toujours un original. Qui se seroit avisé de parler de faux miracles parmi les hommes, si l'expérience n'avoit donné la connoissance d'un véritable? S'aviseroit-on de promettre à qui que ce soit de le rendre immortel ? Non : l'expérience manque sur ce point. Mais on a trouvé de bons remédes à certains maux : des preuves multipliées ont gagné la confiance ; l'imposture a profité d'un préjugé vrai, pour accréditer de faux remédes : aussi le Charlatan n'est venu qu'après le Médecin. A-t-on vu de faux Apôtres avant les véritables, prêcher de faux Evangiles, avant que le vrai parût ? La fausse monnoie n'en suppose-t-elle pas une bonne, comme l'ombre le corps, & l'acte trompeur un acte contrefait ?

Cette Métaphysique, mon cher Chevalier, ne détruit-elle pas la proposition de votre Militaire : *Point de miracles qui ne soient faux ?* J'aimerois autant qu'il me dît : point d'acte de volonté qui ne soit vicieux ; point de lettre de change qui ne soit fausse ; point de tableau qui ne soit copie. L'embarras où nos Incrédules sont jettés par les miracles, leur a fait prendre le parti de les entasser tous dans la classe des faux ; sans penser que ce qui est feint, n'est jamais que l'imitation du vrai ; & que des miracles illusoires en supposent de vrais ; un imposteur ne ne se proposant jamais d'imiter des chimeres.

Mais, me direz-vous, ce ne sont ni des chimeres, ni des réalités qui donnent naissance aux faux miracles. On a vu dans des imbécilles un penchant pour le merveilleux; on en a profité, pour les jetter dans des illusions, dont on a sçu tirer bon parti.

J'entends; mais ce penchant d'où vient-il? L'Auteur de la nature auroit-il mis dans nous un penchant réel pour un être de raison? Qui jamais a desiré de voir une montagne sans vallée? Comment seroit-il possible qu'on eût un vrai penchant pour un merveilleux impossible? Si c'est parmi les possibles que vous le placez; voilà donc les miracles redevenus possibles, en dépit de votre systême. Et sur quoi fonderez-vous cette possibilité? sur la simple idée d'une puissance infinie? Mais cette puissance étant ainsi prise *in abstracto*, son idée me paroît bien abstraite pour des imbécilles; & comment la réaliser avec des mensonges? Dans le Chapitre des Miracles, comment les faux seroient-ils les premiers en date? Avant le langage du serpent, que je veux bien ériger en un prodige, des miracles sans nombre n'avoient-ils pas déja signalé le bras du Créateur? L'imposteur se glisse, le serpent parle, l'homme est séduit; voilà le germe de la magie, des sortiléges, des enchantemens, des faux miracles. L'unité de Dieu entraîne après soi l'unité de Religion; la premiere est la seule véritable: le mensonge en fabrique ensuite sur son modèle, mais en l'altérant: copies défectueuses qui se multiplient au gré des passions, & deviennent monstrueuses en se multipliant.

Mais qu'entends-je! De tous côtés on crie au miracle; toute la terre en retentit: les Devins, les Enchanteurs, les Magiciens, les Sybilles étonnent le genre humain; les uns par des prédictions, les autres par des prodiges: point de temple qui n'ait son oracle, point d'armée qui n'ait son Calcas, point de Nation qui n'ait ses Idoles, point d'Idole qui ne fasse des miracles: les Historiens les rapportent, les Poëtes les embellissent, les Philosophes les accréditent; des bœufs & des chiens parlent, des statues ont des sueurs de sang, un serpent chasse la peste, un rasoir coupe un rocher, une Sibylle emporte de l'eau dans un crible, le grand Sérapis, le puissant Esculape guérissent des malades, Pitagore montre une cuisse d'or, Abaris vole à travers les airs, Apollonius ressuscite un mort, Vespasien rend la vue à un aveugle, Brama, Sommonacodom, Mahomet se signalent par des merveilles contenues dans leurs Livres sacrés, célébrées par des fêtes, perpétuées par des monumens. Ici triomphe votre Militaire, mon cher M. » Oui je défie, dit-il d'un air satisfait, tous vos Théologiens de rien dire en faveur de leurs miracles, que je ne puisse dire en faveur des autres Religions.

J'honorerois trop un tel défi, mon cher M., en l'acceptant, & je rougirois d'un parallele dont les objets sont si prodigieusement disparates; un torrent de lumiere d'un côté; & de l'autre des nuages, ou tout au plus quelques sombres lueurs qu'on voit disparoître en s'en approchant. Mais je tranche tout d'un coup la difficulté par un principe qui me paroît incontestable: point de vrai miracle que dans la véritable Religion. Ne dégradons point le terme de miracle, en en revêtant des artifices ridicules, employés par l'imposture ; ou en honorant de ce titre des prodiges, qui, loin d'être vains & frivoles, sont étonnans, j'en conviens, & peut-être inexplicables. On doit regarder comme miracle toute dérogation subite aux loix connues de la nature, sans moyens, sans ingrédiens, par un simple acte de volonté : Or je défie à mon tour M^rs les Incrédules de citer hors de la vraie Religion un seul exemple d'un pareil évenement. Les allégations ne leur manquent pas, mais les faits sont si ridicules, & leurs preuves si visiblement insuffisantes, qu'on s'attireroit toutes les huées de la halle en les débitant. Quels garants citent-ils de leurs merveilles ? Un Tite-Live dont le récit même inspire des soupçons sur leur réalité ; un Valere Maxime qui déclare que c'est sur des bruits populaires qu'il les rapporte ; un Quinte-Curce, qui ne désire, en racontant des merveilles qu'il n'a pas vues, que d'intéresser son lecteur en l'étonnant ; un Suétone qui rapporte la guérison d'un aveugle & d'un paralytique par Vespasien, sans donner le moindre garant d'un fait que tous les critiques ont relegué dans la classe des impostures ; un Philostrates, qui postérieur de plus d'un siécle à son héros Apollonius, en tire l'histoire de mémoires qui ne sont visiblement qu'un tissu de fables & d'absurdités ; un Azoara, qui ne fait descendre la lune dans la manche de Mahomet, que pour s'en moquer : le Prophête avouant lui-même qu'il n'est pas suscité pour faire des miracles, mais des conquêtes.

Or, je le demande : un tissu de puérilités qui tombent d'elles-mêmes, appuyé sur des témoignages par eux-mêmes plus que suspects, est-il à comparer aux grands & magnifiques spectacles que nous donnent Moïse dans l'Ancien Testament, & JESUS dans le Nouveau ? L'un exerçant pendant quarante ans sur toute la nature un empire dont les effets si nombreux, si variés, si brillans impriment manifestement sur son front l'auguste caractere d'envoyé de Dieu ; l'autre prouvant qu'il en est le Fils par ce langage de Souverain qu'il adresse aux Démons qui fuient, aux vents qui s'appaisent, aux pains qu'il multiplie, aux aveugles qui voient, aux paralytiques qui marchent, aux morts qu'il ressuscite : le premier en présence de deux

Nations ennemies, dont l'une désarmée, confondue, terrassée par ces miracles, le regarde comme un Dieu; l'autre le suit comme un chef digne de confiance, l'écoute comme un Prophête inspiré, l'admire comme un puissant Thaumaturge, dont elle transmet les œuvres à ses descendans, qui nous en remettent le dépôt aujourd'hui: le second environné d'une multitude innombrable de témoins dans la Judée, la Galilée, la Palestine, témoins que sa bonté attire sur ses pas, que sa providence attache à sa personne, que sa sainteté remplit de respect; sa mort d'admiration, sa résurrection de joie, son ascension de confiance, & son esprit d'un zèle & d'une intrépidité si grande, qu'ils portent par-tout l'étendard de la croix, combattent sous son ombre, meurent à ses pieds; & par le plus grand des miracles, font éclorre de leur sang un nouveau monde, où l'humilité est une vertu, où la pénitence a des attraits, où les ennemis sont aimés & les persécuteurs benis, où la croix enfin triomphe au milieu des miracles de toutes les passions, & présente à l'Univers un Dieu au nom duquel tout genouil fléchit dans le Ciel, ſur la terre & dans les enfers.

Que Mrs les Incrédules viennent à préſent, s'ils l'oſent, étaler ici les miracles des autres Religions : qu'ils nous vantent leur ſerpent d'Epidaure, leur Brama, leur Sommonacodom ; & qu'ils déclarent s'ils croient ou non les merveilles qu'on leur attribue. S'ils ne les croient pas, que prétendent-ils donc en les vantant ? Décrier par-là nos miracles & leurs preuves ? Leurs ſtériles efforts ne font que leur donner plus d'éclat, par la confuſion dont les couvrent leurs mépriſables mépris. S'ils les croient, oh ! le titre d'eſprits forts ne ſçauroit leur être conteſté. Quelle force d'eſprit ne faut-il pas pour croire un tas d'impertinences qui n'ont ni témoins, ni preuves, ni garants, ni d'autres fruits que d'avilir la raiſon & déshonorer l'humanité ?

Je finis, mon cher Chevalier, en concluant que de quelque côté que ſe tourne votre Militaire pour combattre nos miracles, il s'expoſe aux reproches les mieux fondés d'être,

1°. Un Athée, puiſque déclarant les miracles impoſſibles, il attaque tous les attributs de Dieu, & par conſéquent ſon exiſtence :

2°. Un mauvais Dialecticien, puisqu'il prétend détruire des faits par des raisonnemens, au lieu de rectifier les raisonnemens sur les faits :

3°. Un Incrédule de mauvaise foi, puisqu'il ne veut croire des miracles que quand il les verra ; comme si l'on ne devoit croire que les faits dont on est témoin :

4°. Un aveugle sottement opiniâtre, en déclarant qu'il ne croiroit pas même les miracles qu'il verroit ; sans penser qu'il tombe dans le précipice qu'il veut éviter ; puisqu'au lieu d'un miracle qu'il voit, il est forcé d'en admettre plusieurs, pour prouver qu'il ne le voit pas :

5°. Enfin de tous les raisonneurs le plus mince, puisqu'il prétend mettre sur la même ligne les preuves des faux miracles qui sont sans appui, sans caution, sans authenticité ; & celles des vrais miracles, que la force des témoignages, la sincérité des Historiens, les attestations de tout l'univers élévent au plus haut dégré de certitude.

J'ai l'honneur d'être &c.

SIXIEME LETTRE.

Sur la Foi.

C'Est contre la Foi, mon cher Chevalier, que votre Auteur s'éléve dans ses XIII & XIVe Chapitres; soutenant dans l'un, que toutes les Religions se donnent elles-mêmes pour incertaines; & dans l'autre, qu'elles ne peuvent exiger une véritable croyance. Comment prouvera-t-il que la Religion Chrétienne se donne pour incertaine, elle qui se vante d'avoir le sein de Dieu pour source, sa Parole pour fondement, son Esprit pour guide, des Thaumaturges pour garants, les plus grands génies pour défenseurs, tous les siécles pour témoins de ses triomphes, & pour durée l'Eternité? Comment donc votre ingénieux Militaire remplira-t-il son engagement? Par un argument démonstratif contre la Religion, plus fort que les portes de l'Enfer qui ne peuvent prévaloir contre elle.

» Le Christianisme, ainsi que les autres Religions, dit-il, (p. 116) se contente de demander qu'on croie.

Or croire n'eſt qu'un acquieſcement conditionnel, qui ſuppoſe incertitude; donc la Religion ne demande qu'un acquieſcement conditionnel, & ſe donne pour incertaine. «

En fait de démonſtration, votre Auteur n'eſt pas heureux; puiſqu'il ne les forme le plus ſouvent que de trois propoſitions évidemment fauſſes. Venons à la premiere.

S'eſt-on jamais contenté dans notre Religion de demander qu'on croie? Que recommande-t-on avec le plus d'inſtance, ſinon de s'inſtruire, d'examiner, d'approfondir? *C'eſt avoir un cœur leger, que de croire facilement*, dit l'Ecriture. Pour ne pas être emporté par tout vent de doctrine, il faut s'établir ſur des principes ſolides, & ne croire qu'avec raiſon, lumiere & perſuaſion : l'obéiſſance aveugle n'eſt dûe qu'à Dieu; & n'obéir qu'à la vérité même, eſt-ce obéir aveuglément?

» Cependant, dites-vous, croire & ſçavoir ſont deux choſes bien différentes. Ce que l'on ſçait, on le voit, comme les vérités géométriques : & l'on croit ce qu'on vous dit, comme les dogmes des Religions : c'eſt donc ſur la parole de ſon Curé que l'on croit, parole fautive, trompeuſe, incertaine. «

Si par ſçavoir on entend ce coup d'œil de l'eſprit qui pénétre un objet, en analyſe les parties, en apperçoit tous les rapports, en développe les attributs, & porte enfin la lumiere de l'évidence dans ſes profondeurs ; je conviens que la ſcience & la foi ſont différentes, & que nous n'avons pas ſur les Myſteres cette eſpece de croyance qui réſulte de la connoiſſance exacte & parfaite d'un objet ſaiſi dans tous ſes points. Mais ſi l'on entend par ſçavoir l'intime perſuaſion où l'on eſt d'une vérité, dont on eſt aſſuré ſans le moindre doute, comme je ſçais qu'il exiſte une ville de Rome ſans l'avoir vue, un flûteur automate ſans en connoître le méchaniſme, une vertu électrique dans le verre ſans en pouvoir expliquer les propriétés ; dans ce dernier ſens, croire & ſçavoir ſont la même choſe : & dans le premier, notre croyance l'emporte de beaucoup ſur votre ſçavoir ; vos dégrés de certitude étant en raiſon de votre ſagacité, dont on doit ſe défier ; & les miens en raiſon de la véracité de Dieu qui n'a pas de bornes. Vous ne voyez qu'à la faveur d'une lumiere souvent trompeuse, & moi je crois sur une autorité toujours infaillible. Fût-on jamais plus en droit d'affirmer, que quand on a la Vérité même pour garant? Je suis donc aussi certain qu'il y a trois Personnes en Dieu, si Dieu même l'a dit, que vous l'êtes, qu'un point dans un quarré ne sçauroit être également distant de tous les points qui l'environnent; parce que votre certitude géométrique n'est pas plus évidente que mon axiome : Dieu ne peut pas tromper. » Mais vous ne croyez que Dieu a parlé, que parce que votre Curé vous l'a dit; en sorte que s'il vous eût dit dès l'enfance qu'il y a sept personnes en Dieu, & qu'il n'y a que trois Sacremens, vous le croiriez. «

Ici quel est le but de votre Auteur, mon cher Chevalier? C'est de faire sentir que toutes les Religions ont la même autorité; que cette autorité ne vient que de » la force de l'éducation, & des préventions que les enfans reçoivent par la ruse des Prêtres, qui s'emparent, dit-il, des premieres années de l'enfance, pour l'abreuver de fables grossieres & pernicieuses, qu'on donne avec un appareil imposant pour des vérités qu'on ne doit pas même examiner. « (p. 109.)

Pour arriver à son but, & raisonner juste, votre Auteur, M., auroit dû nous expliquer comment s'est formé ce complot de tous les Prêtres, pour accréditer dans l'univers la fable de la Trinité : ensuite dans quel siécle & par quelle ruse ils ont un beau jour enlevé tous les enfans, pour leur remplir l'esprit d'absurdités & former subitement une génération de Chrétiens. Quoi ! sans réclamation de la part des peres & meres ; sans opposition des Magistrats ; sans trouver de résistance ! Il falloit que ces premiers Prêtres fussent bien scélérats pour former le complot de duper ainsi tout le genre humain ; bien intrigans, pour faire sans bruit une si grande révolution ; & d'une trempe d'esprit bien singuliere, pour inventer des *extravagances* (c'est le terme de votre Auteur) telles que la Trinité, l'Incarnation, la Transsubstantiation, le péché originel.

D'un autre côté, je l'avoue, si l'on prenoit une douzaine d'enfans de quatre ans & qu'on leur dît, qu'il y a sept

Perſonnes en Dieu, & trois Sacremens, ils le croiroient:

Donc, ſi l'on croit aujourd'hui ſept Sacremens, & trois Perſonnes en Dieu, c'eſt une ruſe des Curés, qui abuſent de la foibleſſe des enfans, pour embarraſſer leurs têtes de mille ridicules préjugés: donc on ſe contente dans le Chriſtianiſme, comme dans les autres Religions, d'exiger que l'on croie. Il faut aſſurément, mon cher M., que votre Militaire prenne ſes lecteurs pour des enfans, ou de ſtupides automates, s'il s'imagine les duper par des démonſtrations de cette eſpece.

On ne peut nier que l'éducation n'influe beaucoup ſur la croyance, & que le conſentement qu'on donne aux différentes Religions, ne ſoit le fruit des premiers préjugés auxquels on reſte fortement attaché. Mais de la force de ces préjugés, en conclure leur illégitimité; de l'impuiſſance des enfans pour examiner, conclure qu'on n'imprime que des fauſſetés dans leur eſprit; de ce qu'on dit aux Chrétiens qu'il faut avoir la foi, conclure qu'on leur défend d'en examiner l'appui, d'en apprécier les motifs, d'en connoître les objets: il faut une patience d'ange, pour soutenir les ennuyeuses répétitions de pareilles inconséquences.

Si j'allois à Constantinople, à Siam, au Japon, dans la Chine, attaquer les diverses Religions, est-ce à l'éducation que je m'en prendrois? Irois-je leur dire: Vous avez tort de penser comme vous faites, parce qu'on vous a nourri dès l'enfance de ces fausses idées. Et vos Chrétiens, me répondroient-ils, ne sont-ils pas nourris dès leurs plus tendres années dans les faux systêmes qu'ils suivent? Voilà donc ce que toutes les Religions ont de commun; c'est que les enfans sont élevés, croissent & se fortifient dans la croyance de leurs Peres; ce qui ne décide ni sur la vérité, ni sur la fausseté de cette croyance. Mais plus juste dans l'attaque, & plus conséquent dans mes principes, je dirois aux Muphtis, aux Imans, aux Bramines: Voyons, ouvrez vos trésors de Religion; je vous ouvrirai les miens: quels sont vos dogmes, leur origine, leurs preuves, vos motifs de crédibilité, vos principes de morale, leurs conséquences pour la conduite, vos espérances pour l'autre vie, & vos craintes. Et comparant sur tous ces points vos façons de penser avec la nôtre, nous jugerons de quel côté ce contraste fera briller la vérité.

Tel devroit être le procédé de votre Militaire. Ce n'est ni la foiblesse des enfans, ni la tyrannie des maîtres qu'il doit attaquer; mais le Catéchisme lui-même. En l'ouvrant il y trouve le dogme de la Trinité; lui qui prêche tant la nécessité de l'examen, que n'examine-t-il d'où nous en vient la connoissance? Qu'il nous désabuse, s'il découvre que l'erreur en est la source. En remontant dans le cours du passé, il arrivera sur cette montagne d'où ont été prononcées ces étonnantes paroles, *Allez, baptisez les Nations au nom du Pere, & du Fils, & du S. Esprit.* Qu'il étudie avec soin & celui qui nous fait entendre ces admirables paroles, & ceux à qui elles sont adressées; les obstacles qu'elles ont rencontrées, leur triomphe de tous les préjugés, & l'attention scrupuleuse de dix-huit siécles à les défendre contre mille Sectes, à les conserver sans altération, à les transmettre dans toute leur intégrité. Si le dépôt de nos dogmes est entre les mains des Evêques & des Curés, n'est-il pas sacré pour eux-mêmes? Qu'un Ange du Ciel descende pour le corrompre, que de bouches s'ouvriroient de tous côtés pour lui dire anathême! Un Patriarche de Constantinople monte en Chaire, & parle contre un de nos dogmes : votre Militaire eût été bien étonné, s'il eût alors vécu, de voir des Laïques même s'élever & crier : anathême à Nestorius.

Quelle injustice ou quelle ignorance dans votre Auteur de regarder le peuple Chrétien comme un vil bétail qui se plie aveuglément sous le joug des Prêtres qui le conduisent au gré de leurs fantaisies ! tandis que le devoir des simples fidèles est non-seulement de croire, mais d'être instruits dans leur foi, pour la défendre, & de réclamer contre les Pontifes même, s'ils ont la lâcheté de la trahir : heureux le troupeau, s'écrie un S. Pape (Célestin), qui sçait juger des pâturages : *Beatus grex qui novit de pascuis judicare.*

» Mais si dans le Christianisme, reprend votre Auteur, on ne se contente pas de la foi ; si l'on est en état de donner de solides motifs de crédibilité ; pourquoi dans les Missions ne les présentent-on pas? « Ici votre Militaire peint avec les plus noires couleurs les Missionnaires, & sur-tout les Jésuites, qui n'emploient pour convertir, que l'obsession, la force, la ruse, des traits de Machiavélisme, les menaces, les récompenses, les punitions, &c.; avec de tels moyens, ajoute-t-il (p. 115), on auroit les mêmes succès par tout, prêchât-on les fables d'Esope.

Comme la conduite de nos Missionnaires ne m'est pas exactement connue, je ne dois être ici ni leur censeur ni leur apologiste. Mais est-ce de leur conduite qu'il s'agit, ou de leur devoir? L'ignorance des uns prouve-t-elle le défaut des bons moyens; la cupidité des autres en justifie-t-elle l'omission? Que la plûpart manquent ou de lumieres pour instruire, ou de sagesse & de sainteté pour édifier; (je serois fâché de le croire, & peut-être forcé de l'avouer:) mais que pourroit-on conclure de cet aveu au désavantage de la Religion? Pour l'attaquer avec succès, que faudroit-il prouver?

Le voici: C'est que nos mauvais Missionnaires se conforment à l'esprit du Christianisme, & que les meilleurs manquent de moyens pour persuader; mais c'est ce que n'entreprendra jamais de prouver votre Auteur, sur-tout s'il sçait que les Apôtres sont les vrais modèles de nos Missionnaires; & combien est abondant le trésor de lumiere que la Religion nous met entre les mains. Venons à sa mineure.

Croire n'est qu'un acquiescement conditionnel, qui suppose incertitude. Non, M., ce n'est point à cette définition que j'attache l'idée de croire. C'est là douter, c'est augurer, c'est présumer. Mais quand je dis, par exemple, je crois que M. le Militaire raisonne fort mal; je le crois, je vous assure, sans la moindre incertitude, mon acquiescement n'est pas conditionnel; je n'ai pas besoin d'une plus ample information pour en être parfaitement convaincu; & je sens que mon esprit, pour me servir de ses termes, n'a pas la liberté d'embrasser une croyance contraire.

Croire le vrai, préférer le vraisemblable à ce qui l'est moins, douter de l'incertain, se défier du suspect, rejetter le faux: tels sont les devoirs de la créature intelligente. Mais croire le faux, se défier du vrai, douter où l'on doit acquiescer, préférer l'incertain au probable, l'opinion à l'évidence; c'est renverser l'ordre, abuser de sa raison, & se rendre coupable. J'avouerai cependant que les vérités n'étant pas toutes d'une égale évidence, les dégrés dans la croyance varient en raison des dégrés de certitude, & ceux-ci, selon les impressions plus ou moins fortes sur l'ame. Qu'on me dise, par exemple, que deux nombres pairs joints ensemble formeront toujours pair, la lumiere dans mon ame ne peut être plus vive; ma certitude ne peut augmenter; aussi ma croyance est parfaite. Qu'on me dise dans la physique que la matiere est étendue: même impression sur mon ame, même certitude, même croyance. En est-il de même des vérités historiques? On est tenté d'abord d'embrasser la négative. D'un côté ce mêlange du vrai & du faux dans l'histoire effraie la raison; de l'autre la difficulté de les discerner laisse toujours un fond d'inquiétude dans l'ame: on craint de se tromper ou d'être trompé; mais la réflexion, quand on se donne la peine d'en faire, dissipe bientôt ces craintes, & fait sentir d'un côté qu'il est un vrai dans l'histoire qui n'entre pas dans le mêlange; & de l'autre, que la lumiere de ce vrai dans l'ame en bannit à l'inſtant toute inquiétude ſur la difficulté du diſcernement. Qu'on me diſe qu'il n'y a jamais eu de ville de Rome, ou bien que deux contradictoires peuvent être toutes deux vraies; mon ame eſt-elle plus flottante, plus inquiete, plus incertaine ſur l'une de ces propoſitions que ſur l'autre? Je n'ai jamais vu Rome; en croirois-je plus fermement l'exiſtence, ſi je la voyois? Non, je ſuis ſi certain que je ne puis pas être trompé ſur ce fait, que ma croyance à cet égard, quoi qu'en diſe votre Militaire, ne ſçauroit augmenter à l'infini. La vue de Rome feroit bien ſur moi une impreſſion plus vive, mais ſans rien ajouter à la certitude de ſon exiſtence. Si l'on me diſoit que Rome depuis ſa fondation juſqu'à préſent n'a jamais été qu'un Village gouverné par des Bourg-meſtres inconnus, balancerois-je un ſeul inſtant pour traiter d'ignorant ou d'inſenſé, quiconque me ſoutiendroit ſérieuſement une telle abſurdité? Non. Pourquoi ma force, ma fermeté, ma conſtance invariable ſur ce point? C'eſt que la croyance du contraire chez moi eſt fondée ſur des connoiſſances ſi lumineuſes & ſi déciſives, qu'elles ne permettent pas au moindre doute de les ébranler. Il est donc faux de dire comme votre Auteur, que croire sur le témoignage des hommes, c'est simplement acquiescer par provision, de maniere qu'on reste toujours incertain, toujours prêt à changer de sentiment.

» Quelle différence, s'écrie ici le Militaire (p. 120) entre des faits possibles & notoires, & ceux de la Religion, dont l'impossibilité physique ne peut être levée ni balancée par aucun témoignage! quand cent mille personnes, & cent millions de livres me diroient que le Louvre a été bâti en une heure, je le nierois nettement : & les contes des Prêtres sont encore plus improbables. «

1°. La comparaison de votre Auteur doit être rejettée pour l'absurdité de l'hipothèse qu'elle contient. Elle suppose que cent mille personnes pourroient s'accorder pour soutenir sans raison que le Louvre a été bâti en une heure : or un tel concert pour un fausseté de cette nature est aussi manifestement impossible, que celui de tous les Parisiens pour soutenir que Paris n'existe pas.

2°. Est-ce inattention dans le Militaire ou mauvaise foi d'omettre toujours dans ses comparaisons les traits nécessaires pour la justesse de leur application ? Suppléons à ce qui manque pour mettre en son vrai point de vue la difficulté. Si une seule personne se disoit envoyée de Dieu pour nous dire, non pas que le Louvre, ou tout Paris, mais que tout l'Univers a été construit en une minute ; & si, pour le prouver, il ressuscitoit un mort de quatre jours ; je soutiens que tout homme sensé doit le croire sans incertitude, & que sa croyance seroit fondée sur quatre Axiomes aussi évidemment incontestables que tous ceux des Mathématiques.

Ier Axiome : Dieu est tout-puissant ; or l'acte d'une volonté infiniment puissante suffit pour construire en un instant l'Univers : donc sa construction en un instant est possible.

IIe Axiome : Dieu ne peut pas tromper ; un Dieu menteur ne répugne pas moins au bon sens, qu'un cercle quarré.

IIIe Axiome : Un miracle, tel sur-tout que la résurrection d'un mort déja corrompu, eſt clairement l'ouvrage de Dieu, nul autre que lui ne peut l'opérer : c'eſt tellement la voix du Tout-Puiſſant, qu'en le voyant on doit croire que Dieu ſort de ſon ſecret pour parler aux hommes par le miniſtere de celui qu'il a fait l'inſtrument de ſa toute-puiſſance.

IVe Axiome : Dieu eſt infiniment ſage & bon ; il ne le ſeroit pas, ſi les yeux qu'il a donnés à l'homme pour voir, ne voyoient pas les objets qui ſont à leur portée : par conſéquent un cadavre qui réunit tous les ſymptomes de mort connus, il eſt impoſſible de ne pas le diſtinguer d'un corps vivant; & ſi ce mort à la voix d'un homme ſe léve & donne tous les ſignes de vie qu'on peut deſirer, il eſt encore impoſſible de ſe refuſer à l'évidence de ſa réſurrection, à la croyance d'un miracle.

Or, de ces quatre axiomes qui ſervent de fondement aux vérités les plus intéreſſantes pour le genre humain, ne ſort-il pas une lumiere auſſi vive, une certitude auſſi ferme, que des démonſtrations d'Euclyde? Connoît-on quelque garant plus ſûr que Dieu même? En croyant alors au Thaumaturge ge qui parle en ſon nom, ne fait-on qu'acquieſcer par proviſion, conditionnellement, toujours prêt à donner à Dieu un démenti ?

» Ces raiſons, reprend votre Auteur, (p. 121) ſont valables pour les témoins des miracles, mais je n'en ai jamais vu. «

A quoi, je vous prie, ſe réduira la croyance de l'homme, ſi reſſerré dans une ſphére auſſi étroite, il n'eſt tenu de croire que ce qu'il voit ? La langue & les oreilles nous ſont-elles données en vain ? Le beſoin où nous ſommes les uns des autres ne nous impoſe-t-il pas le devoir de nous parler, de nous écouter, & de nous croire réciproquement ? La néceſſité de la confiance entre les hommes n'eſt-elle pas démontrée par la néceſſité d'un bouleverſement total, ſi malheureuſement elle étoit anéantie ? Que l'intérêt rende quelques hommes capables d'en tromper d'autres, l'expérience ne le prouve que trop ; mais n'eſt-il pas abſolument impoſſible que des milliers d'hommes ſacrifient leurs plus précieux intérêts pour ſe laiſſer duper, & s'accordent, ſans aucun avantage, pour jetter les autres dans la même erreur? Cette propofition fourniroit un cinquiéme Axiome, pour déterminer à croire fans la moindre héfitation.

Qu'un fait foit furnaturel ou commun, fa preuve ne fera jamais que naturelle. Si les habitans de Bordeaux voyoient la Garonne remonter vers fa fource, ne la verroient-ils pas avec les mêmes yeux qu'ils la voyoient couler vers la mer? Et pourroit-il fe faire que, fans avoir été témoins de cette merveille, ils s'accordaffent tous pour l'attefter à l'univers? Et fi leur concert pour l'attefter étoit unanime, le refus de les croire, fous prétexte qu'on ne l'a pas vu, ne feroit-il pas évidemment déraifonnable? Les organes des Provinciaux valent bien ceux des Parifiens, & les yeux des Juifs ceux des François. L'impoffibilité phyfique de paffer la mer rouge à pied fec met de votre côté, je l'avoue, un poids confidérable dans la balance; mais fi je mets de l'autre la main du Tout-Puiffant avec les atteftations de fix cent mille témoins très-clair-voyans, très-intéreffés à l'être, & très-défintéreffés dans le ferment qu'ils font; oppofant alors à votre raifon de phyfique deux demonstrations, l'une métaphysique, & l'autre morale, ne verrai-je pas la balance se précipiter de mon côté? Et ne dois-je pas croire le passage de la mer rouge aussi fermement que si je l'avois vu?

Je le veux bien, replique votre Auteur; (p. 121.) & c'est sa derniere ressource. » Mes sens alors par leur autorité l'emporteront sur mon raisonnement quant aux choses surnaturelles, mais non pas pour des impossibilités métaphysiques, telles que la Trinité, l'Incarnation, la Transsubstantiation, le péché originel &c. sur lesquelles ni mes sens ni ma raison ne m'apprennent rien. «

Les Mysteres, je l'avoue, mon cher Chevalier, sont au dessus de notre raison, & ne donnent aucune prise à nos sens: aussi faut-il distinguer les motifs de crédibilité, des objets de la foi. Les uns sont fondés sur l'évidence, les autres sont cachés dans le sein de Dieu. Mais si Dieu lui-même nous dit qu'ils y sont; n'est-il pas en droit d'exiger qu'on le croie sur sa parole? Qu'à Paris on se parle à la distance de 300 pas par le moyen de deux cadrans dont les aiguilles, malgré l'éloignement, suivent le mouvement l'une de l'autre sur les Lettres de l'alphabet rangées à l'entour; c'est un fait qu'on assure; mais ce phénomène, s'il est inconnu à Stockholm, seroit un mystere pour ses habitans, qui ne manqueroient pas de dire: nos sens & notre raison répugnent pour admettre comme certain ce qui nous paroît impossible. Je suppose que cinq cents Lettres partent de Paris, pour attester aux Suédois le fait, sans l'expliquer; cette raison d'autorité ne suffiroit-elle pas pour faire au moins entrer les habitans de Stockholm en défiance de leurs lumieres, & leur faire regarder le phénomène comme possible? Ajoutons à présent le trait essentiel. Si la croyance d'un tel fait étoit nécessaire pour le salut des Suédois, & que Dieu, pour le prouver, permît que ces cinq cents Lettres appliquées sur des paralytiques, des aveugles & des boiteux les guérissent subitement: les incrédules à Stockholm, seroient-ils excusables de se refuser à des motifs de crédibilité si persuasifs, quoiqu'ils ne comprissent rien aux principes d'un mouvement qui les passe? Tels sont les mysteres à notre égard : ils confondent nos idées, & déconcertent la raison. Mais l'ombre de Saint Pierre qui les croit, les mouchoirs de S. Paul qui les prêche, guérissent les malades, chassent les démons, opérent enfin les plus grandes merveilles ; en faut-il davantage pour plier notre entendement sous le joug de la foi? Mais pourquoi ce joug? Ah! loin de nous en plaindre, ne devons-nous pas nous en féliciter? Sans ce joug heureux, que deviendrions-nous? On nous verroit sans cesse errer au gré des opinions humaines : tantôt courant après des atomes, tantôt nous précipitant dans des doutes éternels : matérialisant les esprits, spiritualisant les corps ; Déistes aujourd'hui, demain Spinosistes ; trouvant tout bien avec les uns, décriant tout avec les autres ; sans principes sur l'homme, sans connoissance de ses devoirs, sans vues sur l'avenir... Mais grace à la révélation, notre ignorance est dissipée par la lumiere de la foi, & notre inconstance fixée par l'ancre immobile de la vérité : l'embarras des recherches toujours vaines, & souvent pénibles, nous est épargné ; & le cahos des extravagances humaines ne porte son trouble & ses désordres que parmi nos adversaires, dont les contradictions & les absurdités nous offriroient un spectacle amusant, si la foi qui nous dévoile l'aveuglement où ils sont & l'abyme où ils courent, ne nous apprenoit à les plaindre.

Sans le joug de la Foi, la Religion ne nous présenteroit donc rien d'incompréhensible. Une Religion sans mysteres, ou un Dieu avec des bornes, n'est-ce pas la même chose ? La nature est un labyrinthe, où nous nous égarons ; & la Religion seroit une plaine, où notre raison se promeneroit à l'aise sous un Ciel sans nuages, sur une mer sans écueils, maîtresse des vents, dirigeant à son gré sa course, & mesurant tout jusqu'à la Divinité. Oh ! je ne veux point d'une Religion où la lumiere ne vienne que de moi ; mes ténebres me sont trop connues pour m'y fier ; & le cri de ma foible raison ne s'éleve que pour demander un guide & déclarer qu'elle ne voit pas clair.

Ici la Foi vient à son secours, & lui présente d'une main un flambeau dont l'éclat est vif & la lumiere sûre :

mais de l'autre elle lui montre des chemins escarpés, une montagne ténébreuse, où sont cachés des trésors inconnus, mais d'un prix infini, qu'on ne peut obtenir qu'en y courant avec une obéissance aveugle & le plus grand courage. Hé bien! ce guide me venant du Ciel, & son flambeau ne pouvant s'éteindre, l'obéissance ne doit rien me coûter, les ténebres de la montagne ne doivent pas m'effrayer; marchons.

Pourquoi, dites-vous, ce joug de la Foi? Pour plier l'homme rebelle, & punir chez lui l'abus de la raison par la peine attachée à son sacrifice. Quoi! vous voudriez que l'homme qui dans l'état d'innocence n'a pas voulu s'en rapporter à son Créateur, arrivât à sa possession, sans donner des preuves d'une soumission parfaite à sa parole? Vous voudriez que des ténebres du péché, il fût transporté tout d'un coup dans le sanctuaire de la lumiere, sans passer par le milieu si nécessaire d'une clarté sombre, qui d'un côté l'éclairera suffisamment, & de l'autre ménagera sa vue & la fortifiera, pour la mettre en état de soutenir l'éclat de l'Eternelle Vérité. Pour moi j'admire la bonté de Dieu de se contenter d'un sacrifice aussi raisonnable que celui de notre raison, pour en expier l'orgueil; & de nous faire passer par la plus douce des épreuves, celle de le croire quand il parle. Croire l'homme le plus vrai sur sa parole, c'est risquer: mais quand il s'agit de croire la Vérité même, la crainte du risque n'est-elle pas un crime? Quelqu'étonnant que soit son langage pour notre raison, est-elle assez forte pour lui donner un démenti? Qui sommes-nous, pour lui dire qu'elle a tort? Si même elle daigne se révéler à nous, peut-elle ne rien dire qui ne soit à notre portée? Un langage tout humain sied-il dans la bouche d'un Dieu? Notre foi ne seroit-elle pas peinée du défaut d'épreuve? Et la vérité daignant descendre jusqu'à nous, quel trône lui convient mieux qu'un nuage?

Vous voyez donc, mon cher M., que les difficultés qu'on oppose à notre foi ne lui fournissent que des appuis: son obscurité fait sa force, elle chanceleroit dans un chemin tout de lumiere; & la raison, loin de lui faire tort, lui dit au contraire de ne mettre aucunes bornes à sa véracité, pour la mettre en proportion avec la véracité sans bornes de son éternel garant.

Quels paradoxes par conséquent, ou plutôt que de miseres dans votre Libelle, qui prétend que la Religion Chrétienne se donne elle-même pour incertaine, & ne peut exiger une vraie croyance? C'est au contraire à la Religion seule qu'appartient la certitude absolue: l'inébranlable croyance n'est le partage que de ses partisans: partout ailleurs je ne vois qu'embarras, ténebres, obscurités: que de méprises dans les arts! que d'erreurs dans les sciences! que de mensonges dans l'histoire! que de contradictions dans la Jurisprudence! que de bévues grossieres dans la Politique! quelle ignorance en Médecine! que de progrès à faire dans l'Anatomie! quelle foiblesse dans notre Physique! quel labyrinthe que la Chronologie! que de vaines conjectures dans l'Astronomie! qne de variations dans la Géographie! que de faussetés dans les sciences occultes! que de folie dans la cabale! que d'écrits pour & contre sur l'ame des Bêtes! que d'incertitudes sur les propriétés des plantes, l'usage des fossiles, les vertus des mineraux! que de disputes même dans les Mathématiques sur l'angle de contact, la nature & les proportions des forces, les indivisibles sur une ligne, sur un point! que de divisions dans toutes les Sectes! quel vuide dans tous les systêmes! en un mot le monde sçavant ne me paroît peuplé que d'aveugles & de boiteux, dont les uns sont enchantés des dissertations qu'ils font sur les couleurs, & les autres sont fiers de leur démarche toujours chancelante. Opinions, problêmes, conjectures, craintes, défiances, inquiétudes; tout cela joint à beaucoup d'orgueil; voilà, mon cher M., l'apanage de la raison humaine. Mais dans la Religion, quelle différence! On ne marche que sur un terrein solide, que d'un pas ferme; qu'à la lumiere de la vérité: les routes les plus difficiles sont également sûres: un Dieu qui parle, qui conduit & qui soutient, inspire une confiance que rien n'ébranle. Aussi quelle certitude dans cet Homme fameux qui consacre un siécle de travaux pour la construction d'une Arche! Quelle certitude dans ce Pere qui lie son Fils unique sur un bûcher, & mérite si bien le titre de Pere des Croyants! Quelle certitude dans cette foule de Patriarches & de Prophêtes, dont les uns voyant par-tout l'Invisible, marchoient sous ses yeux, sans se détourner du chemin que la Foi leur traçoit; d'autres dociles à la voix céleste qui les appelloit, ont conquis des Royaumes, rempli toute justice, fermé la gueule aux lions, arrêté la violence du feu, évité le tranchant des épées, mis en fuite des armées, ressuscité des morts; d'autres, convaincus d'une meilleure vie après la résurrection, ont souffert les moqueries, les fouets, les chaînes, les prisons, errants dans les déserts, cachés dans les cavernes, persécutés, lapidés, sciés, éprouvés en toute maniere! Quelle certitude dans ce nombre prodigieux d'Apôtres, de Docteurs, de Confesseurs, de Martyrs, de Solitaires, jeunes & vieux, riches & pauvres, Veuves & Vierges, Evêques & Soldats, simples & sçavans, dont les uns ont édifié le monde par le spectacle de toutes les vertus, les autres l'ont étonné par le sacrifice des plus grands intérêts! Les petits sophismes de votre Militaire ne vont-ils pas échouer au pied de deux mille échafauds teints du sang d'un million de victimes qui certainement ne s'y seroient pas laissés immoler pour des opinions vagues, fondées sur des bruits confus, étayées de vaines promesses ou de menaces incertaines : concluons que votre Philosophe parle de la raison, comme un ignorant orgueilleux, qui n'en connoît ni la foiblesse ni la force ; de la Religion, comme un enfant qui ne sçait pas son Catéchisme ; & de la Foi, comme un aveugle qui veut apprécier un tableau.

J'ai l'honneur d'être &c.

SEPTIEME LETTRE.

Sur les Livres Saints & le Ministere des hommes.

DEs Livres peuvent-ils être inspirés de Dieu ? Des hommes peuvent-ils parler en son nom ? C'est là, mon cher M., ce qu'examine votre Auteur dans ses XVe & XVIe Chapîtres, en concluant pour la négative qu'il établit sur ces deux Argumens.

I. *Argument*. Les moyens sont proportionnés à la nature & aux attributs de celui qui les emploie :

Or des livres & des discours ne sont pas proportionnés aux attributs de Dieu; donc, &c.

II. *Argument*. Dieu prend toujours les voies les plus courtes & les plus simples :

Or des livres & des discours ne sont pas, &c.; donc, &c.

Vous voyez que c'est dans l'un & l'autre même objet, même principe, même conséquence; aussi votre Auteur auroit-il aussi bien fait de n'en faire le sujet que d'un seul Chapitre, comme je n'en ferai celui que d'une Lettre.

La majeure du premier Argument est fausse. Ce n'est pas sur les attributs de celui qui agit, mais sur la fin qu'il se propose, que doivent être proportionnés les moyens. Une Ville se révolte contre son Souverain; tous les habitans supposés coupables, le Prince ne doit à tous que des châtimens: il veut punir les uns & pardonner aux autres. Il est bon, sage, juste & puissant. Est-ce sur ces qualités personnelles qu'il réglera le choix des moyens, ou sur le dessein qu'il a formé? N'est-il pas visible que c'est son but qui doit déterminer son choix.

La mineure fait pitié: *Or des livres & des discours humains ne sont pas des moyens proportionnés à la sagesse, à la puissance, à la justice de Dieu.* Et c'est un insecte rempant sur la terre, qui ose tenir un tel langage! Quelle connoissance avons-nous des perfections de Dieu, pour exclure ou pour admettre tels ou tels moyens dans l'exécution de ses desseins? Avons-nous oublié qu'un Etre infiniment libre, absolument indépendant, quelque choix qu'il fasse, n'est ni moins sage, ni moins juste, ni moins puissant? Qui sommes-nous pour donner des leçons au Souverain Etre? Avec quel compas avons-nous pris les dimensions de la Divinité, pour décider ce qui convient à sa sagesse, ou répugne à sa justice?

Dans le second argument, la majeure est équivoque: *Dieu prend toujours les voies les plus simples.* Sont-ce les plus simples à ses yeux ou aux nôtres? La plus grande simplicité des moyens à choisir nous est-elle bien connue? Ceux qui nous paroissent les plus simples & les plus courts, ne seroient-ils pas pour Dieu les plus longs & les plus compliqués? La distance du Ciel à la terre ne seroit-elle pas une mesure infidèle entre ses vues & les nôtres? Et quelle est la créature en droit de régler la marche du Créateur, de décider de ses devoirs, de censurer sa conduite, & de lui dire: A votre place, je m'y serois pris autrement?

Pour la mineure, qu'un homme sensé, dit votre Auteur (p. 131), ne peut pas rejetter, je ne conçois pas comment un homme de bon sens ose l'avancer. Quelle étrange témérité de foutenir que les livres & les difcours ne font pas pour Dieu la voie la plus fimple pour inftruire les hommes! D'abord le fait décide. Il faut que cette voie foit la plus fimple puifque Dieu l'a employée: de plus, comment juger qu'une voie pour Dieu eft plus fimple qu'une autre, fans connoître l'étendue de fes deffeins? Et qui peut fur la terre fe flatter d'embraffer le plan du Créateur fur le genre humain? Mais en recueillant même les traits de ce plan qui nous font connus, ne nous eft-il pas facile de juftifier aux yeux des incrédules la fageffe de la conduite de Dieu, & la fimplicité de fes voies? Cet affemblage de traits me paroît d'autant plus néceffaire, qu'on en verra fortir une réponfe à toutes les vaines difficultés que votre Militaire entaffe & répete dans le refte de fon ouvrage; difficultés fondées fur l'obfcurité des livres prétendus infpirés, fur les contradictions de leurs commentateurs, fur l'impoffibilité de la plupart des hommes pour les connoître, les avoir & les entendre, fur l'obligation de lire tous les livres, & d'entendre les Prédicateurs de toutes les Religions, fi cette obligation eft réelle à l'égard d'un seul livre ou d'un seul Prédicateur; sur l'inutilité de ces livres, dont la lecture n'est ni possible aux uns, ni intelligible pour les autres, ni d'obligation pour personne; sur l'artifice & la tyrannie des Prêtres qui n'ont fabriqué ces ouvrages, & ne les ont remplis d'idées effrayantes sur la Divinité, que pour rendre les hommes plus dociles à leurs ordres. Telles sont les objections que tourne & retourne sans cesse votre Auteur contre les Livres saints, & qui trouveront leur solution dans les principes lumineux d'un corps de doctrine, dont la connoissance est nécessaire, & dont la chaîne va nous conduire à des conséquences bien différentes de celles de votre Militaire.

Tous les hommes de toutes les Religions, de toutes les Sectes, de tous les temps sont d'accord sur deux vérités, dont votre Auteur, quelque Pyrrhonisme qu'il affecte, convient lui-même. La premiere, c'est que Dieu est infiniment bon, juste, sage & puissant. La seconde, c'est que les hommes naissent dans la misere & les larmes, vivent dans la peine & les souffrances, & meurent dans la crainte &

la douleur. L'évidence de ces deux vérités me dispense de la preuve, ne permettant pas la contradiction; mais l'obligation de les conserver toutes deux, l'impossibilité de les accorder, & la nécessité de les concilier, ne sont-elles pas d'une égale évidence? L'homme malheureux sous un Dieu bon; souffrant & condamné à mort sous un Dieu juste, dans le désordre sous un Dieu sage, plein d'imperfections sous un Dieu puissant, n'est-ce pas là, M., une de ces énigmes dont on ne peut ni désavouer l'obscurité, ni donner l'explication, ni révoquer en doute l'importance? Pourquoi M. le Militaire affecte-t-il toujours de mettre à l'écart une question qui, pour l'intérêt, l'emporte sur toutes les autres, & qui doit être la premiere en date en fait de Religion? Cette affectation ne seroit-elle pas l'effet de sa prudence? L'embarras qu'il prévoit & veut s'épargner, n'en seroit-il pas le principe? La crainte de voir trop clair ne lui fait-elle pas détourner les yeux d'un nuage, dans lequel il soupçonne au moins que le soleil pourroit être caché? Ecartons le nuage, & ne craignons pas la lumiere. Ou l'homme eſt innocent ou coupable ; point de milieu : S'il eſt innocent, pourquoi ſouffre-t-il ? Dieu eſt juſte : S'il eſt coupable, comment l'eſt-il ? Dieu n'eſt-il pas auſſi puiſſant que ſage ? Je ſouffre en recevant l'être : l'être eſt-il un crime ? Non : l'être eſt un bien, & le crime un mal : un Dieu bon peut donner l'un, mais jamais l'autre ; d'où vient donc le mal dans moi, même avant l'idée du mal ? Si le crime eſt dans mon Pere, il eſt dans ſa volonté ; mais ſa volonté n'eſt pas la mienne ; qu'il ſoit puni, c'eſt l'ordre. Mais n'eſt-ce pas une injuſtice que je le ſois ? Ma volonté dans ma naiſſance eſt enchaînée : je ſuis donc pur, & je pleure. Je ne comprends rien ni dans Dieu qui m'a fait, ni dans moi qui ſuis ſon ouvrage : & le nuage au lieu de ſe diſſiper, ne fait que s'épaiſſir. Je ſuccombe ſous le poids de deux vérités que je ne puis ni rejetter ſans folie, ni concilier par la raiſon. O vous ſages de l'antiquité, Philoſophes de tous les ſiécles, venez à mon ſecours, aidez-moi de vos lumieres ; expliquez-moi pourquoi je ſuis pour moi-même inexplicable, pourquoi tant de grandeur dans moi, juſqu'à deſirer l'infini, & tant de foiblesse, jusqu'à ramper dans la poussiere; m'élançant vers le bonheur, & me roulant sur des épines; attaché fortement à la vie, & rapidement entraîné vers la mort; en proie à mille maladies, & ne soupirant qu'après mon bien-être; le jouet de mille inquiétudes, & ne cherchant que le repos; ignorant tout, & voulant tout sçavoir; jaloux de la paix, & déchiré de remords; impétueux dans mes desirs, & dégoûté de la jouissance? J'ai sûrement des devoirs, & je crains de les connoître: les connois-je; je ne veux pas les remplir: en ai-je l'envie; la force me manque: tout m'est à charge; mon corps, dont les ressorts s'usent, & les organes s'affoiblissent; mon esprit, par un cahos de pensées qui se contrarient, mon imagination, par mille fantômes qu'elle tire du passé ou réalise dans l'avenir; mon cœur, par un vuide qui le fatigue & des efforts toujours stériles pour le remplir; ma mémoire, en me rappellant des parens, des amis que je cherche en vain, & dont la destinée dans le tombeau m'annonce la mienne; ma conscience, dont le cri souvent me désole & dont le silence même quelquefois me fait trembler. Ainsi donc toutes les facultés de mon ame conjurent dans son sein contre elle, & me feroient presque desirer de n'en point avoir. Non, je me trompe; je me sens par elle au dessus de la nature, supérieur à tout ce qui m'environne, plus grand que tout l'univers. La vérité m'appelle, & je vole vers elle; la vertu m'enchante, & je l'embrasse; la justice me ravit, & je veux vivre sous son empire; l'infini m'étonne, & c'est pour lui que je me sens né: mais hélas! si je suis tel pendant une heure, que suis-je l'heure d'après? Chancelant dans mes grandes espérances, absorbé par de petites inquiétudes, d'une avidité prodigieuse pour des biens que je vais perdre, d'une indifférence monstrueuse pour un trésor qui semble reculer devant moi, importuné par la vue du devoir, pressé par le temps qui va me manquer, & toujours dans les délais quand il faut agir. O Ciel! au moment que je me reléve, je retombe, & m'élance l'instant d'après. D'où vient donc dans moi ce flux & reflux de desirs vastes & frivoles, d'idées basses & grandes, de sentimens sublimes & rampans? Philosophes, parlez.

A mes plaintes, à mes cris point de réponse : la Philosophie ou se tait, ou fait plus mal encore. Elle s'agite, s'échauffe, & dans la fermentation des esprits que son orgueil enivre, elle me donne des systêmes pour des démonstrations, des hypothèses pour des axiomes, des absurdités pour des oracles, des conjectures pour des faits, des fantômes pour des réalités : à qui donc m'adresserai-je ? ... Une voix dans l'antiquité se fait entendre : écoutons ?

Dieu a créé l'homme dans l'innocence, & lui a donné intelligence, amour & liberté. L'homme libre a désobéi à son Créateur : le péché par son crime est entré dans le monde, a corrompu la nature humaine dans sa source, & a tellement vicié tout l'être de notre premier pere, que par le plus grand des malheurs, tous ses enfans naissent & ne peuvent naître que dans l'iniquité. Seroit-ce donc là le mot de l'énigme ? D'où part cette voix ? Du milieu d'un peuple nombreux, attentif, existant encore : peuple singulier, dont le Chef & l'histoire réunissent, l'un tous les traits d'un envoyé de Dieu, & l'autre tous les caracteres de vérité qu'on peut desirer : ayant cet oracle & depuis, rien n'arrive sur la terre qui ne le confirme. Le premier des pécheurs a-t-il un Fils, c'est un monstre qui tue son frere : la femme enfante-t-elle, c'est dans la douleur : naît-il un enfant, c'est dans les larmes : se regarde-t-on les uns les autres, c'est d'un œil jaloux : s'approche-t-on, c'est en tremblant : les passions prennent l'essor, le fer s'aiguise ; on s'arrache le pain, les yeux & la vie. Avec les familles les crimes se multiplient : pas un seul rejeton qui ne soit infecté de la séve empoisonnée du premier arbre. Le péché ayant élevé un mur entre l'homme & Dieu, l'un perd l'autre de vue, & va chercher des Dieux dans ses semblables, dans ses passions, dans son étable, dans son potager. Le propre du crime étant d'aveugler, que respecteroit-on dans les ténèbres ? Le nom seul de la pudeur se conserve. Le corps de l'homme, vrai chef-d'œuvre, est déshonoré par les excès d'une concupiscence sans loi ; & pour mettre le comble aux outrages qu'on fait à la nature, on en triomphe. La guerre vient ; quel fléau ! la terre tremble ; quelle horreur ! des volcans vomissent des feux ; quelle épouvante ! l'or se découvre ; quel germe de maux ! point d'art qui ne devienne meurtrier ; point de science qui ne fournisse son poison ; point de vice qui n'ait son école ; point d'âge sans sa misere ; la discorde dans toutes les villes ; des maladies dans toutes les maisons ; la mort à toutes les portes. La mort ! pourquoi vient-elle détruire le maître du monde ? D'où sort-elle ? Le néant de la vie ne sçauroit être l'ouvrage du Dieu vivant : le péché qui est le néant de l'ordre, a pu seul l'enfanter. Dans ces diverses générations qui disparoissent, je ne vois donc que des chaînes de criminels qui tâchent de s'étourdir sur leurs malheurs, & subissent tôt ou tard l'arrêt de mort prononcé contre eux. Qu'est-ce donc que la terre, si ce n'est un vaste cimetiere, où le péché d'origine grave dans tous les coins son empreinte, marque par-tout ses victimes, & compte par les êtres vivants les tributs qu'il paie à la mort ? Un premier péché ne peut donc pas plus se nier qu'un premier homme ; ni les influences de l'un, plus que la communication de la nature de l'autre. Voilà donc l'explication de l'enigme.

Les

Les chefs du genre humain se sont rendus coupables : l'innocence n'étant plus dans eux n'a pas pu se transmettre ; on ne donne que ce qu'on a : ils ne pouvoient communiquer l'être que tel qu'ils l'avoient, c'est-à-dire, vicié dans son fond, dépravé dans ses penchans, frappé de l'anathême, tributaire de la mort. De là cette masse de calamités qui, depuis l'époque du désordre, accable le genre humain. Voilà le mystere dévoilé, mystere si peu obscur, si sensible même pour la raison, que je ne comprends pas comment les grands génies du Paganisme n'ont fait que le soupçonner,

Je ne suis plus surpris de l'opiniâtreté de M^rs les Incrédules, pour soutenir que tout est bien, que l'homme est à sa place, que la perversité originelle est une chimére, que les maux sont des biens, que l'ignorance est un avantage, que la mort est dans l'ordre, que les crimes même contribuent à la beauté du tout, & sont d'heureux ingrédiens qui doivent entrer dans l'arrangement de l'univers.

Ces M^rs ont assez d'esprit pour sentir qu'une conspiration contre la Religion étoit une folle entreprise, s'ils ne s'appliquoient à sapper l'édifice par le fondement : de là leurs efforts si multipliés contre le péché d'origine : de là ceux de nos Apologistes si victorieux pour en maintenir la croyance. Le *Militaire Philosophe* s'est bien gardé d'en faire le sujet d'un de ses Chapitres. Content de quelque froides saillies sur cet objet, il a craint d'ouvrir une brêche à son systême, & de présenter le côté foible par où tout s'écroule, & rend la place si facile à renverser. En effet, le péché d'origine une fois admis, vous allez voir, mon cher M., toutes les objections s'en aller en fumée.

Tous les hommes étant coupables, nulle injustice dans leur punition : le vice de leur naissance prononce l'arrêt de leur condamnation. Mais quoi! tous périront-ils? Déja malheureux d'être nés, ne naissons-nous tous que pour être encore plus malheureux? Dieu qui voit les enfans des hommes, les voit-il tous d'un même œil? Les laissera-t-il tous dans la masse de corruption? Les en tirera-t-il tous? Sa bonté ne s'oppose-t-elle pas à l'un, & sa justice à l'autre? Non : il n'en seroit pas moins bon, quand tous les pécheurs seroient punis ; ni moins juste, s'il faisoit grace à tous. Quel est donc le plan du Créateur sur le genre humain ? Sa destination m'intéresse trop, pour que je reste dans l'inaction ou l'indolence à cet égard. Mais qui m'ouvrira le sein de la Divinité, pour que j'y parcoure l'ordre de ses éternels Décrets ? C'est là qu'est écrit le sort de chacun des hommes : & quel autre œil peut y lire, que celui de Dieu ? Me voilà donc replongé dans des ténebres que ma raison ne peut ni soutenir ni dissiper. Cependant à la faveur de sa lumiere j'entrevois une issue pour sortir de cet abyme : suivons-la.

Je vois sur la terre (& mon évidence sur ce point est parfaite) je vois des bons & des méchans ; le vice & la vertu, je n'en puis douter, se partagent les hommes entr'eux : il y en a qui portent un tel fond de perversité dans leur esprit, & de corruption dans leur cœur, que leur langage & leur conduite ne permettent pas de douter de leur état : il en est d'autres qui ne se portent qu'au bien, fuyant jusqu'aux apparences du mal, fidèles à tous leurs devoirs ; irréprochables en tout point : leur nombre est plus petit, mais il y en a. Si, parcourant les fiécles paſſés, je remonte avec le fil de l'hiſtoire juſqu'au premier âge du monde, je vois s'élever dès le commencement deux cités bien différentes, dont Caïn & Abel ſont en quelque ſorte les fondateurs : tous les hommes prennent place dans l'une ou dans l'autre. Le cœur de l'homme ne ſçauroit ſervir deux maîtres ; il n'y a pas trois arbres, je n'en connois que deux, l'un bon & l'autre mauvais. Il eſt vrai que dans la cité des méchans l'iniquité n'empêche pas des apparences de vertu, comme la vertu dans l'autre n'en bannit pas toute imperfection. Il ne nous appartient pas d'aſſigner à chacun la place qu'il mérite : ſçait-on ſoi-même ce que l'on eſt ? Mais je pars d'un axiome qui me paroît évident ; c'eſt que le fond d'un cœur ne ſçauroit être vertueux & vicieux en même temps : on peut bien paſſer d'une claſſe dans l'autre, mais appartenir aux deux à la fois, cela n'eſt-il pas clairement impoſſible ? Je ſçais qu'aux yeux de nos ſemblables nous préſentons tous un mélange de bien & de mal, de vices & de vertus ; mais dans la balance du ſanctuaire le poids du cœur décide, l'amour forme ce poids, & l'objet de l'amour en fait le prix. Les diverses nuances de la justice & de l'équité dans nous, peuvent occasionner sur notre compte des jugemens faux de la part des hommes, qui ne voyant pas le cœur, ne peuvent démêler à qui son empire appartient; mais celui qui sonde l'abyme des cœurs peut-il s'y méprendre, ou voir dans le même homme le triomphe du mensonge & de la vérité, & deux amours incompatibles dominans tout à la fois? Non; nous marchons tous sur les pas de Caïn ou d'Abel. Qui n'est pas dans la justice, est dans l'iniquité. Croirai-je tous les hommes méchans, & traiterai-je d'hypocrites quiconque ne le paroît pas? Non: outre la connoissance que j'ai de plusieurs sages qui préférent le devoir à la vie, que signifieroit dans l'univers un globe qui ne seroit peuplé que par une multitude de méchans, qui ne multiplieroient que pour en fournir d'autres, cela n'est-il pas aussi inconcevable que l'anéantissement des attributs divins? Comment accorder avec la sagesse, la justice, & la puissance de l'Etre Suprême, une succession perpétuelle de créatures assez intelligentes pour connoître le mal &

le bien, & toute déréglée au point de ne s'attacher qu'au mal ? Une pareille hypothèse & l'Athéisme, c'est la même chose. Il est donc évident qu'il y a des justes sur la terre : c'est pour eux qu'elle subsiste : les méchans leur doivent leur conservation ; & quand le dernier juste marqué dans les décrets divins sera venu, alors finira l'histoire du genre humain. Mais, je le demande ici, pourquoi ce partage des hommes dans deux cités si manifestement opposées l'une à l'autre ? Plongés tous dans la même masse de corruption, ne devroient-ils pas tous participer également à l'iniquité, en traîner le joug, en porter les fruits ? D'où peut venir cette prodigieuse différence que mettent entr'eux le vice & la vertu ? Est-ce de l'éducation ? Non ; je vois des enfans bien élevés devenir des monstres ; & d'autres, quoique négligés dès l'enfance, d'une vertu à toute épreuve. Du tempérament ? Non ; que d'exemples de gens dont les passions sont calmes, & les cœurs corrompus ; tandis qu'on en voit d'autres sollicités par la triple concupiscence, & triomphans de toutes ses suggestions ! Du climat dont les diverses influences portent au bien ou au mal? C'eſt une folie: la vraie juſtice eſt indépendante du chaud & du froid. Si l'Orient a ſes juſtes, l'Occident a les ſiens. Les Nérons ſont de tous les pays: les vices & les vertus ne ſe diſtinguent pas par les zones de la Philoſophie. Hé! ſans parler des ténebres qui la couvrent, des menſonges dont elle fourmille, de l'orgueil ſon partage ordinaire, ne ſeroit-ce pas la traiter avec indulgence de lui mettre dans la bouche cet aveu d'un Poëte Philoſophe?

Video meliora, proboque;

Deteriora ſequor.

C'eſt donc d'ailleurs que vient néceſſairement le peu de bien que j'admire ſur la terre; tout y naît ſous le ſceau du péché, & l'innocence y brille. Des ſemences de mort peuvent-elles produire des fruits de vie? Eſt-ce Abel qui dans la cité de la juſtice a porté le premier le tréſor de la ſageſſe & le flambeau de la vérité? Où les auroit-il pris? Sa mere l'a conçu dans l'iniquité: le crime a ſouillé ſon berceau, & les premiers rayons de ſa raiſon n'ont pu l'éclairer que ſur ſon néant, sa misere, & son impuissance pour en sortir. Il en sort cependant, & le premier des justes meurt le premier : son sang trace sur la terre un sillon de lumiere, une ligne de sainteté, que suit d'âge en âge un peuple de justes, distingués des méchans sans en être séparés, vivant avec eux sans leur ressembler. Quelle est donc la main charitable qui dans une terre de malédiction a porté l'espérance & la vie, où tout étoit mort? Quelle main a pu tirer le coupable Abel de la masse de perdition, & va démêlant parmi les enfans des hommes, ceux qu'un choix libre & gratuit affranchit des liens du péché, & garantit du souffle des méchans? Si c'est la colere d'un Dieu qui par justice a mis le sceau de la malédiction sur la nature humaine, quelle autre main qu'une main Divine est assez puissante pour le lever? Ah! je commence à entrevoir le plan du Créateur sur la postérité malheureuse du premier homme. Quelque systême d'Ecole qu'on embrasse, on ne peut ni refuser au Tout-Puissant la connoissance de tous les événemens, ni méconnoître son opération dans ceux qu'il régle, produit, ou permet. Son plan ſe peint donc dans le ſpectacle de toutes les générations ; le mêlange continuel des bons & des méchans eſt un miroir dans lequel ſe reproduit le Livre des Décrets éternels. Je vois dans la ſageſſe & la perſévérance des uns dans le bien, que leurs noms ſont écrits dans le Livre de Vie ; & dans l'aveuglement ou l'obſtination des autres dans le mal, que le Dieu juſte les laiſſe courir dans leurs voies.

* [Ce n'eſt pas que Dieu dont la bonté eſt infinie veuille que ceux-ci s'aveuglent & s'obſtinent dans le mal. Posé même le péché originel & malgré la perverſité de leurs cœurs, cette divine bonté agit encore en mille manieres à leur égard, & leur accorde des ſecours qui les éclairent, les portent au bien, & leur rendent le ſalut poſſible. C'eſt par leur faute que ces ſecours n'ont pas leur effet & ne les préſervent pas de l'impénitence finale. Mais Dieu qui par ſa puiſſance ſouveraine pourroit leur donner d'autres graces, & même des moyens infaillibles, ne le fait pas ; non par défaut de bonté, mais par des raiſons tirées

* *Addition du Cenſeur.* Ce n'eſt pas &c.

de lui-même ; raiſons que nous devons adorer ſans les comprendre, & ſur leſquelles il faut s'écrier avec S. Paul ; *O profondeur des richeſſes de la ſcience & de la ſageſſe de Dieu ! que ſes jugemens ſont incompréhenſibles, & ſes voies impénétrables !*

Mais dès que nous connoiſſons avec certitude qu'il y a des juſtes qui perſéverent dans le bien, & des pécheurs qui ne ſe laſſent pas de faire le mal,] dès-lors les noms de prédeſtinés & de réprouvés, loin d'être des mots haſardés ou fabriqués par les Prêtres, nous ſont fournis par les hommes eux-mêmes, qui tiennent ſi viſiblement la conduite des uns ou des autres. Mais le ſouverain Maître voulant pour l'exécution de ſes deſſeins que les hommes véeuſſent enſemble, ſans ſe haïr, & pour cela ſans connoître leurs diverſes deſtinations, a réſolu de jetter ſur le miroir un voile aſſez tranſparent, pour laiſſer appercevoir ſon plan ; & aſſez ſombre, pour cacher à nos yeux les traits diſtinctifs qui caractériſent chaque homme aux ſiens. Pour cela que fait-il ? Immuable dans ſes deſſeins, il les conduit avec force & douceur ; il répand la lumiere & permet qu'elle ſoit mêlée de ténebres. Les méchans s'aveuglent volontairement & sont inexcusables : les bons sont remplis de crainte & de confiance. Par où commence-t-il ? Par déclarer au premier des pécheurs, & par sa voix à tous ses descendans, qu'il ne doit pas se désespérer, qu'il n'est pas sans ressource ; qu'il sortira de sa race un Réparateur qui doit écraser la tête du serpent : ... promesse ineffable & pleine de bonté, qui ne nous présente pas un Dieu cruel, farouche, inéxorable, tel que le peint si souvent votre Militaire ; mais qui fait retentir sur la terre le premier cri de la divine miséricorde : promesse infiniment féconde, qui contient l'abrégé de tous nos devoirs, une esquisse des événemens futurs, & le germe des plus grandes espérances : promesse qui ne dit pas que le vainqueur du serpent sauvera tous les hommes, afin que tous soient attentifs, vigilans sur eux-mêmes, tremblans devant Dieu, & fidèles à la loi gravée dans leur cœur ; mais qui dit que ce vainqueur naîtra de la race humaine, & sera suffisant pour en réparer la nature, effacer le crime, en mourant par la morsure du serpent.

Dans cette premiere annonce quelle

ſource abondante de réflexions ! Le premier pere en fait part à ſes deux enfans : l'un par de nouveaux crimes mérite de la perdre de vue ; l'autre par ſon attention à ſe nourrir de l'eſpérance d'un Libérateur, participe d'avance à ſes mérites ; & voilà les portes des deux fameuſes cités ouvertes pour recevoir, dans l'une les imitateurs de Caïn, que l'oubli de la promeſſe y précipite en foule de tous les coins de la terre ; & dans l'autre ceux d'Abel, que la Foi dans ce grand Meſſie conduit pleins d'amour à ſes pieds, & rend ſes Diſciples, ou par anticipation avant ſa venue, ou par droit d'héritage depuis ſon arrivée. Mais ſi les Abels ſont rares, eſt-ce la faute de Dieu ? Sans doute, répondent hardiment Mrs les Incrédules : il ne tenoit qu'à lui de remplir tout d'un coup la Cité ſainte, d'y faire entrer tous les hommes : il n'auroit par là fait que des juſtes & des heureux. J'entends ; mais la bonté dans Dieu eſt-elle le ſeul attribut à conſidérer ? Dans un immenſe tableau vous ne voyez qu'un point imperceptible qui eſt le vôtre. Si vos eſprits étoient moins diſtraits par votre amour propre, vous verriez que la manifestation de la gloire du Créateur, & le développement de ses perfections dans l'univers demandoient un autre plan que celui que lui trace ici votre folle sagesse.

Je sçais bien que la création de tous les hommes dans le sein de la béatitude, n'auroit coûté, comme celle du monde, au Tout-Puissant qu'un acte de sa volonté ; mais alors que seroient devenus le superbe spectacle de la nature, la magnifique succession des temps, l'harmonie admirable qui regne dans le monde sensible, l'infinie variété des opérations dans le monde intellectuel, l'exercice éclatant de la faculté la plus singuliere dans l'homme, la liberté ; cet enchaînement étonnant de causes & d'effets, dont les rapports variés à l'infini, demandent une intelligence infinie ou pour être apperçus dans le détail, ou pour être embrassés dans leur totalité ? Que seroit devenue cette immensité prodigieuse de projets, de mouvemens, de pensées, de systêmes, de sentimens, de cultes, d'hommages, d'opérations intellectuelles, dont les combinaisons, qui nous passent, présentent peut-être au Roi des esprits un empire tel que le demandoit sa gloire, non pas pour recevoir un nouveau dégré d'accroissement, sa plénitude est indépendante des êtres, mais pour être manifestée au dehors par l'empreinte éclatante de ses innombrables perfections? Que seroit devenu le merveilleux contraste des deux cités dans cette vie, qui doit sans doute en former un dans l'autre, dont l'expérience seule pourra nous faire sentir un jour la justice par les proportions, & la beauté par les différences?

Hé! que m'importe de tout cela, me répondez-vous, pourvu que je sois heureux? Hé! quel droit avez-vous d'exiger du Tout-puissant qu'il vous rende heureux, si vous méritez de ne pas l'être? Est-ce sur vos desirs que l'Eternel doit régler sa marche? N'est-ce pas à vous de régler la vôtre sur ses vues? Laissez-lui le soin de justifier ses attributs; contentez-vous dans la connoissance qu'il vous en donne, d'y puiser celle de vos devoirs. » Quel Dieu, s'écrie sans cesse votre Militaire, que le Dieu des Chrétiens! leurs Prêtres en font un tyran odieux qui par prédilection sauve les uns, & par caprice condamne les autres. « Faut-il donc pour être bon à vos yeux, que le Créateur ôte à l'homme sa liberté, qu'il renverse tout l'ordre de ses décrets, qu'il tyrannise toutes les intelligences, qu'il enchaîne toutes les volontés? Ne sera-t-il bon, selon vous, qu'autant qu'il perdra le droit d'exiger un hommage volontaire? Est-ce au bonheur chimérique d'une multitude d'automates que vous attachez toute l'idée que vous avez de la divine bonté? Ne voyez-vous pas que c'est vous-même qui formez une divinité capricieuse, aveugle, impuissante, qui sans raison entasseroit des êtres, & les captiveroit sans intelligence dans un état dont la béatitude ne seroit que dans votre imagination? Ce que Dieu devoit faire, doit-il se prendre ailleurs que dans ce qu'il a fait? Les événemens dévoilent ses décrets. Dans le champ de la nature humaine, tout est ivraie ou bon grain, paille ou froment, vice ou vertu; donc les uns seront élus, & les autres réprouvés. Est-ce là une invention des Prêtres, qui bons ou méchans eux-mêmes, fournissent une preuve de la réalité des divins décrets? Loin donc de trouver dans la foi des Chrétiens le moindre sujet d'insulter à leur Dieu, je n'y vois de sa part que des traits de bonté, de puissance, de sagesse, de justice, d'indépendance; il ne doit aux hommes que des châtimens; & peu content de leur promettre après leur chûte une ressource, malgré les outrages qu'il reçoit de toutes parts, il ranime la lumiere presque éteinte, & renouvelle aux criminels la promesse de leur délivrance.

Noé sauve ce précieux dépôt dans l'Arche: ses enfans l'emportent & le laissent dans leurs familles: Abraham le reçoit immédiatement de Dieu: de la bouche du pere il passe dans le cœur des enfans: des songes mystérieux le rappellent, des visions sensibles le renouvellent, des apparitions d'Anges le confirment, des inspirations particulieres raniment le zèle pour le conserver: les douze enfans de Jacob en ont la connoissance & la donnent à leurs Tribus, un peuple entier en est chargé. Mais si la bonté de Dieu veille sur ce dépôt, pour le perpétuer, sa puissance éclate enfin pour la communiquer à l'Univers; & par quels moyens? Dieu multipliera-t-il les révélations selon le nombre des individus? Répandra-t-il dans chaque esprit la même lumiere que dans celui d'Abraham? Parlera-t-il immédiatement à chaque homme? Autant de particuliers, autant d'inspirations secretes? En un mot pour justifier sa bonté aux yeux des hommes, Dieu sera-t-il tenu d'intimer ses ordres à chacun d'eux, sans quoi ils seront non-seulement dispensés d'obéir, mais même en droit de le traiter de cruel tyran? Voilà, mon cher Chevalier, ce que prétend votre judicieux Militaire. Plus habile que Dieu, il se connoît mieux en moyens pour parvenir à ses fins. » Oui, dit-il, (p. 90) Dieu ne dicte point de Livres; il parleroit immédiatement au cœur des hommes, s'il avoit des préceptes nécessaires à leur prescrire. « L'indignation du Lecteur à la vue d'un tel blasphême, me dispense ici de le relever: mais le bon sens n'est-il pas blessé d'un systême aussi absurde qu'arrogant? Qu'une ville se révolte, ses habitans que le Roi vainqueur peut faire passer sans exception au fil de l'épée, ne s'estimeront-ils pas heureux de recevoir des gages de sa bonté par la voix de ses Ambasſadeurs ? Auront-ils l'inſolence de lui dire, qu'ils ne l'écouteront pas, s'il ne vient leur parler en perſonne, qu'ils ne veulent point d'intermédiaires entr'eux & lui ? Auroit-on jamais penſé que, dans un ſiécle où l'eſprit, les lumieres, les connoiſſances ne manquent pas, on pût pouſſer la folie & l'impiété au point de penſer & d'écrire qu'on ne reconnoîtra pour ordres de Dieu, que ceux qu'il donnera par lui-même ; & que tout homme qui s'en dira chargé, ne peut être qu'un impoſteur ? C'eſt bien mal entendre, ce me ſemble, ſes intérêts : dans l'abyme où nous ſommes plongés, tous coupables envers Dieu, ne méritant tous que des ſupplices, eſt-ce ſa voix que nous devons deſirer d'entendre ? La ſeule idée m'en fait frémir. Ah ! s'il daigne nous parler, que ce ſoit plutôt par des envoyés revêtus de notre nature, qu'il animera par ſon eſprit, & dont il autoriſera le miniſtere par des miracles : trop heureux ſi la Majeſté Divine veut bien mettre entr'elle & nous des intermédiaires, dont l'accès pour nous ſoit facile, le langage intelligible, & les actions à la portée de tous nos ſens.

C'est aussi la voie courte, simple & féconde, que Dieu préfere à toutes les autres, comme la plus digne de sa sagesse & de sa bonté. Il suscite au milieu d'un peuple qu'il distingue, un homme qu'il remplit de son esprit & qu'il rend par l'éclat des plus grands prodiges, digne de l'attention du monde. Après avoir éclairé son intelligence, échauffé son cœur, enrichi son ame de ses dons, il emprunte en quelque sorte sa main pour écrire des lettres consolantes aux malheureux enfans des hommes qui sont tous assis dans les ombres de la mort, & pour leur marquer que leurs maux ne sont pas sans remède; qu'il doit leur envoyer un Libérateur dans lequel seront benies toutes les Nations. Secretaire d'un Dieu qui dicte, Moïse en devient l'interprete; & placé entre des rebelles & leur Souverain, il remplit les fonctions de Ministre & d'Intercesseur. Le Traité d'alliance est remis dans ses mains: tantôt sa voix en explique les principaux articles: tantôt sa plume en trace le détail. Jamais traité fût-il plus important? Il s'agit de la vie ou de la mort. Quel spectacle que les parties contractantes! D'un côté un

Dieu vengeur & plein de bonté: de l'autre le genre humain coupable & condamné. Quel Ambassadeur plus célebre! Législateur, Prophête, Historien, Thaumaturge, Moïse lit dans le passé, pénétre dans l'avenir, écrit sous la dictée de l'Esprit Saint, & le prouve par la puissance qu'il exerce en son nom sur toute la nature. Mais quel Ministere plus délicat, plus épineux, plus difficile! Si le Souverain de son côté fait toutes les avances, & ne propose que les conditions les plus douces, celles de n'avoir de confiance que dans sa bonté, de compter sur sa promesse, de ne servir & de n'aimer que lui; de l'autre les rebelles, aveugles, ingrats, inconstans, malgré les prodiges, les bienfaits & les châtimens, se soumettent & se révoltent; font des sermens & les violent; demandent grace & ne comptent que sur eux-mêmes; recourent aux larmes & murmurent; remercient de la manne & regrettent des oignons; frémissent au bruit de la montagne fumante & se prosternent devant un veau d'or; tremblans sous des coups dont ils ne profitent point; insensibles aux faveurs qu'ils reçoivent & méprisent; fiers des prodiges de leur Chef & criminels dans leur présomption ; tournant enfin sans cesse dans un cercle de prieres & de révoltes, de purifications & d'impuretés, de graces & d'offenses, de sermens & d'infidélités : fût-il jamais négociation plus pénible, plus dure, plus ambarrassante? Aussi Moïse sent bientôt son insuffisance pour le succès : il reconnoît qu'un traité de cette conséquence demande un autre négociateur que lui pour son entiere exécution : il sait que l'engagement du Souverain est formel & sans condition : il est sûr que le Médiateur promis viendra : il voit & salue de loin celui qu'il annonce & figure. D'un côté il n'a qu'une nation à gouverner, & ne peut la réduire ; de l'autre il sçait que toutes les Nations de la terre sont l'objet de la promesse, & doivent entrer dans l'alliance ; il en conclut sans hésiter que l'ouvrage qu'il n'a qu'ébauché, ne peut être consommé que par un Médiateur plus puissant que lui, en état de changer les esprits, de créer des cœurs & de renouveller la face de la terre. Regardant son peuple comme le dépositaire du traité, il le met, par l'ordre & sous les yeux de son Maître, dans la forme prescrite ; il en recommande à toutes les Tribus le soin, la lecture & l'observation; il y met le sceau le plus authentique : & après avoir déposé cet acte solemnel & sacré dans la plus respectée des Archives, il meurt, annonçant avec appareil des bénédictions à quiconque lui sera fidèle, & des anathêmes à ses infracteurs.

Ne perdons pas de vue ce fameux Traité, mon cher Chevalier ; mais voici votre Militaire qui nous arrête, en criant » à l'hypocrisie, à l'imposture, à la fourberie : le Pentateuque & l'Alcoran sont à mettre sur la même ligne, vrais ouvrages de fourbes qui veulent dominer. « Étonné de ces cris, indigné du parallele, je prends le Pentateuque, dont le style d'abord me saisit, & décéle visiblement une touche toute divine ; la simplicité de l'expression n'y fait aucun tort à la beauté des choses : quelle naïveté dans les narrations ! quelle justesse de rapport entre les discours & ceux qui les tiennent ! Celui qui est, y parle en Dieu, Moïse en Prophête, Pharaon en Tyran, chaque homme selon sa situation; par-tout ou de la noblesse sans affectation, ou de la simplicité sans bassesse, où de la candeur sans puérilité ; les répétitions, si faciles à éviter, sont des preuves de franchise ; des fautes de copistes, ou des inattentions de traducteur, n'empêchent pas de reconnoître la vérité dans sa marche. Le Législateur clair dans ses ordonnances, terrible dans ses menaces, énergique dans ses promesses, pourvoit à tout ; & dans ses détails ne paroît minutieux qu'à ceux qui ne sçavent distinguer ni les temps, ni les mœurs. Les plus grandes merveilles y sont peintes sans coloris, les images les plus communes y sont pleines d'attraits : ce Livre attache au point qu'on ne peut le quitter ; & l'Alcoran, dès le premier chapitre, vous tombe des mains : les mettre sur la même ligne, ce seroit se montrer bien digne du Turban. Mais laissons le style, & venons au tableau. Quelle est cette étrange *fourberie* qui me représente la Divinité sous des traits si propres à m'en donner les idées les plus sublimes, ou à m'abymer dans mon néant ? Je ne sens, en lisant cet Ouvrage, que crainte des Jugemens de Dieu, qu'ardeur pour son service, qu'amour pour mes semblables, qu'une sainte indignation contre la perversité des méchans, que zèle pour la vertu, que défiance de moi-même, que respect pour la présence d'un Dieu qui m'avertit souvent que je marche sous ses yeux. Ah! avec quel empressement je me jetterois aux pieds d'un imposteur, dont le langage est si propre à me sanctifier! Pas un chapitre dans le Pentateuque, pas un verset dont on ne puisse aisément tirer une preuve que des vues humaines n'entrent pour rien dans l'esprit de l'Auteur; que son cœur supérieur à toutes les passions, n'a pour objet que la gloire de son Dieu; & que son pinceau, si modeste sur sa personne, si flétrissant pour sa Nation, si redoutable pour le mensonge, n'est jamais que le pinceau de la vérité. N'en est-ce pas assez, M., contre une calomnie, qui, déguisée avec le plus d'art, n'en peut imposer qu'à des sots? Revenons au traité conclu entre le Ciel & la terre. Que devient-il?

Rien de plus singulier ni de plus énigmatique que le Peuple chargé de ce dépôt. On ne peut pousser plus loin que lui ni l'attention pour le conserver, ni la facilité pour l'enfreindre: scrupuleux jusqu'à compter les lettres

& marquer les points, il frapperoit de mort quiconque oseroit y donner la moindre atteinte, & les prévaricateurs s'enhardissent mutuellement jusqu'à fouler aux pieds ses articles les plus essentiels : l'unité d'un Dieu, l'amour dans son culte, la confiance en ses promesses : ses yeux ne sont ouverts que sur ce Traité, pour ne pas le perdre, & son cœur est de pierre quand il faut l'observer : son zèle pour le livre va jusqu'à l'attacher à son vêtement, & l'obligation de s'y conformer s'évanouit à l'aspect d'une idole. Quel inconcevable dépositaire qui porte avec respect un Volume qu'il dit inspiré de Dieu, & promene avec pompe les titres de son ignominie & l'arrêt de sa condamnation! La bonté du Souverain l'emporte toujours sur la dureté des rebelles. De nouveaux Envoyés paroissent de sa part. Les uns font entendre une voix de tonnerre; les autres les gémissemens les plus tendres; ceux-ci font des reproches pleins de force & sans effet; ceux-là renouvellent les promesses les plus consolantes, & sans attendrir : des oracles effrayans retentissent de toutes parts, des fléaux fondent de tous côtés ; les miracles sont prodigués, Israel & Juda oublient tour à tour le Traité d'alliance, & mille avertissemens accompagnés de mille prodiges, en rappellent le souvenir. Des hommes extraordinaires paroissent dans Jérusalem, à Babylone, à Ninive, à Suse, à Samarie, & se disent chargés des ordres du Dieu vivant, envoyés pour parler en son nom. Mais ne sont-ce pas des fourbes dont il faudroit se défier ? Sont-ils en petit nombre ? Est-ce dans l'obscurité de quelques Villages qu'ils vont prouver leur mission ? Leurs preuves sont-elles équivoques ou décisives, données dans le secret ou au grand jour ? Leur vie répond-elle au grand titre d'envoyé de Dieu ? S'ils méritent ce titre, comment le prouvent-ils : par exemple, me dévoileront-ils l'avenir ? Sa connoissance n'appartient qu'à celui qui embrasse tous les temps. Oh ! je les reconnoîtrois pour ses Ambassadeurs, s'ils me découvroient des évenemens au dessus de la prévoyance humaine. Toutes ces demandes sont sages ; aussi les réponses sont-elles tranchantes. Un vrai Prophête, quand il seroit seul, mérite d'être cru ; l'impression cependant seroit moins vive, la méprise paroissant plus à craindre. Mais qui pourroit nombrer cette foule de Prophêtes qu'a suscité l'esprit de Dieu depuis Hénoch jusqu'à Malachie? A ne remonter que jusqu'à Samuel, combien vît-on durant plusieurs siécles des communautés de Prophêtes qui réunissoient autour d'eux leurs enfans & leurs disciples, hommes dont le monde n'étoit pas digne? Quelle vie en effet menoient-ils? La retraite, le travail, la priere, la pénitence, l'étude de la loi, la méditation : c'est à ce tissu d'occupations saintes, qu'on les reconnoissoit; la plupart vivans d'aumônes, se nourrissant d'un pain grossier, se couvrant, l'un d'un sac, l'autre d'une peau, tous d'un habit lugubre, occupés sans cesse de la présence de Dieu, qu'ils rendoient eux-mêmes présent par-tout où ils alloient. Sortoient-ils du fond de leurs déserts, du creux de leurs cavernes; c'étoit pour paroître dans les plus grandes villes, dans les assemblées de la Nation, dans les Cours des Rois : le Peuple les reçoit avec respect : les Princes les consultent avec empressement ; on ne les écoute avec chagrin que dans leurs remontrances. Quel ascendant en effet les Prophêtes ne devoient-ils pas avoir ! L'un dit devant le peuple à son Roi : cet autel à ma voix va se briser; cet Autel se brise. L'autre : cette Reine sera mangée des chiens dans le champ de Jesraël ; & dans ce champ Jesabel est dévorée par des chiens. Celui-ci : la bataille va se donner, Israël sera dispersé, & son Roi tué : Achab est percé d'une fleche, & l'armée est défaite. Celui-là : Samarie est aux abois ; demain l'abondance y regnera : & ce courtisan qui refuse de me croire, périra à la porte : le lendemain le courtisan est étouffé à la porte de Samarie, qui passe subitement des horreurs de la famine, à la plus grande abondance. A ces traits combien d'autres on pourroit ajouter ? Non, non, disent Mrs les Incrédules, ces traits ne prouvent rien. C'est tantôt la politique, tantôt l'imagination qui fait parler de la sorte, & un heureux hasard qui fait rencontrer juste. C'est bien peu respecter le bon sens, ou plutôt n'est-ce pas en manquer totalement, que de raisonner ainsi.

On raisonnoit bien différemment dans les Royaumes d'Israël & de Juda; les prédictions particulieres accomplies sous leurs yeux, quel poids ne devoient-elles pas donner à celles dont on attendoit l'accomplissement ? Elles sont écrites avec soin, copiées avec zèle, conservées avec la plus grande fidélité, qu'annoncent-elles ? *Le Desiré des Nations, le Dominateur dans son Temple, l'Emmanuel, le Dieu fort, le Prince de la paix, le Pere du siécle futur, l'Ange de l'alliance, le Triomphateur, dont le regne sera éternel, &c.*

Est-ce par de telles annonces que l'imposture se joue de ceux qu'elle veut duper ? Est-ce sur-tout en ajoutant les prédictions les plus funestes aux deux Royaumes, des reproches vifs aux prévaricateurs, des exhortations pathétiques à rentrer en eux-mêmes, les plus terribles menaces, s'ils ne changent ? Est-ce en rappellant sans cesse la loi de Moïse, son traité d'alliance avec Dieu, les parjures aussi multipliés que les sermens ? Avouez, M., que ce sont là des imposteurs bien vertueux ; ajoutez, & bien désintéressés. Que gagnent tous les Prophêtes ? Des coups de verges, des insultes, des menaces, des chaînes, des prisons, les plus dures épreuves, une vie errante, une mort cruelle. Rapprochez de ce tableau cette belle phrase de votre Auteur (p. 149 :) Concluez avec moi de tout cela, dit-il, » que rien n'est plus fou, plus injuste & plus tyrannique, que la conduite de ces prétendus envoyés de Dieu, qui souvent prennent les moyens les plus violens, pour inculquer des systêmes religieux, dont il est impossible qu'ils soient eux-mêmes intimement convaincus. « Quelle conviction plus intime que celle qui fait préférer la mort à l'abandon de son systême !

Mais enfin à quoi sert ce grand appareil de négociations entre Dieu & les hommes ? Pourquoi cette longue suite d'Ambassadeurs qui ont tant de pouvoir & si peu de succès ; cette foule de miracles qui surprennent, sans convertir ; tant d'ouvrages dictés par l'Esprit Divin, si souvent interprétés, & si peu entendus ? Est-ce donc là, dit votre Auteur, la voie la plus courte, la plus simple, la plus digne de la sagesse & de la bonté de Dieu, pour instruire les hommes, & les rendre meilleurs ?

J'en conviens : si les vues de Dieu se bornoient là, le Militaire auroit raison. Mais il oublie, ou ne sçait pas qu'il entre encore dans son plan de punir des coupables, de permettre l'aveuglement des présomptueux, de faire sentir à l'homme la foiblesse de sa raison, la plaie profonde de l'orgueil dans son cœur, son impuissance pour le bien, l'inutilité même des miracles pour son changement, la nécessité d'un Médiateur plus puissant que Moïse, & d'une alliance plus efficace que la sienne; les excès dont l'homme est capable, abandonné à ses ténebres; la stérilité des faveurs les plus singulieres, quand elles ne frappent que ses sens; l'intervalle immense que le péché met entre Dieu & lui, le besoin d'une force surnaturelle pour le franchir. Et pour remplir ces grandes vues, quatre mille ans de crimes & de punitions, de repentir & de rechûtes, de graces & d'ingratitude, de miracles & de mépris, d'alliances & d'infidélités, sont un préliminaire nécessaire pour préparer le monde au plus grand des événemens, à la plus célebre des époques, au seul trait dans l'histoire, vraiment intéressant pour le genre humain. Après quarante siécles de justice dans un petit nombre de Saints, de Mysteres dans un peuple d'esclaves, d'idolâtrie sur le reste de la terre ; enfin le Fils de Dieu descend, l'Emmanuel paroît. Il dit à son Pere : *Me voici :* il dit aux hommes : *Je suis la Voie, la Vérité & la Vie :* il dit au Ciel, c'est la gloire ; & à la terre, c'est la paix que je vous apporte.

Un tel fait, s'il est certain, est évidemment au dessus de tout sentiment & de toute expression : l'étonnement de la terre & du Ciel, l'admiration des Anges & des hommes, ne sont pas en proportion avec la grandeur d'un tel prodige. Les deux natures divine & humaine réunies dans une même personne forment dans la nature un nouvel être, que l'univers ne doit regarder qu'en tressaillant. Si cet Etre existe, un Dieu-Homme, tout n'existe que par lui, & c'est pour lui que tout existe. Les seuls Chrétiens regardent ce fait comme vrai, le reste des hommes le rejette : jamais différent ne s'est élevé de cette conséquence. Si le fait est sûr, quel malheur pour ses adversaires ! & s'il est faux, quel aveuglement dans ses partisans ! S'il est sûr, à quoi pensons-nous, mon cher Chevalier, de nous occuper d'autre chose ? S'il eſt faux, le *Militaire Philoſophe* mérite une place diſtinguée dans nos Bibliothèques.

Ici des probabilités pour ou contre ne ſuffiſent pas. Appuyés ſur de ſimples vraiſemblances, les Chrétiens ſeroient des imbécilles; & ſans une démonſtration de la premiere force, les Incrédules ſont des monſtres. Pourquoi? C'eſt que ſi Jesus n'eſt pas Dieu, l'Idolâtrie eſt le pivot du Chriſtianiſme; & s'il l'eſt, le plus profond des abymes eſt l'incrédulité : la neutralité ſur ce point eſt impoſſible; ne pas prendre parti pour, c'eſt le prendre contre; il n'en eſt pas de plus décidés que ceux qui ſe donnent pour indécis. Pour voir clair dans une queſtion de cette importance, s'agit-il de ſe jetter dans un examen bien épineux, dans des diſcuſſions interminables? Non : il ſuffit d'écouter d'un côté une des preuves du Chriſtianiſme, & de l'autre les raiſons qu'oppoſe votre Philoſophe.

Une réflexion me paroît auparavant néceſſaire, pour détruire celles que font ſi ſouvent Mrs les Incrédules, & qui ſert de baſe à tout leur ſyſtême. » S'il étoit vrai, diſent-ils, qu'un Dieu fût venu ſur la terre pour ſauver tous les hommes, les rendre meilleurs & plus heureux, l'éclat d'un événement si mémorable auroit-il été sans effet? Un Dieu prend-il mal ses mesures pour le succès? Choisiroit-il mal ses Ministres? Ne leur donneroit-il pas les talens & la capacité nécessaires? Est-ce par le canal d'un livre incertain, obscur, quelquefois altéré, inutile pour les ignorans & les aveugles, qu'il communiqueroit sa lumiere? Se donneroit-il la peine de descendre parmi les hommes, pour les laisser peut-être plus corrompus qu'auparavant? Un Dieu sur la terre doit-il trouver la moindre résistance, & peut-il échouer dans son entreprise? Une sagesse infinie ne peut prendre que des moyens infaillibles. «

C'est sur cette sublime réflexion, mon cher M., que votre Militaire érige avec confiance tous ses trophées, souriant avec complaisance à sa victoire, & défiant les plus habiles Théologiens d'opposer rien de solide à ses argumens. Quels trophées, qu'un souffle va renverser!

Les décrets de Dieu sur les hommes ne sont-ils pas éternels, & par conséquent antérieurs au fait de l'Incarnation? Le Fils de Dieu daignant se faire homme, ignoroit-il ces décrets, venoit-il en renverser l'ordre, & d'immuables qu'ils sont, les changer, les plier sur des desirs contraires à ceux de son Pere? Ne sçavoit-il pas qu'il étoit réglé par ces décrets que le mêlange des bons & des méchans dureroit jusqu'au temps de leur éternelle séparation, & que le nombre de ceux-ci seroit même le plus grand? Ne sçavoit-il pas que l'œuvre dont il étoit chargé avoit ses bornes, & que son ministere devoit se mesurer sur la connoissance des volontés éternelles? Le plan de l'Homme-Dieu ne pouvoit donc être différent de celui du Dieu fait Homme.

Le but du Verbe, en s'unissant la nature humaine, n'étoit donc pas de détruire l'enchaînement des causes secondes, de dépouiller l'homme de sa liberté, de ne laisser aux passions d'activité que pour le bien, ou de ne s'associer que des Prêtres infaillibles, dont la voix conduiroit infailliblement tous les hommes au port du salut. Il est bien venu pour vaincre le démon; mais non pas pour le reléguer dans l'abyme; pour en fermer le puits, mais non pour le sceller ; pour ouvrir aux hommes le chemin du Ciel, mais non pour les forcer d'y entrer : il est venu pour dire : *je suis la Voie* ; heureux qui marchera sur mes pas : *je suis la Vérité* ; heureux ceux qui la connoîtront, & seront persécutés pour elle : *je suis la Vie*, & j'en suis une source abondante ; faites donc tous vos efforts pour y puiser. Le ministere du Rédempteur consiste donc à rendre aux hommes exclus du Royaume du Ciel tout droit à son héritage, à satisfaire à la justice Divine pour l'expiation du péché, sans dispenser les pécheurs de l'obligation de s'unir à son sacrifice, par celui de ce qu'ils ont de plus cher ; à mériter au genre humain couché dans l'ombre de la mort, ces graces puissantes, ces secours efficaces, nécessaires pour se relever, & triompher du démon, du monde, & de la concupiscence ; à les appliquer à ceux qui lui sont donnés par son Pere ; mais sans s'engager à les répandre sur ceux qui s'obstineront dans la mort, mépriseront sa voix, & refuseront de croire en lui.

Loin de se proposer de rien déranger dans les décrets éternels, ne dit-il pas lui-même qu'il ne vient que pour faire la volonté de son Pere, & remplir le Ministere dont il est chargé; qu'en venant pour tout pacifier par son sang dans le Ciel & sur la terre, il apporte cependant le glaive & le feu, ou pour ses imitateurs qui ne manqueront pas d'occasion de souffrir, ou contre ses adversaires assez hardis pour combattre son œuvre? Ne dit-il pas qu'il ne prie point pour le monde, mais pour ceux que son Pere lui a donnés; donc tous ne lui sont pas donnés en cette sorte par son Pere: qu'il est nécessaire qu'il s'éléve des scandales; donc il ne vient pas enchaîner les passions des hommes, & les nécessiter dans la vertu: qu'il y aura beaucoup d'appellés mais peu d'élus; donc, quelqu'infini que soit le prix de son sacrifice, il ne se propose pas d'en appliquer à tous les mérites. Il est cependant vrai de dire comme votre Militaire, qu'une sagesse infinie ne prend que des moyens infaillibles pour exécuter ses desseins: aussi les desseins de Jesus-Christ seront-ils infailliblement exécutés; nul ne pourra lui ravir ceux que son Pere lui a donnés. Si sa puissance qui touche d'une extrémité du monde à l'autre, conduit tout avec force ; sa sagesse arrive toujours à son but avec douceur, rassemblant le corps de ses élus qu'il connoît, veillant jusque sur un cheveu de leur tête, qui ne tombe pas sans sa permission ; les conduisant par des voies diverses, mais sûres ; employant des moyens foibles en apparence, mais infaillibles pour les attirer ; levant les obstacles par des événements quelquefois qui paroissent eux-mêmes en former de très-grands.

Sous ce point de vue, que deviennent les vaines objections des Incrédules ? Pourquoi le Sauveur des hommes ne s'est-il pas présenté sur la terre dans le plus grand éclat ? Pourquoi n'est-il pas ressuscité devant toute la ville de Jerusalem ? Pourquoi ne s'est-il pas fait voir au milieu des airs à tout le genre humain ; agissant sur les cœurs de tous les hommes, comme sur ceux de ses Apôtres ? Pourquoi ? C'est qu'il étoit décidé que le Verbe Incarné seroit véritablement Dieu, mais non pas évidemment ; que loin d'être reconnu de tous, il seroit une pierre d'achoppement pour le plus grand nombre : c'est qu'il étoit décidé qu'en sauvant tous ses élus, il les purifieroit par le ministere des réprouvés, dont la conservation dans leur aveuglement volontaire entroit dans son plan : c'est qu'il falloit que les uns le reconnussent malgré l'obscurité de ses voiles ; & que les autres les rejettassent malgré les traits de sa lumiere. Hé! ne faut-il pas même qu'un certain mystere d'iniquité s'opére, se travaille, se consomme ; que le nombre des méchans augmente par la diminution de la foi ; que leurs efforts redoublent pour l'extinction de la charité ; que leurs blasphêmes contre le Chef, & leurs fureurs contre les membres, préparent la voie à l'homme de péché? Mais ils auront beau faire, tout est pour les élus : jamais les méchans n'en arracheront un seul de la main puissante du Sauveur : sans le vouloir même, & sans le sçavoir, ils contribueront à les édifier en quelque sorte par leurs scandales, à les rendre vigilans par leurs persécutions, heureux par leur malheur, & propres par leurs coups à entrer dans la construction de l'édifice éternel.

Que fais-je moi-même en écrivant ceci, que fournir à la justice ou à la miséricorde un nouveau moyen de remplir leurs diverses vues, en aveuglant les uns & éclairant les autres? Mais l'essentiel pour nous, mon cher Chevalier, n'est pas de sçavoir si le Verbe Incarné s'est caché en venant, mais s'il est réellement venu. S'il est venu, il est impossible qu'il ne soit pas reconnoissable pour ceux qui cherchent dans la sincérité de leur cœur à le connoître; & s'il est venu sous des voiles, notre ardeur pour le découvrir doit être égale à notre intérêt pour le dévoiler. Quelle est donc entre les preuves de son arrivée, celle qui paroît la plus sensible? La voici.

On ne peut nier sans folie l'existence de deux grandes sociétés, qui couvrent encore la terre, & dont la durée successive égale celle du monde: la Synagogue & l'Eglise. Celle-ci (le fait est notoire,) embrasse les dix-huit derniers siécles. L'autre, (le fait est prouvé,) remonte jusqu'à Abraham, dont les ancêtres touchent à la naissance de l'Univers. Depuis la création jusqu'à nous, voilà donc deux grands peuples qui remplissent l'intervalle, dont l'un finit, où l'autre commence; en sorte que depuis le premier des hommes jusqu'à l'enfant baptisé ce matin, ce n'est qu'une seule chaîne, dont tous les anneaux se tiennent; anneaux dont nous verrons la différence pour le prix, selon la différence des temps. Quel temps singulier que cette longue file de siécles Judaïques! Durant tout leur cours on n'entend que des voix qui, distribuées de distance en distance, répétent sans cesse le même oracle: Il doit venir un Libérateur; un Messie viendra; le Desiré des nations doit paroître. Les hommes de ces premiers temps étoient donc des insensés pour se nourrir réciproquement de fausses espérances? Des chimeres, au moment que l'imagination les forme, s'évanouissent: & dans ces premiers âges du monde, où la franchise étoit encore l'apanage de l'heureuse nature, quelle apparence qu'on cherchât à se duper par une promesse dont la source devoit être connue, dont l'annonce se faisoit au genre humain, & dont l'objet pouvoit être éloigné! Chez les autres peuples même cette promesse est emportée comme un trésor à conserver. Si le temps & les passions la défigurent, elle est encore reconnoissable sous les emblêmes des hiéroglyphes, sous les voiles de la fable; mais chez les Hébreux un gouvernement Théocratique lui communique une force, un air de vivacité qui la soutient & la fait passer de la bouche des peres dans le cœur des enfans : & si l'ingratitude ou le dégoût de l'attente font tomber cette grande espérance dans la langueur, bientôt de nouvelles voix la raniment, en rappellant ou présentant des images propres à la réveiller. Que veut dire sur une montagne ce fils unique d'un Roi prêt sur un autel à se voir frappé par la main de son pere? Depuis quand un pere sacrifie-t-il lui-même le plus cher des enfans? Que veut dire ce jeune Hébreu que ses freres par jalousie descendent dans une citerne, qu'ils vendent ensuite à des étrangers, à qui son innocence attire des persécutions en Egypte, où il passe du fond d'un cachot au pied du Trône, sauveur de tout le pays, adoré partout? Que veut dire ce Prophête, qui pour appaiser une grande tempête est jetté dans la mer, & englouti par un poisson qui trois jours après le rend plein de vie sur des bords, d'où il alla par ordre de Dieu annoncer la destruction de Ninive, qui se convertit à sa voix? Que veut dire cet agneau, dont le sang sur certaines maisons les garantit de l'Ange exterminateur, tandis que son glaive frappe toutes celles qui n'en sont pas teintes? Que veut dire sur une montagne cet homme dont les mains élevées vers le ciel suffisent pour mettre en fuite les ennemis d'Israël? Que veut dire dans le désert le serpent d'airain exposé aux yeux de tout un peuple, qui, mordu par des serpens de feu, n'a besoin pour être guéri, que de jetter les yeux sur celui qui est élevé dans les airs? Que veut dire en un mot cette multitude innombrable d'animaux égorgés avec respect par un peuple, qui se feroit un scrupule de manquer à des sacrifices qui ne le rendent par eux-mêmes ni plus saint ni plus pur? Ce concours étonnant de cérémonies religieuses, sans être méritoires; de pratiques qui humilioient sans donner, par elles-mêmes, la grace qui rend humbles; de purifications qui fatiguoient, sans purifier personne; d'observances légales qui faisoient tant de prévaricateurs; d'offrandes multipliées & stériles, d'immolations journalieres, & souvent rejettées; ce concours que Dieu commandoit & qui n'avoit en soi rien qui pût lui plaire; que consacroient mille prodiges, sans lui donner du prix; soutenu pendant des siécles chez un peuple indocile & murmurateur? Un tel concours ne prouve-t-il pas clairement que Dieu ne marchoit à la tête de ce peuple; que pour le conduire à des vues ultérieures qui l'occupoient, & que cette nation si nombreuse n'étoit qu'un tableau vivant & mobile, sur lequel le grand peintre traçoit dans des ombres lumineuses le magnifique appareil d'un spectacle qui se préparoît à grands frais pour produire dans l'univers la plus intéressante des révolutions?

A l'énergie de tant de figures, à l'éloquence de tant de miracles, Dieu joint encore le bruit de ces trompettes prophétiques, qui durant plusieurs siécles retentissent dans Israël, pour annoncer ce précieux rejetton de Jessé qui doit régner à jamais; ce Juste par excellence qui doit descendre des nuées, ce Sauveur si desiré que la terre doit enfanter. Ne paroît-il pas impossible qu'un Peuple le plus ancien du monde, si célebre par les faveurs du Ciel, conduit visiblement par la main de Dieu, sans cesse occupé des plus grandes espérances, chargé du plus précieux des dépôts, familier avec les miracles, annonçant par mille bouches, figurant par mille traits un événement dont dépendoit le sort du genre humain; ne paroît-il pas impossible qu'un tel Peuple ne marche pas à la plus grande destination? Hé quoi! tout se dissipe: Jerusalem, son Temple, la Judée sont livrés au fer, au feu, à mille ravages: tout l'édifice Judaïque s'écroule: plus de corps de nation; plus de forme de gouvernement; plus de temple, plus d'autel, plus de sacerdoce; la race d'Abraham paroît éteinte. Est-ce donc à cette horrible catastrophe que devoit s'attendre une nation immense, dont les restes semés çà & là, traînent sous le poids des malheurs, l'idée languissante d'un Libérateur, qu'elle cesse presque d'attendre? Mais, ô surprise! ô dénouement admirable! du sein de ce Peuple si célebre & si malheureux, sort un Peuple nouveau, qui, né dans la poussiere, s'éléve avec éclat, & fait entendre dès sa naissance des cris de joie, dont bientôt toute la terre retentit. Oui, le Messie est venu: » l'Ange de l'alliance est entré dans son Temple, l'Oint du Seigneur, le vrai

Juste promis si clairement, & si long-temps attendu, a paru parmi nous : nous l'avons vu, touché, entendu ; né à Bethléem, il est mort sur le Calvaire, il est ressuscité, il est monté aux Cieux : nous en avons été témoins. «

Que veut dire tout ceci ? Est-ce jeu de l'imagination, ivresse des sens, artifices d'imposteurs, complot d'ambitieux, illusion de fanatiques ? En tout cas on ne court pas grand risque : ces gens-ci ne parlent que de justice, d'innocence, de vertus, de pénitence, du devoir d'aimer Dieu de tout son cœur, de le servir dans la sainteté tous les jours de sa vie, de l'adorer en esprit & en vérité. Voyons donc à quoi aboutira cette révolution. Si c'est un effet d'intrigue, d'intérêt, de cupidité, & que la Religion n'entre ici que par un rafinement de politique, cela ne durera pas : c'est un tourbillon que le moindre vent va dissiper. Mais à la voix de ces nouveaux Envoyés de Dieu, qui en prennent hardiment le titre, tout s'allarme dans la Synagogue, tout s'ébranle dans le Paganisme, tout s'étonne dans la nature. Quel changement ! Tous les Peuples, dit

M. Pascal, étoient dans l'infidélité & dans la concupiscence; toute la terre devient ardente de charité. Les Païens adorent en foule un seul Dieu, les Temples sont détruits, les Princes renoncent à leur grandeur, les riches quittent leurs biens, les filles souffrent le martyre, les enfans abandonnent la maison de leurs peres, pour aller vivre dans les déserts. D'où vient cette force? Est-ce que le Messie seroit venu? Ce n'est qu'un cri de tous côtés. Oui, les temps sont accomplis; les ombres & les figures sont passées; l'alliance de Moïse est abolie: nouveau culte, nouvelle alliance, nouveau sacerdoce, nouveau sacrifice. En vain on s'oppose à l'établissement de cette Religion naissante, les Sçavans, les Sages, les Magistrats, les Rois, tous s'élévent contr'elle: les uns écrivent, les autres condamnent, les autres tuent, le sang coule, & les Chrétiens se multiplient: Jerusalem, centre du culte Judaïque, devient la premiere Eglise; & c'est à Rome, centre du culte des Idoles, que la principale Eglise s'établit. Avec quelle majesté le Christianisme s'avance sur les débris de l'Idolâtrie, triomphe de ses ennemis au dedans & au dehors, survit à tous les Empires, & se répand dans les quatre parties du monde, répétant avec la plus grande assurance : Le Messie est venu.

De cet exposé, mon cher M., ne suis-je pas en droit de conclure que ces deux cris qui partent ; l'un du sein du Judaïsme pour annoncer aux hommes un Libérateur ; l'autre de tous les coins du monde Chrétien pour le déclarer arrivé, forme sur la réalité de sa venue une démonstration à laquelle il est impossible de se refuser, sans se perdre dans un abyme d'extravagances ? Il est visible que le concert des deux alliances ne sçauroit être l'ouvrage des hommes Il ne s'agit pas ici de certains événemens clandestins, qu'arrangent de petits intérêts, que racontent des témoins inconnus, ou qui n'influent que dans des cercles obscurs ; il s'agit de tout le genre humain intéressé dans l'explication de son état, dans la légitimité de ses espérances, ou de ses craintes, dans la connoissance de son origine & de sa destination ; il s'agit d'un concours de témoignages que le plus effronté Pyrrhonien ne peut récuser, sans être forcé de jetter lui-

même

même des doutes sur sa propre existence : il s'agit d'un ébranlement prodigieux dans de grands Empires, & de la métamorphose du monde entier par une suite de révolutions qui ne peuvent être l'effet ni des grandes passions, ni des petites intrigues, ni du hasard. Une erreur de six mille ans peut-elle être autre chose qu'une chimere; sur-tout dans deux sociétés assez nombreuses pour couvrir la moitié de la terre ; assez opposées l'une à l'autre, pour rendre tout complot impossible; & si distinguées l'une & l'autre par l'assemblage de toutes les vertus, qu'on ne peut réunir avec plus d'éclat qu'elles tous les caracteres de la vérité ? Quelle société d'un côté, que celle des Patriarches & des Prophêtes, sans contredit les plus saints personnages de l'antiquité ; & de l'autre, celle des Apôtres & des Disciples, vrais modèles de justice & de sainteté ! Malgré leur distance, que de rapports entre leurs sentimens ! quelle consonnance pour le langage ! quelle harmonie pour la conduite ! les uns saluent de loin, ce que les autres voient de près ; même hommage de leur part au même objet de leur amour : entre le corps des Prophêtes, & le collége des Apôtres nulle autre différence qu'entre prédire un événement, & le raconter. Et comment le récit pourroit-il être conforme à la prédiction, si l'événement étoit imaginaire? Otez la pierre angulaire, les deux édifices tombent en ruine. Quelle étrange stupidité de croire & d'écrire que l'imposture a pu ménager une si fidelle correspondance entre les deux Législateurs & les deux peuples, & un commerce d'erreur entre les justes des deux Testamens! Qui ne sent pas sous cet unique coup d'œil que le Messie est venu, mérite bien de ne jamais le sentir. Que seroit-ce, si j'ajoutois à cette harmonie admirable des deux alliances le portrait de celui qui, promis dans l'une & montré dans l'autre, devient un centre de lumiere, où la Synagogue trouve l'explication de ses énigmes, & l'Eglise une source de graces pour ses enfans, de force contre ses ennemis, & de vie pour l'éternité?

Ce beau portrait, mon cher M., est tout tracé par le pinceau de la vérité même dans les Evangiles, où vous verrez la sainteté dans son plus haut dégré de perfection, la puissance de Dieu dans tout ſon éclat, ſa bonté avec tous ſes caracteres, & tous les tréſors de la ſcience & de la ſageſſe dans un homme en qui réſide la plénitude de la Divinité.

Dans les Evangiles. A ce ſeul mot votre Auteur entre dans des eſpéces de convulſions philoſophiques qui le font déraiſonner à chaque page, & prendre de fauſſes lueurs pour de vraies lumieres.

» Le Livre d'Evangiles, dit-il, eſt l'ouvrage des hommes. Si Dieu veut inſtruire les hommes de ſes volontés, ce n'eſt pas par la voie des livres: un livre ne peut pas tomber dans les mains de tout le monde; il peut être perdu ou corrompu: toutes les nations ne peuvent pas l'entendre; chaque homme ne ſçait pas lire: il y a des aveugles, des ſourds, des muets, qui ne peuvent rien apprendre; donc un livre n'eſt pas un moyen général ni ſûr pour inſtruire. «

Quand j'accorderois tout cela, M., qu'en concluriez-vous? Que l'Evangile eſt l'ouvrage des hommes, & qu'il n'eſt pas d'une Sageſſe infinie d'inſtruire par cette voie? Ce ſeroit fort mal raiſonner. Jamais on n'a prétendu dans le Christianisme qu'il fût nécessaire de lire l'Evangile pour être sauvé : on n'a jamais exclus les aveugles du Royaume des Cieux. On sçait bien qu'un livre n'est pas comme l'air, ou le soleil, sous la main & sous les yeux de tout le monde : aussi n'a-t-on jamais fait dépendre le salut de la lecture. La connoissance de J. C., la foi dans le Médiateur, la confiance en ses mérites : voilà le nécessaire : malheur à qui se trouve assez malheureux pour en être privé ! privation réelle, j'en conviens, pour un grand nombre. Hé ! qui jamais a soutenu que tous les hommes seroient sauvés ? Ne suis-je pas parti dans cette Lettre d'un principe tout différent ? Le mêlange actuel des bons & des méchans ne prouve-t-il pas le double mystere de la prédestination & de la réprobation ? Mais s'autoriser du grand nombre des malheureux pour croire que personne ne le sera, cela n'est-il pas extravagant ? Et conclure de ce qu'un moyen destiné pour le salut des uns ne contribue pas à celui des autres, que ce moyen n'est pas digne de la sagesse de Dieu ; à l'extravagance n'est-ce pas joindre l'impiété ? Tous ces vains paralogismes de nos Incrédules ne prennent leur source que dans leur ignorance. Le péché originel leur creve les yeux, & ils s'obstinent à ne pas le voir ; & s'ils sont forcés enfin de l'admettre ; ils veulent absolument que Dieu soit nécessité par ses attributs à laisser tous les hommes dans la masse de corruption ou à les en retirer tous. Le genre humain tout entier sous le poids de l'éternelle vengeance, seroit pour eux un spectacle moins chagrinant que le discernement qui couronne les uns, & punit les autres. Ces monstres qui désesperent de la grace pour eux, voudroient que personne ne l'obtînt : ils ne se déchaînent contre le Rédempteur, que par l'horrible pressentiment qu'ils ne seront pas du nombre des rachetés. Hé! à quoi pensez-vous, insensés, de vouloir arracher les élus de la main du Tout-Puissant, parce que Dieu veut traiter différemment les justes & les scélérats? Que ne desirez-vous d'obtenir une grace que le juste Juge ne doit à personne & veut bien accorder à plusieurs, du nombre desquels vous pourriez être? La peste ravage toute une ville : un médecin paroît, son reméde est sûr : ceux qui ſont ſous ſa main ſont guéris. Vous êtes à côté de lui ; quelle eſt votre fureur de rejetter ſon remède, & de le déclarer inutile, ſous prétexte que ceux qui ſont éloignés ne ſont pas à portée de le recevoir ! Le Médiateur eſt pour tous ; mais ſa connoiſſance n'eſt pas donnée à tous. Pourquoi celle que vous en avez reçue ne fait-elle que vous irriter ? Quoique vous ayez des yeux, une langue, des oreilles, vous aimez mieux fouler aux pieds cette connoiſſance & l'effacer de tous les eſprits, que de ſouffrir que les aveugles, les muets & les ſourds en ſoient privés. Pourquoi vous inquiéter du ſort de ces infortunés, dont vous n'êtes pas chargés ? La divine miſéricorde peut leur ménager d'autres reſſources que celle d'un livre ; & s'ils ſont punis, ce ne ſera pas pour avoir ignoré le ſecond Adam ; mais pour être nés du premier. Sans donc chercher dans le malheur des autres, qui n'ont pas les mêmes avantages que vous, une diſpenſe pour les mettre à profit, que ne travaillez-vous plutôt à puiſer dans le Livre précieux que vous avez ſous la main, les connoiſſances & les sentimens qui vous sont si nécessaires ?

» Non, répond votre Auteur, (p. 128.) Dieu ne parle pas dans un ouvrage obscur, inintelligible: il est indigne de lui de faire des loix, d'instituer des préceptes, de donner des conseils auxquels on n'entend rien, si l'on ne sçait l'Hébreu, le Syriac, le Grec, le Latin; & si l'on n'a lu mille volumes de commentaires, de paraphrases & d'interprétations. «

Qu'il y ait des obscurités dans l'Ecriture Sainte en général, on ne sçauroit en disconvenir: l'Esprit Saint lui-même en avertit, en exhortant à travailler à pénétrer son vrai sens. Seroit-il à souhaiter qu'il n'y en eût pas? Le respect qu'on doit aux vues de Dieu ne permet pas de le penser. S'il parle pour aveugler les uns & pour éclairer les autres, est-ce à nous de censurer ses vues & son langage? Qu'est-ce que la raison exige de nous? C'est que nous nous assurions si l'Ecriture porte des caracteres assez lumineux de Divinité, pour que nous puissions sans risque la regarder comme son ouvrage: or tous nos Controversistes ont porté cette grande question à un si haut dégré d'évidence, que l'inquiétude sur ce point est inexcusable. Ah! si tout étoit obscur, j'en conviens, la raison ne marchant que dans les ténébres, n'embrassant que des nuages, ne pourroit faire un pas sans trembler. Mais le côté lumineux de l'Ecriture n'est-il pas d'un éclat propre à tranquilliser la raison, à l'enhardir dans sa marche? Faut-il donc posséder toutes les Langues, & feuilleter mille Commentateurs, pour entendre les narrations si simples, les histoires si touchantes, les descriptions si naïves, les maximes si claires, les prédictions si bien caractérisées, les prieres, Cantiques, préceptes, sentences, événemens si intelligibles qui sont répandus dans l'Ancien Testament? Et dans le Nouveau ne voit-on pas des enfans de huit ou dix ans faire quelquefois leurs délices d'un Ouvrage où le sublime & le simple s'unissent pour les entraîner par les charmes d'un beau naturel! Quelle est donc la mauvaise foi de nos Incrédules, de s'arrêter à quelques textes, dont l'obscurité peut-être ne vient que de l'inattention d'un Traducteur, ou de l'infidélité d'un Copiste, ou de l'ignorance des anciens usages; pour rejetter comme indigne de l'Esprit Divin un Volume, dont tout, jusqu'à l'Apocalypse, porte si visiblement l'empreinte! Le soleil, tout clair qu'il est, brille-t-il pendant la nuit; n'a-t-il pas de longs crépuscules, ne souffre-t-il pas des réfractions, n'est-il pas obscurci par des nuages, fait-il appercevoir les objets éloignés de maniere à ne pas s'y tromper? Pourquoi voudroit-on que dans le grand jour de l'Ecriture, Dieu n'eût pas répandu la moindre obscurité, tandis que toutes ses œuvres, depuis la chûte de l'homme, contiennent un mêlange d'ombres & de clartés, propre à confondre notre orgueil, à humilier la raison, à exercer la Foi, & nécessaire sans doute pour l'accomplissement de ses décrets terribles ou favorables? N'admirez-vous pas, mon cher M., l'impartialité de nos Philosophes, qui nous vantent les oracles d'un Zoroastre, les loix d'un Confucius, le code d'un Zaleucus, ouvrages énigmatiques, dont tous les côtés ténébreux permettent à peine à la raison d'entrevoir quelques vérités souvent fort défigurées? Et quel livre ne faudra-t-il pas proscrire & sacrifier, s'il faut, pour l'admettre, une parfaite clarté? Homere, Pindare, Perse, Juvenal, Virgile, Tacite, n'ont-ils pas besoin souvent de Commentaires? L'Ecriture est le seul Ouvrage où la vérité ne doit pas être reconnue pour telle, pour peu qu'elle soit enveloppée. Si Dieu tient un langage au dessus de notre raison, ce n'est pas lui qui parle: un livre ne sçauroit être dicté par son esprit, si tout n'y est pas à la portée du nôtre.

» Cela même ne suffit pas, dit votre prudent Officier. Pour qu'un livre soit regardé comme Divin, il faut, dit-il, (p. 128.) que chaque particulier né & à naître le tienne immédiatement de Dieu, écrit en sa propre Langue, que chaque homme le sçache lire naturellement; que ce livre soit clair, sans équivoque, en sorte qu'on n'ait besoin d'aucune interprétation. «

Votre Auteur, mon cher Chevalier, oublie le principal, c'est de marquer de quelle façon il voudroit que Dieu remît ce livre à chacun. Est-ce au milieu des éclairs & des tonnerres, ou dans le calme du cabinet? La nuit dans un songe, ou le jour dans une vision? En faisant entendre une voix céleste, ou en avertissant par quelque coup subit? Je pense que tout cela ne suffiroit pas encore. Si votre Militaire recevoit immédiatement de Dieu une loi qui lui enjoignît de respecter les Prêtres, de vivre dans la pénitence, de croire qu'il n'est qu'un ignorant; ces vérités seroient fort claires, dans sa langue naturelle, & sans équivoque: mais plutôt que de leur ajouter foi, ne soupçonneroit-il pas quelqu'illusion faite à ses sens, ou quelqu'artifice de la part des hommes? En sorte qu'il faudroit, pour diviniser un livre à ses yeux, qu'il le dictât lui-même.

Non, non, point de livres, reprend le sage Militaire. (Chap. XVI.) Prévoyant sans doute l'embarras où le jetteroit une entrevue avec la Divinité, il change d'idée. » Dieu, dit-il, prend toujours les voies les plus courtes & les plus simples: or la voie de parler aux hommes par l'instinct & par le sentiment intérieur, est plus courte & plus sûre que celle d'un livre. «

Comment l'instinct! Pour un Mathématicien qui ne s'attache qu'à des idées claires, ne consulte que la raison, & ne se rend qu'à l'évidence, il est fort singulier de trouver dans son

Ouvrage la voie de l'instinct donnée pour la plus sûre : pour moi qui ne la connoît point, je n'en sçaurois parler.

Le sentiment intérieur n'est pas de même. Je conviens que Dieu par son action sur nos ames peut y répandre des lumieres & créer des sentimens propres à nous conduire, les uns à la connoissance de ses volontés, les autres à leur accomplissement : & cette voie dans les deux Testamens n'est pas sans exemple. Mais des priviléges dans des cas particuliers, en prouvant la possibilité de l'exception, ne prouvent-ils pas la nécessité d'une autre voie pour le général ? Que deviendroit toute l'économie de la Religion, ce culte extérieur qu'on doit à Dieu en corps de société, ces liens sacrés par lesquels Dieu veut unir les hommes entr'eux ; que deviendroit l'exercice de toutes les vertus, dont l'émulation est le principe ; l'assemblée, l'aliment ; & un commerce d'édification, le fruit ; si les Théocraties aussi multipliées que les individus font oublier à chacun le devoir de vivre avec ses semblables ? N'est-ce pas de ce faux & dangereux systême qu'on a vu éclorre les Sectes des Trembleurs, des Anabaptistes, des Vaudois & de tant d'illuminés, qui, prenant des élans de dévotion pour des ordres du Ciel, des desirs d'amour propre pour des cris de conscience, & pour oracles des illusions, ont parcouru toute la carriere du fanatisme, en tombant d'un abyme dans une autre? Quelle sagesse au contraire & quelle bonté dans Dieu d'avoir établi sur la terre un Tribunal dont l'autorité toujours infaillible dissipe les doutes, fixe les croyances dans les points essentiels, termine les disputes par des décisions sûres; & d'avoir mis sur ce Tribunal un Volume qu'il a dicté lui-même, pour servir dans son Eglise comme d'une étoile polaire dont la vue la dirige durant les tempêtes de l'hérésie, la sauve des écueils du schisme, & la garantit de tout naufrage dans la Foi.

» Mais ce Volume, dites-vous (p. 145), si je suis obligé de le lire, il faut donc que je lise aussi tous les Livres qui prétendent être l'ouvrage de la Divinité, l'Alcoran, le Vedam, &c.: il n'y a pas plus de raison pour l'un que pour l'autre: si j'écoute le Curé, il me faut écouter aussi le Muphti, le Molak, le Bramine, le Ministre,

&c. Quand les Apôtres de J. C. ou de Mahomet prêchoient, étoit-on obligé de ſortir de chez ſoi, pour les aller entendre ? Si cela eſt, jamais donc de repos, jamais de certitude; je ſerai toujours en ſuſpens pour ſçavoir lequel de ces Livres contient la vérité: tous ſe diſent le code de Dieu: il en eſt de même des Prédicateurs: le Rabin, le Dervis, le Talapoin, le Jéſuite, le Prédicant, tous s'en diſent les Miniſtres. «

Allons, M. le Militaire, partez; cédez aux tranſports de votre zèle pour la vérité, parcourez tous les pays, interrogez toutes les Sectes, pénétrez au midi, dans le nord; car comme vous le dites ſi joliment, (p. 103) » qui nous a dit que la Religion des terres Auſtrales ne vaut pas mieux que la nôtre, & qu'il n'en viendra pas des Apôtres dans notre continent pour nous convertir à leur foi? « Mais quoi! tout votre zèle s'évanouit: vous reſtez tranquille dans votre agréable retraite, où vous vivez, dites-vous, au milieu de votre famille & de vos amis qui vous rendent heureux. Ah! je vois ce qui vous tranquilliſe: c'eſt l'admirable principe que vous développez dans votre IXe Chapitre. Personne n'est obligé, dites-vous, d'embrasser quelque Religion que ce soit; & que vous terminez par cet Argument si démonstratif.

» On ne s'engage dans les Religions qu'en écoutant, en lisant, en croyant de certains faits :

Or, bien loin qu'on soit obligé en conscience de croire des faits, on n'est pas même obligé de croire les plus évidentes vérités proposées par les hommes, soit qu'on ne veuille pas les écouter, soit qu'on ne les comprenne pas. Donc, &c. (p. 148.) «

Non, je ne crois pas, mon cher Chevalier, qu'aux Petites-Maisons les furieux qui sont enchaînés dans les dernieres loges, extravaguent à ce point-là. Qu'on leur demande si l'on n'est pas obligé de croire les vérités même les plus évidentes, je doute fort qu'on en trouve un seul embarrassé pour la réponse : l'homme est tellement fait pour la vérité, & la vérité pour l'homme, qu'à moins de supposer un dérangement total dans le cerveau, il n'est personne qui ne sente à ce seul mot de vérité, & le desir de la connoître; & quand on la connoît, le devoir de l'embrasser. Votre Auteur lui-même dans plusieurs endroits est forcé d'en convenir. » La vérité, dit-il (p. 140), ne peut être apperçue, sans être reconnue ; ni reconnue, sans arracher le consentement. «

Comment donc l'Auteur s'accorde-t-il avec lui-même ? C'est par un rafinement d'impiété métaphysique, qui ne tend à rien moins qu'à l'anéantissement de tout devoir. Voici son raisonnement.

» Il n'y a point de devoir, où il n'y a pas de liberté : or croire, dit-il, (p. 116.) n'est pas une chose libre. Il en est de la vérité comme du bonheur : on aime le bonheur nécessairement ; & l'on se rend à la vérité intérieurement malgré qu'on en ait. Il ne peut y avoir de contestation sur la vérité : la Géométrie & l'Arithmétique ne causeront jamais de guerres civiles. Pourquoi des guerres entre des Religions factices ? C'est que toutes sont fausses : s'il y en avoit une vraie, elle n'auroit besoin que d'être presentée ; tout le monde se rendroit. Tout ce qui fait dispute, est nécessairement une fausseté, ou tout au moins une obscurité, une incertitude : or on n'est pas obligé en conſcience d'embraſſer des opinions incertaines ; donc il n'eſt pas de Religion à laquelle on ne puiſſe renoncer en conſcience. «

Tout ce vain ſophiſme, qui remplit 40 pages du Libelle, roule ſur deux erreurs également ſenſibles. La premiere, c'eſt qu'il n'y a de vérités incontestables que celles de la Géométrie ; & la deuxieme, c'eſt qu'une vérité certaine ne ſouffre jamais de contradiction.

Pour la premiere : N'eſt-ce pas donner dans un Scepticiſme intolérable, que de n'admettre pour vérités évidentes que celles des Mathématiques ? Je n'ai jamais vu l'Empire de la Chine : mais pour qui paſſerois-je, ſi j'en niois l'exiſtence, ou celle de ſes Manufactures de Porcelaine ?

Votre Auteur ne cherche qu'à tout confondre. Fou de ſon évidence mathématique, il veut qu'il en ſoit de la Religion comme de la Géométrie : & dans la Religion, confondant toujours les objets de la Foi avec les raiſons de les croire, il fait des queſtions qui décélent ſon ignorance ou ſa mauvaiſe foi : » Voyez-vous bien clairement, dit-il, (p. 139) que faute d'un verre d'eau versé sur notre tête par un Prêtre avec quelques paroles, nous sommes éternellement l'objet de la vengeance? «

Non sans doute: la clarté n'est pas dans le dogme, mais dans le motif de crédibilité. S'il est évident qu'un Dieu l'a dit, n'est-il pas évident que nous devons le croire: or des Miracles incontestables nous garantissent la parole de Dieu sur ce point; donc, &c.

Mais, dites-vous, si ces miracles sont incontestables, pourquoi sont-ils donc contestés? Une vérité certaine ne souffre pas de contradiction. Deuxieme erreur. Est-il une vérité plus certaine que l'existence de Dieu? Hé! que de contradictions n'a-t-elle pas souffertes! Je conviens qu'en général il en est de la vérité comme du bonheur que nous aimons nécessairement: personne ne veut être malheureux, personne ne veut être trompé; & si nous étions tous dans l'état d'innocence, avec un cœur droit & supérieur aux passions, avec un entendement éclairé, distinguant à coup sûr le vrai du faux; alors nulle contestation: notre unanimité seroit parfaite, non-seulement pour aller à la vérité & au bonheur, mais pour prendre de concert les moyens d'y parvenir. Le péché, par le désordre qu'il a mis dans l'homme, n'a pas, il est vrai, changé son essence, ni par conséquent éteint dans lui le desir d'être heureux & de connoître la vérité; mais les ténebres de l'ignorance répandues par le péché dans nous, occasionnent sans cesse des méprises sur ces deux grands objets de l'homme, le bonheur & la vérité. Sur l'un que de contestations entre les hommes! que de systêmes quelquefois contradictoires! que de routes différentes ne se sont-ils pas ouvertes, quoique d'accord, pour marcher au méme but! Il en est de même à l'égard de l'autre. La vérité sans doute a pour tous des charmes irrésistibles; mais l'ignorance la cache, les passions l'obscurcissent, les préventions l'étouffent, l'indolence nous arrête en deçà du but; les fougues de l'imagination nous portent au delà: le défaut d'examen dans la recherche de la vérité, ou d'attention dans l'examen, ou de discernement dans l'attention, forme entre elle & nous des barrieres difficiles à franchir: de là sur la terre, d'un côté ce cri toujours unanime; La vérité par dessus tout; & de l'autre, mille clameurs différentes : elle est ici ; non, elle est là : c'est parmi nous qu'elle réside ; non, c'est nous qui la possédons : dissentions funestes, source féconde en systêmes qui s'entredétruisent réciproquement : & de tous les intérêts, celui de la Religion étant sans contredit le plus vif comme le plus important, met plus de chaleur dans les esprits, plus d'activité dans les passions, plus d'emportement dans les écrits, plus d'opiniâtreté dans les préventions, poussant la vivacité jusqu'à la violence, le zèle jusqu'au fanatisme, l'aveuglement jusqu'à faire oublier par Religion même le premier des devoirs de la Religion, la charité. De cette confusion malheureuse s'ensuit-il, comme le prétend votre Auteur, que toutes les Religions sont fausses, & que l'homme abandonné de Dieu sur le point essentiel n'est le jouet que de ses impétueuses fantaisies ? De ce cahos au contraire de Religions différentes, j'en conclurois plutôt, que toutes ne pouvant être vraies, & la nécessité d'en admettre une étant évidente, il n'en est donc qu'une qui posséde le trésor de la vérité ; & que cette possession, soit pour justifier les attributs divins, soit pour nous éclairer dans le choix, est nécessairement caractérisée par la réunion de tous les traits propres à lui adjuger le privilége exclusif de la vérité. Or cet assemblage de traits lumineux & distinctifs n'est-il pas visiblement l'apanage de la Religion Chrétienne? Peut-on la connoître, sans rejetter avec indignation tout parallele? Ayons-nous besoin de courir jusques dans les terres australes pour voir si la Religion qu'on y professe ne vaut pas mieux que la nôtre? Et s'il nous vient jamais des convertisseurs de ce pays là, courrons-nous le moindre risque de nous tromper, en les traitant, sans les écouter, d'apôtres du mensonge? L'arsenal du Christianisme n'est-il pas abondamment pourvu, & si manifestement fourni de toutes les armes offensives & défensives, qu'on peut décider que toutes les autres Religions ne soutiendroient pas son moindre choc, & s'évanouiroient au premier rayon de sa lumiere.

Quand votre Militaire prétend me donner de l'inquiétude sur ma croyance, en me jettant sans cesse à la tête l'obligation, pour en bien juger, de comparer mon ſymbole avec celui des Siamois, des Turcs, ou des Chinois ; n'eſt-ce pas comme un homme qui viendroit me dire : vous avez cent louis dans votre bourſe, vous les croyez de bon aloi ; mais, pour juger s'ils ſont marqués au bon coin, il faudroit les comparer à toutes les fauſſes monnoies répandues dans l'Europe. Quand toutes les preuves poſſibles ſe réuniſſent en faveur d'une Religion, l'erreur alors étant impoſſible, les recherches ſont inutiles.

Or qu'on me cite une ſeule preuve qui manque à la Religion Chrétienne. Sous quelque rapport qu'on la conſidère, elle enchaîne l'admiration : la raiſon, les hiſtoires, les monumens, tout lui rend hommage ; les Prophéties, les miracles, les témoignages, tout lui ſert d'appui ; ſon antiquité ne ſçauroit être conteſtée : rien de plus ſublime que les idées qu'elle donne de la Divinité ; rien de mieux entendu que les devoirs qu'elle impoſe à l'homme ; rien de plus ſatisfaiſant que ſes oracles ſur notre origine, notre état, notre deſtinée : ſes vues sont assorties à nos desirs, ses leçons à nos besoins, ses conseils à toutes les circonstances : quelle fécondité dans ses principes ! quelle grandeur dans ses dogmes ! quelle sagesse dans ses maximes ! quelle pureté dans sa morale ! quelle majesté dans le cortége qui l'accompagne ! On ne voit autour d'elle que des saints, des justes, de vrais héros. Quelle élévation dans les sentimens qu'elle inspire ! quelle beauté dans les régles qu'elle prescrit ! quel ordre, quelle harmonie elle met dans la société ! Est-elle attaquée par des Hérétiques ; ses triomphes sont certains : par des Philosophes ; leurs difficultés se tournent en preuves pour elle : par des persécuteurs ; la mort de ses enfans ne fait que les multiplier : il n'est personne à qui elle ne tende la main : elle ouvre un asyle aux plus grands pécheurs, ses trésors aux plus simples, son sein à tout âge, à tout sexe, à toute condition : elle rend humble dans la grandeur, généreux dans l'opulence, patient dans les revers, courageux dans l'adversité : ses menaces sont analogues à la majesté de Dieu, & ses promesses à la dignité de l'homme : d'une richesse infinie dans ſes détails, d'une beauté au deſſus de tout dans ſon enſemble ; ſon ſeul déſavantage eſt de n'être pas aſſez connue : un enfant en peut ſçavoir aſſez pour être ſauvé, & la plus longue vie du ſçavant n'en épuiſeroit pas les ſujets d'admiration. En un mot, de quelque côté qu'on ſe tourne dans le Chriſtianiſme, on y trouve tout : la paix des Etats, la proſpérité des Empires, la gloire des Souverains, le bonheur des Sujets, le repos des conſciences, le triomphe de l'ordre, l'amour des devoirs les plus auſteres, des remédes aux plus grands maux, des conſolations juſque dans les bras de la mort, l'infini par delà, & dans cet infini, l'exemption de tout mal, & la plénitude de tout bien. Hé quoi ! en poſſeſſion d'une pareille Religion, on oſe me propoſer d'examiner toutes les autres Religions, pour voir ſi je n'en trouverois pas une meilleure ! Le ſoleil brille ſur notre horiſon ; faut-il donc pour m'en aſſurer, que j'aille voir ce qui ſe paſſe chez les Antipodes ? Qu'un Légiſlateur borné dans ſes vues, chancelant dans ſes connoiſſances, parcoure divers pays, conſulte les codes des autres Peuples, examine, étudie, compare ; ſon ignorance juſtifie

fie sa conduite, & rend son travail nécessaire : mais qu'au milieu du torrent de lumiere qui m'environne, j'en aille chercher ailleurs ; qu'avec un fond inépuisable de richesses, je doute si je suis riche ; que tenant dans mes mains le sceau de Dieu même, je sois obligé de le comparer avec celui du mensonge, pour me tranquilliser : le ridicule de la proposition ne m'inspire que du mépris pour son auteur, sans m'affoiblir dans ma croyance.

» Mais, dites-vous, dans les autres Religions on tient le même langage que vous dans la vôtre : on se croit aussi certain. «

On n'en est que plus à plaindre, d'ajouter au malheur de s'égarer, la funeste persuasion qu'on est dans le bon chemin. Toutes ces productions monstrueuses qu'enfantent les autres Religions, d'un souffle je les renverse. Mais la Cité que j'habite est la Maison de la Vérité, construite sur la pierre ferme, assise sur une montagne, qu'une main invisible, mais puissante, garantit des efforts des assaillans.

» Non, non, je le soutiens, reprend votre Militaire, (p. 150) il n'est pas un seul Chrétien qui, quand il voudra être sincere avec lui-même, puisse dire avec vérité qu'il ne lui reste point de doutes sur sa Religion. «

Quoi! pas un seul? L'Auteur le soutient & le répéte souvent. Quelle horrible idée ce seroit donner du monde Chrétien! Il n'est donc peuplé que d'aveugles ou d'insensés, qui couverts du masque de l'hypocrisie, se donnent pour ce qu'ils ne sont pas, cherchent à se tromper mutuellement, vivent dans une illusion volontaire, rendent un culte à Dieu, sans sçavoir ce qu'ils font, & marchent à l'éternité sans sçavoir où ils vont. Comment votre Auteur a-t-il l'impudence d'avancer des propositions aussi révoltantes? A-t-il le privilége de peser les esprits & de sonder les cœurs? Si tous les Chrétiens étoient dans le doute sur leur Religion, la fausseté seroit démontrée, un de ses articles supposant le contraire.

Je ne dissimulerai pas cependant ma surprise, de voir au milieu d'une si grande lumiere tant de Chrétiens dans les ténebres, & chancelans avec tant d'appuis : les uns emportés par le tourbillon des affaires, Chrétiens par routine, connoissent à peine l'écorce de la

Religion ; les autres, redoutant l'auſtérité de ſes loix, ſe ſoucient peu de croire vivement ce qu'ils deſirent foiblement de pratiquer : la plupart tyrannisés par les intérêts du ſiecle, vivent dans une indifférence monſtrueuſe, dont l'ignorance de la Religion eſt la ſource. Il n'eſt pas étonnant que des Chrétiens qui ne le ſont que de nom, ſoient le jouet de mille doutes ſans ceſſe renaiſſans. De plus, les malheureux ſuccès de Mrs les Philoſophes ſont trop évidens, pour être déſavoués. Ils ont ſçu répandre par leurs railleries une fauſſe honte du Chriſtianiſme, & par leurs ſophiſmes tant de nuages ſur pluſieurs points, que les Lecteurs imprudents de leurs Ecrits, manquant & de force contre les ſarcaſmes, & d'inſtruction contre les ſophiſmes, tombent dans un tel état de foibleſſe & d'indéciſion, qu'ils ne ſçavent eux-mêmes, par rapport à la foi, où ils en ſont. Mais ſi le mal eſt grand, tout n'eſt pas détruit : il reſte encore dans Iſraël des hommes forts & puiſſans, qui ſacrifieroient plutôt mille vies que de balancer ſur un ſeul point de la Loi ; & j'oſe aſſurer ici Mrs les Incrédules, au nom de tous les Chrétiens dont je suis le dernier, que notre certitude étant fondée sur la parole d'un Dieu, cette parole sur l'évidence des miracles, ces miracles sur des monumens authentiques, des témoignages décisifs, des preuves péremptoires, on ne peut rien ajouter à l'intime conviction où nous sommes, que la Religion Chrétienne est la seule vraie; & que sans lire ni le Vedam, ni l'Alcoran, ni Confucius, son parallele avec les autres Religions ne peut tourner qu'à leur honte & à sa gloire. Qu'ils essaient eux-mêmes de crayonner ce parallele, *& s'ils veulent être sinceres* avec eux-mêmes, l'évidence me répond de leurs hommages, & la bonne foi, s'ils en ont, de leur changement.

Veux-je dire par ce qui précéde, mon cher M., que notre certitude est à l'abri de toute épreuve, & que notre croyance n'est jamais ébranlée? Non. Nous sentons aussi vivement que Mrs les Incrédules les difficultés qu'on peut opposer à nos mysteres: Dieu permet même quelquefois que leurs impressions jettent les plus fermes dans des états pénibles, qui leur dérobent la connoissance de leurs dispositions: la vie de la foi n'est pas sans combat: ses mérites dépendent de sa résistance aux tentations: Dieu veut que je le croie sur sa parole, & permet quelquefois que j'éprouve une peine secrete en le croyant: au moment que mon esprit se plie sous le poids de l'autorité, ma raison gémit du sacrifice qu'elle est forcée de faire de ses lumieres, & s'applaudit en le faisant. La plaie de l'orgueil est la plus grande du cœur humain; son humiliation sous le joug de la foi en est le reméde; & la peine attachée à la soumission, donne du prix à son triomphe. L'évidence dans la Géométrie m'épargne toute peine. Quand je crois que la corde d'un arc a moins d'étendue que l'arc même, je vais d'un plein saut à cette vérité, sans rencontrer le moindre obstacle. S'agit-il de croire que le péché du premier homme a souillé l'enfant né d'hier; ma raison s'étonne; mais un oracle infaillible la rassure: la lumiere n'est que dans les motifs de crédibilité, le nuage reste sur l'objet. Du reste qu'un Dieu me dise: telle chose est, ou que je la voie: l'évidence du témoignage divin étant sans nuage, équivaut à la vue du mystere dévoilé ; son voile en exerçant la foi, peut bien occasionner des doutes involontaires & momentanés ; mais la clarté du témoignage étant portée au plus haut point, ne permet aucune incertitude sur la nécessité de la soumission. Qu'on me demande : N'avez-vous aucun doute sur la divinité des Prophéties ; aucun sur la réalité des miracles ; aucun sur la vie, la mort, la résurrection de Jesus-Christ ; aucun sur la mission des Apôtres, la mort des Martyrs, le changement du monde ? Non : je crois tous ces points aussi fermement, que je crois que des triangles équilatéraux sont proportionnels : le refus de les croire étant aussi contraire à la raison, que la négative sur ce point de Géométrie. Mais si vous me transportez de la sphere des sens dans le pays des mysteres, les embarras que vous m'y susciterez pourront bien déconcerter ma raison, mais sans lui faire perdre de vue ni le flambeau qui l'a conduite à l'entrée de ce nouveau pays, ni l'oracle qui lui commande de s'y prosterner & d'adorer. Je n'ai besoin pour me rendre à la chose révélée, que de la clarté de la révélation. La lumiere dans l'objet n'est pas nécessaire ; si elle étoit sensible par elle-même à tous les esprits, elle rendroit la révélation inutile : pourquoi révéler ce qui est clair ? Dieu n'ordonne pas de croire ce que l'on voit.

Mrs les Incrédules voulant renverser la Religion, s'y prennent donc mal de ne l'attaquer que du côté des Mysteres : c'est par les faits qu'il faut l'entamer : qu'ils nous arrachent nos motifs de crédibilité : maîtres de nos retranchemens, ils le seront bientôt de la place.

Votre Militaire n'entend pas son métier ; il veut attaquer les retranchemens par la place dont il n'est pas maître : il prétend détruire des faits par des raisonnemens ; les miracles par leur incompréhensibilité ; la réalité d'une mission divine par la nature ou l'indignité des Envoyés ; l'inspiration de leurs ouvrages par la connoissance des attraits divins. Il répugne, dit-il, à la sagesse, à la justice, à la bonté de Dieu de dicter des Livres, & d'envoyer des Ambassadeurs... Hé ! que faites-vous, M., pour vous inscrire en faux contre des faits prouvés ? Vous allez chercher des répugnances idéales

& qui manquent de preuves. Eſt-ce dans les nuages de la Métaphyſique qu'on va prendre un flambeau pour diriger ſes pas, tandis que la raiſon nous en offre un dans le Phyſique propre à nous mener au vrai ſans détour. Si la vérité eſt la mere de la Religion, l'hiſtoire en eſt comme la nourrice: c'eſt elle qui lui fournit ces alimens & ces ſucs qui lui donnent du corps, des nerfs, de la vigueur, de la conſiſtance. Pour en faire un ſquelette ſelon vos vœux, il faut épuiſer la ſource de ſa force, & couper dans un corps auſſi vigoureux ce tiſſu de nerfs qui le maintient dans une éternelle jeuneſſe. Prouvez-nous que le peuple Juif n'eſt qu'un peuple fantaſtique, & Moïſe un héros de Roman; que ſes miracles ſont des ouvrages de l'imagination, & leurs témoins des aveugles, juges très-incompétens; que les Prophêtes n'étoient que des hommes ordinaires, mais qu'une grande pénétration, & un rafinement de politique élevoient au deſſus du commun: prouvez-nous que Jesus de Nazareth, n'étoit qu'un ſage aſſez ambitieux, pour introduire aux dépens de ſa vie, le plus beau corps de morale qu'on peut concevoir. Faites main basse sur les Actes des Apôtres, sur ceux des Martyrs, sur les ouvrages des Peres, sur les annales de tous les Peuples, sur les témoignages des amis & des ennemis, sur les monumens les plus authentiques; brulez en un mot toutes les Bibliotheques, pour anéantir la mémoire de tous les faits; tâchez sur-tout d'abolir l'Ere chrétienne, & de faire oublier à tous les hommes que nous sommes dans l'année 1769, pour substituer une ere philosophique, dont la premiere époque partira de la mort de celui de vos chefs qui vous paroîtra le plus digne de l'immortalité. Voilà, ce me semble, le plus sûr moyen de réussir dans le complot des Incrédules contre la Religion. Mais loin d'attaquer les faits, votre Militaire déclare cent fois qu'il ne veut pas même les examiner; que leurs preuves seront toujours équivoques; & ne soutiendront jamais le choc de sa métaphysique. S'élançant alors tête baissée dans la région ténébreuse des mysteres, il traite insolemment d'absurdités tous les dogmes que sa foible raison ne peut concevoir; de fourberies sacerdotales, tous les miracles qui servent de base à l'autorité de l'Eglise; de vains préjugés, toutes les idées qu'on a sur la Religion : & s'imaginant ensuite ne voir que des débris à ses pieds, il s'applaudit d'avoir mis en poudre tous les dogmes du Christianisme : » Je ne vois plus, dit-il, que sa morale qu'on puisse m'objecter. Cette difficulté une fois levée, il ne restera plus rien au mensonge pour se soutenir : j'aurai gagné mon procès, si je prouve que la Religion est toujours destructive de la saine morale, nuisible au bien-être des Etats; & incapable de contenir les passions des hommes. «

C'est au détail de ces preuves que l'Auteur destine son XXe & dernier Chapitre, qui cependant n'est rempli que d'une déclamation aussi fougueuse que puérile contre les divisions qu'introduit la différence des Religions; contre l'ambition & la cupidité des Prêtres : contre les excès du fanatisme; contre les horreurs que produit l'intolérance, qui sont autant d'écueils de la saine morale qu'il s'agiroit d'établir parmi les hommes, & dont l'Auteur n'offre ici qu'une légere ébauche.

» Les principes de ma morale, dit-il à la fin, (p. 192) sont plus amplement développés dans un autre Ouvrage que je destine uniquement à cet objet, où je ferai voir l'indépendance de la morale de toute Religion factice, qui ne peut jamais que nuire à la morale universelle, ou à la religion de la Nature. «

Ce même Ouvrage, l'Editeur dans son Avertissement l'annonce au Public, s'il paroît content du travail de l'Auteur. Très-content, M., la Religion gagne trop à se voir attaquée par de tels athletes, pour ne pas rire de leurs efforts, assurée qu'elle est de compter ses triomphes par ses combats. Que l'Editeur se hâte donc, après nous avoir donné le chef-d'œuvre de la raison humaine, de nous offrir celui de l'humaine sagesse dans un nouveau corps de morale, qui fasse enfin connoître aux hommes leurs vrais devoirs, & pratiquer toutes les vertus. Je suis fort curieux dans mon particulier de voir quelle puissante digue l'Auteur compte opposer au torrent des passions humaines, & par quelle voie il se flatte d'enchérir sur la Morale de l'Evangile. Ce sont sur-tout les articles de l'amour de Dieu, de l'humilité, du culte extérieur, du ſacrifice de l'amour propre, que je ſuis impatient de lire dans cet Ouvrage important; perſuadé qu'ils ſeront traités avec cette ſupériorité de génie, & cette onction ſi touchante qu'on reconnoît dans Mrs les Philoſophes. Cependant avant de donner au public cet Ouvrage, je penſe que l'Editeur ne feroit pas mal de jetter les yeux ſur le VIIe tableau de la Religion Chrétienne, par M. Abadie. Il y verra le cas que cet habile Controverſiſte faiſoit de la morale des Philoſophes, & les reproches qu'il leur adreſſe. Peut-être y trouvera-t-il des motifs ſuffiſans pour enfouir ſon tréſor de morale, & nous épargner la peine d'en faire ſentir la futilité.

S'il vous reſtoit, mon cher Chevalier, quelques difficultés ſur votre Militaire, faites-moi l'amitié de me les propoſer: j'en ai trop pour vous aſſurément, pour vous laiſſer dans des doutes capables de troubler votre repos, & de vous faire un tort éternel.

Je ſuis avec tout l'attachement, &c.

Fin des Lettres.

www.ingramcontent.com/pod-product-compliance
Lightning Source LLC
Chambersburg PA
CBHW050314030726
47505CB00003B/706
* 9 7 8 2 0 1 1 3 3 6 2 8 6 *